Dit zijn de namen

TOMMY WIERINGA

Alles over Tristan (roman, 2002)
Joe Speedboot (roman, 2005)
Ik was nooit in Isfahaan (reisverhalen, 2006)
De dynamica van begeerte (essays, 2007)
Caesarion (roman, 2009)
Ga niet naar zee (verhalen, 2010)

DE BEZIGE BIJ

TOMMY WIERINGA

Dit zijn de namen

ROMAN

2012
DE BEZIGE BIJ
AMSTERDAM

Met dank aan het Netherlands Institute for Advanced Study te Wassenaar

Eerste druk, gebonden oktober 2012

Tweede druk oktober 2012

Vormgeving omslag Brigitte Slangen

Foto voorzijde omslag Viviane Sassen

Foto auteur Johan Jacobs

Vormgeving binnenwerk Martien Frijns

Druk Clausen & Bosse, Leck

ISBN 978 90 234 7269 8

NUR 301

www.debezigebij.nl

www.tommywieringa.nl

Voor Hazel, voor Zoë

De Meester zei: 'Zolang je ouders nog leven,
reis dan niet ver weg. Indien je op reis moet,
laat ze dan weten waar je naartoe gaat.'

NAJAAR

HOOFDSTUK 1

Het echte ding

Pontus Beg was niet de oude man geworden die hij zich had voorgesteld. Er ontbrak iets aan. Er ontbrak zelfs tamelijk veel aan. Als jongen had hij een tijdje met een veiligheidsbril op zijn neus over het erf van zijn vader rondgelopen, met zijn handen op zijn rug – zo stelde hij zich het leven van een oude man voor. Soms gebruikte hij een tak als wandelstok. Meer dan iets anders wilde hij oud zijn. Traag en bedachtzaam, een kapitein die bedaard de storm doorstond. Hij zou sterven als een wijs man.

Toen het aan weerszijden van zijn neus begon te zweren, legde hij de bril terug bij de slijpmachine in de schuur en wachtte de ouderdom rustig af in plaats van hem tegemoet te rennen.

Een oude man voelde hij zich pas sinds hij een koude voet had. Hij was drieënvijftig jaar, nog te jong om voor echt oud door te gaan, maar hij las de tekenen. Er was een zenuw bekneld geraakt in zijn onderrug. Sindsdien had hij een koude linkervoet. Als hij 's morgens op de badkamervloer stond, zag hij dat ze verschillend van kleur waren. De rechter was goed doorbloed, zoals het hoorde, maar de linker was bleek en koud. Als hij erop drukte, voelde hij bijna niks. Het leek of de voet een ander toebehoorde. Het sterven begint vanuit de voeten, dacht Beg.

Zo zou het zijn, de weg naar het einde: een geleidelijk uit elkaar groeien van hem en zijn lichaam.

De naam is de gast van het echte ding, had een filosoof uit het oude China gezegd, en zo kwam hij, Pontus Beg, ook steeds meer tegenover zijn lichaam te staan – hij was de gast en zijn lichaam het echte ding. En het echte ding begon zich nu van de gast te ontdoen.

De dagen worden korter, het leven keert naar binnen. 's Nachts zijn er onweersbuien boven de vlakte die lang blijven hangen. Beg staat voor het raam en kijkt het onweer na. Het weerlicht in de verte, een web van gloeiende barsten in het hemelgewelf. Hij staat op het zeil met een warme en een koude voet en bedenkt dat hij zich nog iets moet inschenken om weer in slaap te raken.

De slaap is naarmate hij ouder wordt steeds vaker een onbetrouwbare vriend.

Zijn flat staat aan de rand van de stad. Er zijn plannen geweest voor stadsuitbreiding naar het oosten, er waren halfslachtige bouwvoorbereidingen, maar het is er allemaal niet van gekomen, het raam kijkt nog altijd uit over een wildgroei aan schuurtjes en moestuinen, en de eindeloze ruimte van de steppe daarachter. Ook al is het een teken van stagnatie, zo mag het blijven van hem, hij houdt van het uitzicht.

In de kleine keuken haalt hij de fles Kubanskaya uit het vriesvak en schenkt zich in. Hij is geen zware drinker, hij matigt zich, anders dan bijna iedereen ten oosten van de Karpaten.

Dan gaat hij weer voor het raam staan en kijkt zonder bestendige gedachten in de koker van de nacht.

In de slaapkamer hoest zijn huishoudster. Eens per maand legt hij voor een nacht beslag op haar, al geven die woorden de verhouding niet goed weer. Het zou beter zijn om te zeggen dat zij eens per maand een nacht beslag op zich laat leggen. Zij bepaalt welke nacht dat is, altijd ergens voorafgaand aan haar menstruatie. De rekentabel van haar voortplantingsorganen is schimmig terrein voor hem, hij denkt er liever niet aan. Hij hoort het wel wanneer het zijn dag is.

Zijn huishoudster reserveert haar vruchtbare dagen voor haar verloofde, een vrachtwagenchauffeur, tien jaar jonger dan zij. Hij rijdt met containers vol gebruiksartikelen uit de Volksrepubliek op de hoofdstad, van waaruit een vloed aan rotzooi de bazaars van het land overspoelt. Geduldig wacht Zita op de dag dat hij haar ten huwelijk zal vragen.

Wat ze ook proberen, ze wordt maar niet zwanger; op deze manier zal ze kinderloos blijven. Ze brengt veel tijd door op haar knieën in de Benedictijnenkerk. Tussen gouden heiligenbeelden en plastic bloemen smeekt ze om een kind. In het biechthokje luistert de priester de geheimen van de mensen af; als hij de treden afdaalt in zijn zwarte habijt, tekent zijn hand een kruis boven haar hoofd en zegent hij haar en de geknielde boerenvrouwen met hun bonte hoofddoeken. Ze voelt het kruis branden op haar hoofd, die nacht zal het zaad tot bloei komen.

Aan het kettinkje rond haar nek bungelen naast het gouden kruisje ook de schildjes van heiligen bij wie je terechtkunt voor vruchtbaarheid.

Vrouwen, denkt Pontus Beg, zijn de lastdieren van het geloof, op hun rug dragen ze het heilige door de wereld.

Hij heeft Zita er nooit toe kunnen overhalen eens een oogje

toe te knijpen en een vruchtbare nacht aan hem te schenken. Want dat het de chauffeur is die faalt en niet zij, weet hij zeker. Het is die vrachtwagen, zoveel zitten is niet goed voor een man. Het knijpt je ballen af.

Een kind? Wil hij een kind?

'Haal je niks in je hoofd, Pontus,' zegt Zita.

Hij meent het niet, denkt ze, en als hij het wel meent zou hij het niet moeten menen.

Beg slaat haar diensten in bed hoger aan dan die erbuiten. Ze is geen erg goede huishoudster. Ze maakt niet schoon, ze ruimt op. Ze doet een jaar met een pot groene zeep. Ze zijn allang voorbij het punt dat hij er nog iets van kan zeggen – gewoonte heeft de verhoudingen vastgelegd, er kan niet meer aan worden getornd. Zoals het is, zal het blijven. Zij ruimt op en hij houdt zijn mond.

Wanneer Zita er is, drinkt hij meer dan anders. Ze zitten aan tafel te roken en te praten. Hij vertelt anekdotes waar ze volledig in opgaat. Ze lacht en gruwt, ze is een dankbaar publiek. In de loop der jaren heeft hij sommige dingen al drie of vier keer verteld, maar ze luistert graag naar zijn verhalen over het leven van een politieman. Aan tafel met Zita maakt alcohol hem niet weemoedig maar juist vrolijk en schalks. Hij verheugt zich op de avonden met haar, ze zijn de vreugde van zijn leven.

Dan gaan ze naar bed. Het licht gaat uit.

Vaak ligt hij wakker als zij er is. Hij vraagt zich af of hij misschien niet te lang alleen is geweest, zodat hij niet meer kan wennen aan een ander lichaam naast zich.

Dat, en het andere probleem.

Ze onderhoudt een levendige relatie met haar moeder in haar slaap. Het is 's nachts een drukte van belang in zijn bed. Eerst, na de liefde, slapen ze een uur, soms twee. Dan begint het. Dan zetten moeder en dochter het gesprek voort dat door haar plotselinge dood ruw werd onderbroken. Beg herinnert zich de eerste keer dat hij Zita 's nachts hoorde praten. Hij hoorde het deel van het gesprek dat zich in deze wereld afspeelde een tijdje aan, zonder te weten dat het haar moeder was aan de andere kant. Het waren geen diepe geheimen die van gene zijde werden medegedeeld, ze bespraken de prijs van meel, de kwaliteit van eieren en de aanhoudende schande die lege winkels betekenen voor een vrouw die in de stemming is om iets te kopen. Het was als een telefoongesprek dat je goed kon volgen, ook al hoorde je alleen maar wat aan deze kant van de lijn werd gezegd.

Toen de verveling ondraaglijk werd, had Beg haar wakker geschud.

'Je praat in je slaap,' zei hij.

Ze ging rechtop zitten en zei: 'Pontus, je stoort ons! Nu moet ik maar weer zien hoe ik haar terugvind!'

Sindsdien verliet hij het bed wanneer het geklets hem te veel werd, zoals ook vanavond. Op een warme en een koude voet staat hij voor het raam en staart naar het onweer boven de vlakte.

HOOFDSTUK 2

Naar het westen

De hemel kraakte boven de steppe. In de luwte van een lage zandduin lag een kleine groep mensen ineengedoken onder het noodweer. Hun kleren waren doorweekt, ze waren verkild tot op het bot. Zo hadden ze al talloos veel nachten op de terugkeer van de dag gewacht, als de eerste mensen op aarde, weggedoken tegen de woedende hemel. Maar er kwam geen einde aan de nacht. Het duister strekte zich tot aan de randen van de wereld uit, de aarde was opgehouden met draaien, een nieuwe dag zou niet komen.

Vijf mannen, een vrouw en een kind. Ze hadden geen heldere gedachten meer over waarom ze iedere dag weer in beweging kwamen; werktuigelijk als zonnebloemen bewogen ze met de zon mee. Zoals ze ademhaalden, zo liepen ze.

Steeds maar naar het westen moesten ze, had de man gezegd.

Dat was lang geleden. In de vlakte heerste toen de droogte, de zon brandde de aarde schoon. 's Morgens likten ze de dauw van het plastic dat ze daarvoor hadden uitgespreid, de rest van de dag leefden ze met een radeloze dorst. Dorst die alle gedachten overstemde, dorst die je koele vijvers voorspiegelde, die het geluid van druppelende kranen in je oren toverde. Ze smeekten om regen. Elk woord dat ze spraken smaakte naar roestig ijzer. Het kind, een jongen, nam de huid op zijn onderarm tussen duim en wijsvinger en trok eraan. Het vel kwam omhoog en bleef zo staan, als scherp gevouwen papier.

Ze zagen grafietkleurige wolken in het noorden, maar die kwamen nooit dichterbij.

Toch kwam op een dag de regen.

Eerst weinig, een paar druppels die ze hadden verwelkomd als brood uit de hemel. Ze dansten onder de wolken, elke druppel was een gebed. Hun dorst was voorbij. Er viel meer regen dan er gebeden waren. Ze baden om één droge dag, één nacht die hun kleren niet tot op de draad doorweekte. Koorts brandde op het gezicht van de jongen. Een paar keer had de vrouw gedacht dat hij de ochtend niet zou halen, maar telkens was hij opgestaan en had zijn weg vervolgd. Er was een sterke wil in hem om bij de overblijvers te horen, bij hen die het hadden gered.

De dromen waarmee ieder van hen vertrokken was, waren gaandeweg verdord en afgestorven. Hun dromen verschilden in maat en gewicht, in sommigen leefden ze langer voort dan in anderen, maar verdwenen waren ze uiteindelijk bijna allemaal. De zon had ze verpulverd, de regen spoelde ze weg.

De jongen zag vliegtuigen aan de hemel. Hij volgde hun baan met zijn ogen. Hij had nog nooit een vliegtuig van dichtbij gezien, maar wist van het wonder dat reizigers in de ene wereld instapten en in de volgende weer uitstapten; in de tussentijd waren er maar een paar uur verstreken. Vliegtuigen waren in zijn bergdorp als stipjes aan de hemel te zien, ze trokken witte sporen achter zich aan. Een oom was met een vliegtuig vertrokken naar Amerika en nooit meer teruggekomen. Later voegden zijn tante en vijf neven en nichten zich bij hem.

De jongen had een vliegtuig gemaakt van hout en ijzerdraad, zijn broer zei: 'Hoe kan een vliegtuig met propellers én een straalmotor nou vliegen?'

Hij had hem de verschillende principes proberen uit te leggen maar was er na een tijdje mee gestopt omdat hij het ook niet precies wist.

Zijn broer was achtergebleven. Hij had een zwak gestel. Ze hadden hem gestuurd, ook al was hij twee jaar jonger. Hij was geschikt bevonden voor de oversteek. Niet met een vliegtuig maar over land. Het reisgeld zat in de neuzen van zijn schoenen. Het paar dat hij droeg toen hij van huis ging, was al lang geleden doorgesleten en nutteloos geworden. Toen er een man stierf in de vlakte, toen ze nog met velen waren, had hij hem zijn schoenen afgenomen. Voorzichtig had hij ze van zijn voeten getrokken, hij was bang dat de dode opeens zijn ogen zou openen en 'dief! dief!' zou schreeuwen.

Maar de man bleef dood en zo was hij de eigenaar geworden van twee grote, stoffige ADYDOS-gymschoenen.

De ochtend kwam in vuil licht. Ze zetten hun verstijfde lichamen weer in beweging. 's Morgens was het zand zwaar en nat, het gras sloeg tegen hun benen.

Halverwege de ochtend deed de jongen een belangrijke vondst. Een sigarettenpakje, half onder het zand. Plastic zakken woeien de steppe in en bleven aan het lage struikgewas hangen, maar sigarettenpakjes deden dat niet, die werden door mensen op de grond gegooid om daar te blijven liggen. Er waren dus nog mensen ergens, misschien waren ze hier geweest, hij hield het bewijs van hun bestaan in zijn hand! De letters van het merk WESTERN waren van een verbleekt rood. Aan de binnenkant van het cellofaan zaten condensdruppeltjes. Misschien zouden ze nu dan eindelijk het langverhoopte dorp vinden, of een kleine stad, van verre aangekondigd door de fonkelende gouden ui van een kerkje. Hij schudde het zand uit het vochtige pakje en stak het in zijn zak. Daarin zaten ook een steen in de vorm van een halvemaan en het mes dat zijn broer hem gegeven had. Rond het heft had zijn broer ijzerdraad gewikkeld, roest had putjes in het metaal van het lemmet gevreten. 's Nachts hield de jongen het mes stevig vast. Huiverend van genoegen verbeeldde hij zich hoe hij het in iemands hart zou boren.

Zijn vingers gleden langs het cellofaan. Hij wilde de vrouw over zijn vondst vertellen maar hield zijn kaken op elkaar. Het zou de betovering verbreken. Het was een teken speciaal voor hem. Als hij zweeg, zou het werkzaam zijn. Anders niet. Dan zouden ze nog eeuwen door de vlakte dwalen door zijn schuld. Omdat hij zijn mond niet had kunnen houden.

Hun voeten sleepten door het zand. Onafzienbaar was de ruimte waar ze doorheen trokken. Het landschap voor hen was precies hetzelfde als dat achter hen, en dat aan de rechterhand verschilde in niets van dat aan de linker. De enige richtsnoeren in de steppe waren de hemel boven hun hoofd en de grond onder hun voeten.

Achter hen werden hun voetstappen vlug uitgewist. Ze waren voorbijgangers, ze lieten geen sporen en geen herinneringen na.

Toen de lange man rond het middaguur schreeuwde dat hij een dorp zag – 'Huizen! Daar! Dorp! Dorp!' – was de jongen niet verbaasd. Hij ontplofte zowat van vreugde maar hij was niet verbaasd.

Hij rende naar voren, waar de lange man met bevende hand in de verte wees. 'Waar?' riep hij.

'Daar!'

De jongen zag niets maar rende in de richting die de lange man gewezen had. De lange man zag dingen altijd eerder dan anderen, hij was een geboren uitkijkpost.

De jongen rende, hij zweefde boven het zand. Daar ging een uitverkorene, een jongen die God had uitgekozen om hem eerder dan de anderen op de hoogte te stellen van zijn bedoelingen. Hij voelde geen honger en geen vermoeidheid meer. Het gras ranselde zijn benen, zijn longen brandden in zijn borst. Hij zag de eerste huizen.

'Hé!' schreeuwde hij, om de mensen daar op de hoogte te stellen van zijn komst. 'Hé, jullie daar!'

Het was een in de vlakte verzonken dorp, rond en afgesleten als geërodeerd gesteente. Hij rende op een grote schuur af. De spanten waren doorgerot, het dak hing door als de rug van een oud paard. De jongen rende een straatje tussen de huizen in, waarin het gras even hoog stond als in de vlakte. Een geluidloze gil steeg in zijn binnenste op, maar zijn hersenen weigerden nog te aanvaarden wat hij zag – de lege, stomme ramen, de overwoekerde straten.

Geen levende ziel.

'*Hallo?!*' schreeuwde hij. '*Is daar iemand?*'

Zijn vraag kaatste tussen de huizen van leem en hout.

'Waar zijn jullie?'

Hij rukte aan half vergane deuren. Hij rende het ene na het andere huis in. Leeg. Leeg en de mensen waren weg. In het hart van het dorp stormde hij een klein godshuis binnen. Het schaarse licht dat door de bovenramen viel onthulde de verwoesting. Heilige boeken waren tot as en snippers vervallen; de koud geworden brand. De jongen baande zich een weg tussen geblakerde banken en kasten en klom naar het tabernakel. Daar zonk hij op zijn knieën. Hij boog voorover met zijn handen voor zijn gezicht en kermde als een gewond dier.

Zo werd hij door de anderen gevonden.

HOOFDSTUK 3

Economieën

Om halfzeven stond Pontus Beg naast zijn bed. Hij rekte zich uit alsof hij zich uit een worstelgreep bevrijdde.

Hij waste zich en gorgelde met mondwater. In de spiegel zag hij een zwaar mens, zijn borst en schouders met grijzend haar begroeid. Hij dacht aan de jongen die zwom bij de stuw in het kanaal – het gladde, haarloze lichaam. De *lichtheid*; herinnering aan een ander.

In de pijpen ruiste het afvalwater van de bewoners boven hem. Een waterval als iemand de wc doortrok. De getijdenwerking van het gebouw. Begin oktober was de verwarming aangegaan, het gebouw begon uit te zetten, het kraakte, heet water spoelde zuchtend door de verwarmingsbuizen.

Verscholen in een plooi van het douchegordijn stond de beker met Zita's bovengebit. Beg herinnerde zich haar vaste tanden. Ze waren mettertijd verkleurd naar een steeds donkerder bruin. Als ze lachte, sloeg ze haar hand voor haar mond. Ze schaamde zich voor haar tanden met de kleur van tabakssap maar vreesde niets zozeer als de tandarts. Beg had haar geld gegeven om haar tanden te laten trekken en zich een nieuw bovengebit te laten aanmeten. Ze had om algehele verdoving gevraagd en leefde tandeloos tot haar nieuwe gebit klaar was.

De tandtechnieker had goed werk geleverd: als ze lachte, was het of ze een kist juwelen opende.

Ik kan de tanden wel kopen, dacht Beg, maar ik kan de mond nooit laten zeggen wat ik wil.

Zita leefde volgens het ijzeren plan van vrouwen. Ze werkte hard, ze verdroeg geen nonsens. De nachten met Beg beschouwde ze als een voortzetting van haar bezigheden in huis – stof afnemen, vloeren vegen, eten koken, wassen, strijken en zijn versleten hemden en uniformen verstellen. Elk van die taken vervulde ze langzaam en met aandacht; in bed meende hij haar soms te horen neuriën.

Ze hadden een eenvoudig meetbaar voordeel van elkaar, geen van beiden voelde zich op enige manier tekortgedaan. Beg beschouwde de regeling als een ideaal huwelijk, in Zita's gedachten was het een uitstekende betrekking.

Hij ging de slaapkamer in. Scherpe lijnen rond haar ingevallen mond. Ze keek misprijzend in haar slaap. Dit was de stand die haar gezicht in rust aannam, het vertelde niets over haar karakter.

Hij schudde aan haar schouder.

'Jaja,' mompelde ze.

In de keuken schepte hij soep uit de pan en lepelde haar koud naar binnen. Tussendoor nam hij soms een hap roggebrood.

'Je slobbert,' zei Zita in de badkamer. 'Je lijkt wel een varken.'

Beg glimlachte. Ja, het was in alle opzichten een goed huwelijk.

In de wachtkamer van het hoofdbureau schoten twee mannen overeind toen Beg binnenkwam. Ze begonnen druk te praten. De een had een schaap van de ander doodgereden, de ander zei dat de kudde de weg al was overgestoken toen er nog eentje achteraan kwam, 'een ooi, meneer,' zei toen weer de ander, 'zo'n prachtig beestje!'

Beg wist dat het doodrijden van andermans schaap een ingewikkelde zaak was. Volgens oud nomadengebruik was je niet alleen aansprakelijk voor het dier dat je had gedood maar moest je het ook tot een aantal generaties in de toekomst vergoeden – zodat je kon zeggen dat de herder een goede dag had als een ooi van hem werd doodgereden.

'Zo'n prachtig geblokt schapie hebt u nog nooit gezien,' jammerde de herder.

'Genoeg!' riep Beg.

Achter de balie speelde Oksana patience op de computer.

'Waar is Koller?' vroeg Beg.

Oksana keek op. 'Zijn vrouw belde. Een abces onder zijn oksel. Hij kon er niet van slapen, zei ze. Hij is ermee naar de dokter.'

'Hoeveel van die dingen heeft die man?' vroeg Beg geërgerd.

'Dat was een fistel. Op zijn achterste.'

'Wie neemt hun proces-verbaal op?'

Oksana keek over zijn schouder naar de mannen in de wachtkamer. 'Koller heeft eigenlijk dienst,' zei ze.

Beg schudde zijn hoofd. 'Bel Mentsjov uit z'n nest.'

Hij schonk een kop thee in en ging zijn kantoor binnen. Het was warm in de kamer, hij rook zichzelf; zijn lichaamsgeur vermengd met sigarettenrook. Hij zette zijn computer aan. Het scherm bleef donker. Hij drukte nogmaals op de knop maar het ding was dood. Hij belde Oksana. Met een klopje op de deur kwam ze binnen. Haar rok volgde de lijnen van haar onderlichaam, daar waar het elastiek het vlees naar binnen drukte kon hij de contouren van haar ondergoed zien. De bovenste knoopjes van haar witglanzende blouse stonden open. Beg was van mening dat iemand in overheidsdienst zich zo niet kon vertonen. In bordeel Morris misschien, maar niet op het hoofdbureau van politie.

Hulpeloos keek hij naar de monitor.

'Doet-ie het weer niet?' vroeg ze.

Hij rolde zijn stoel naar achteren. Oksana zonk op haar hurken en drukte op POWER. Ze kwam overeind en liep om het bureau heen. 'Ja, kijk,' zei ze, 'nogal logisch.'

Ze hield de stekker naar hem op. Ze zei dat ze de schoonmakers op hun donder zou geven en duwde de stekker terug in de muur. De computer begon te zuchten, de monitor sprong aan.

Beg verlangde naar zijn typemachine.

Na een uur kwam Oksana hem zeggen dat Koller en Mentsjov nog altijd niet waren gearriveerd. De mannen zaten nog steeds te wachten.

'Zeg Koller dat ik 'm z'n poten breek als-ie niet nu komt. Hij heeft weekenddienst, verdomme. Hij kan prima procesverbaal opmaken met een fistel.'

'Een abces.'

'Wat dan ook.'

'Ik zal het ongeveer in die woorden doorgeven.'

Beg opende de kleine kluis in zijn kamer. Onderin lagen de afdrachten van die maand. Geld in zakjes, in enveloppen, tussen A4'tjes gevouwen, tussen paperclips, met elastiekjes eromheen. Geld dat agenten van het korps langs de weg hadden vergaard voor snelheidsovertredingen, voor het negeren van stoptekens, voor het blootsvoets rijden – het was ongetwijfeld verboden om een auto te besturen zonder schoenen aan je voeten. Nadat je de wagen had aangehouden, vroeg je of de bestuurder als overtreder geregistreerd wilde worden. Dat was het signaal waarmee de transactie begon. Niemand wilde geregistreerd worden. De boetes werden ter plekke voldaan.

Beg telde alles bij elkaar op en verdeelde het naar rang en dienstjaren. Voor hem lag een grote stapel bankbiljetten die hij in een heleboel kleinere stapeltjes verdeelde. Hij stak de bedragen in enveloppen waarop hij de naam van de ontvanger schreef. Op de eerste van de maand haalde ieder zijn deel.

Iedereen steelt in dit land van iedereen, dacht hij. En wie niet steelt, die bedelt. Overal zag je de handjes – er werd geen huis gebouwd en geen dienst verleend zonder dat er handjes tussen zaten die zich beetjes toe-eigenden van de middelen die met de transactie waren gemoeid. Het systeem was alomvattend; een kolossaal weefsel van smeergeld, steekpenningen, afpersing en diefstal – hoe je het ook wilde noemen. Als commandant van politie bevond hij zich ergens halverwege de ladder; grote handen ratsten de brokken boven hem, kleine handjes graaiden de kruimels weg onder hem. Iedereen deed mee, het was een economisch stelsel waar iedereen van profiteerde en iedereen onder leed.

Tegen het middaguur verliet hij het hoofdbureau en reed naar Tina's Bazooka Bar voor de lunch. Michailopol: dit was zijn stad. Negenendertigduizend inwoners volgens de laatste census. Eens huisvestte de grensstad een vermaard nucleair onderzoeksinstituut en had ze een ijshockeyclub die tweemaal achtereen promoveerde en op een haar na landskampioen werd. Beg herinnerde zich de opwinding. Op haar hoogtepunt, vroeg in de vorige eeuw, werden er honderdvijftigduizend inwoners geteld. Het treinstation van Michailopol gaf aansluiting op de rest van de wereld, er gingen vijftien treinen per uur. Nu wist Beg niet eens meer waar de sporen hadden gelegen. Het staal was uit de grond getrokken en verwerkt in schuren en afrasteringen. De bielzen waren in koude winters aan stukken gehakt en in de kachel verdwenen. Het art-nouveaustation stond er nog, maar het verval was te ver voortgeschreden om het nog te redden. In een van de bijgebouwen sloeg een begrafenisondernemer zijn doodskisten op.

De neergang van Michailopol had zich even onstuimig voltrokken als haar bloei. Zestien kerken waren er eens, oosters-orthodox en katholiek, en ook waren er twee synagoges. De diensten van de Armeens-orthodoxe kerk lokten jongens uit de wijde omgeving als vliegen want mooiere meisjes dan de Armeense waren er niet.

Beg herinnerde zich de vechtpartijen bij het uitgaan van de kerk – vaders en broers tegen de boerenpummels die het op hun dochters en zusters hadden voorzien.

Ook de Armeense kerk was er allang niet meer.

Hij parkeerde voor Tina's Bazooka Bar en ging naar binnen.

'Pontus, lieverd,' zei Tina toen hij aan de bar plaatsnam.

Tina Bazooka – heiligenbeelden begonnen te zweten in haar nabijheid.

Ze streek over de rug van Begs hand. De maniertjes van het bordeel haalde je er nooit meer uit.

Ze had haar kind bezocht, het woonde bij haar moeder in het zuiden. Tina deed gehaktbrood in de magnetron en schonk een glas bier voor hem in. Ze liet hem foto's van haar zoon zien op haar mobiele telefoon.

'Zo groot alweer,' zei Beg.

'Volgend jaar haal ik 'm hierheen.'

Beg schoof de telefoon over de bar terug. Aan het pluizige, fluorescente hoesje bungelden kermishartjes.

'Waarom ook niet,' zei hij. 'Alles is hier. School...'

'Ja, en wat nog meer?' vroeg ze smalend.

'Een zwembad.'

'Dicht.'

'O?'

'We gingen er nog wel eens zwemmen met de meiden. Kan niet meer.'

Beg zocht een andere voorziening voor kinderen. 'Het Valentijnspark,' zei hij, 'daar is...'

'Het verkrachtersbosje? Haha.'

'Er is een speeltuin bij.'

'Hij is dertien.'

'Dan kan-ie voetballen,' zei Beg tevreden.

Tina draaide zich bruusk om en liep naar de andere kant van de bar. Beg had een fout gemaakt, realiseerde hij zich, en herinnerde zich toen – te laat, klungel die hij was – de voet van haar zoontje. Tina had de misvorming altijd aan de nucleaire regen toegeschreven, het dorp waar ze vandaan kwam lag in een berucht testgebied. Haar pogingen om een pas voor slachtoffers van atoomproeven voor hem te krijgen, waren op niets uitgelopen. Er werden nog altijd regelrechte monsters geboren, mutanten; een horrelvoet viel daarbij in het niet. Het hielp ook niet dat het kind in het ziekenhuis van Michailopol was geboren en waarschijnlijk in Morris was verwekt.

Beg at gehaktbrood en dronk zijn bier. Vanuit zijn ooghoeken keek hij naar Tina. Hoe konden ze zo groeien. Op haar boezem wiebelde een zwaar gouden kruis. Tina was uit het leven gestapt, net als alle anderen in de bar vrat ook Beg zich op van spijt.

Onder haar klanten werd een grapje doorgegeven. 'Neem dit brood, want het is mijn lichaam,' had Jezus van Nazaret tijdens het Laatste Avondmaal tegen zijn discipelen gezegd. 'Neem dit lichaam, want het is mijn brood,' zei Tina Bazooka tegen haar klanten.

Toen ze een bar opende, waren de meeste klanten haar gevolgd. Haar gehaktbrood smaakte iedereen uitstekend maar haar lichaam was ze duizendmaal liever geweest.

Het was onwennig in het begin maar iedereen deed zijn best.

Eigenlijk, vond Beg, was de transitie wonderbaarlijk vredig verlopen. Misschien was het omdat ieder zijn deel van haar had gehad, dat niemand klaagde.

HOOFDSTUK 4

Het verlaten dorp

Stil verspreiden ze zich tussen de huizen. Ze stropen kamers, keukens en voorraadkasten af. Uit donkere kelders roepen ze naar elkaar. De lange man zakt door een vermolmde trap. Er is niets eetbaars achtergebleven, ze vinden niets om hun honger te stillen. Vloekend slaat Vitaly een kamer kort en klein met een tafelpoot. Hij zwaait het hout als een woesteling in het rond, tot het koude zweet hem uitbreekt en hij rilt als een koortslijder. Hij zakt op de vloer, golven van misselijkheid trekken door hem heen.

In een overwoekerde moestuin vindt de vrouw doorgeschoten aardappelplanten. Met haar handen graaft ze een paar rimpelige, kleine aardappelen uit de natte aarde op. De meeste zijn verrot, het stinkende sap kleurt haar vingers zwart.

Als ze een paar appelbomen vinden aan de rand van het dorp, halen ze de jongen. Niet alle appels zijn door de vogels en de insecten opgevreten, er zitten er nog heel wat aan. Sommige bruin en met schimmel bespikkeld, andere alleen maar verschrompeld.

De jongen gooit ze naar beneden en ze eten oude, bedorven appels tot ze niet meer kunnen. Het sap schuimt rond hun lippen. De jongen kijkt vanaf die hoogte over de golvende vlakte uit, scheurt grote happen uit een appel en lacht door zijn tranen heen.

Een voor een keren ze later van hun strooptochten terug. Op een binnenplaats maken ze vuur. De hemel is dicht en grijs, het is een koude dag. De jongen kijkt naar zijn reisgenoten, vuile, uitgehongerde verschijningen; het is of hij ze voor het eerst ziet.

De lange man heeft een groot ijzeren pannendeksel gevonden, daar zal hij 's nachts onder schuilen. Op zijn hoofd draagt hij een helm van dunne ribben en fijn gaas. Eens werd er groente en fruit onder bewaard.

De stroper is nog niet terug. Ze voeden het vuur met handenvol stoffig stro en afrasteringshout uit de hoge, donkere kapschuur aan de binnenplaats. Als er een goed ondervuur is ontstaan, vullen ze een geblutste pan met water en gooien er de armetierige aardappelen in. Het duurt een eeuwigheid voor de eerste stoomslierten van het wateroppervlak opstijgen. Na een tijdje wipt de vrouw de aardappelen uit de pan, de anderen kijken toe hoe ze ze onder hen verdeelt. Ze blazen en laten de aardappelen op hun vingertoppen dansen, dan schrokken ze ze met vel en al naar binnen en branden hun mond.

De vrouw wil in het dorp blijven, een rustdag, één droge nacht bij een vuur, maar de dag is nog jong – Vitaly, de stroper en de lange man besluiten dat ze verder zullen gaan. De man uit Asjchabad spoelt zijn zere mond met koud water.

Ze werpen brandende stukken hout in de gebouwen. Algauw breken er rookkolommen uit de daken van schuren en huizen, doorschoten met donkerrode vlammen. Met het vuur in hun rug verlaten ze het dorp.

Ze zijn de laatste huizen voorbij als de jongen zich omdraait en de rook ziet opstijgen tegen de hemel. Een vreugdevuur. Steekvlammen klimmen boven de huizen uit. De jongen grimast. Zijn innerlijk juicht. De euforie van vernietiging. Naar de hel met die rotzooi.

In zijn zak vindt hij het lege sigarettenpakje. Hij gooit het op de grond en trapt het onder het zand.

'Dood,' fluistert hij, 'dood.'

De anderen zijn al bijna uit het zicht, hij kan niet langer blijven staan. Hij keert het brandende dorp de rug toe.

Voor hem uit gaat een hallucinatie; een bonte stoet zonderlingen, met buitenissige voorwerpen behangen, buitgemaakt op hun veroveringstochten. De neger met een rode lap rond zijn hoofd, de vrouw met de pan bungelend op haar rug. De lange man heeft het deksel op zijn rug gebonden, de helm van vliegengaas wiebelt op zijn hoofd. In zijn hand heeft hij een knoestige bezemsteel.

Het dorp heeft ze, ondanks de bittere teleurstelling, nieuwe moed gegeven; het lijkt of ze vlugger lopen dan voorheen. Het kan onmogelijk de enige nederzetting in de omgeving zijn. Gemeenschappen zijn nooit zo geïsoleerd. *Het dorp verderop* wordt het brandpunt van hun gedachten. Ze zien tractoren op de akkers, rokende schoorstenen, het vee. De vriendelijke bijenkorven aan de dorpsrand... Ze hoeven er alleen maar naartoe te lopen...

Boven hun hoofd schuiven wolkenbanken traag ineen. Door de breukvlakken schemert parelmoerkleurig licht. Het begint zacht te regenen. De lange man houdt het deksel boven zijn hoofd.

Het wordt avond zonder dat ze het dorp van hun dromen hebben gevonden. Stap voor stap hebben ze de verrukkelijke luchtspiegeling zien verdwijnen. Verslagen zitten ze in de schemering in het zand. De stroper is verdwenen, hij zet zijn strikken. De jongen is gevoelig voor de zwaarte onder hen, voor het naderende onweer; hij kijkt de gezichten langs. Iemand moet bloeden.

Hij haalt een appel uit zijn zak en laat zijn vinger over de rimpelige huid glijden. Een appel; wat een rijkdom had ze dat gisteren geleken, wat een karige beloning is het vandaag.

Het gaat bijna altijd tussen Vitaly en de man uit Asjchabad. Dat is van het begin af zo geweest, toen ze door het lot werden samengebracht en de krachten zich verdeelden over de groep.

Vitaly en de man uit Asjchabad.

De jongen ziet ze dezelfde ideeën krijgen, hij weet dat de wil van de een hard op die van de ander zal stoten; ijzer op ijzer.

De stroper is een eenzaat, hij mengt zich niet in de koningsstrijd. De lange man is alleen maar een vazal, hij volgt de sterkste.

De vrouw, de jongen en de neger hebben een andere rol. Prooi. Slachtoffer. Toeschouwer. Zij doen er het beste aan zich onzichtbaar te maken.

Luid tikken in de schemering druppels op het metalen deksel boven het hoofd van de lange man. Hij jammert zacht. 'Waarom zijn we niet gebleven? De goede God gaf ons een dorp om te overnachten, een dak boven ons hoofd, maar we hebben het niet verstaan. We hebben niet geluisterd.'

'Je wilde zelf weg,' klinkt de stem van de man uit Asjchabad in het schemerdonker.

'*Niet ik! Hij!*'

Hij klinkt alsof iemand een hond heeft geschopt. Ze kijken naar Vitaly – de hand van de lange man wijst naar hem. Vitaly zit bewegingloos, zijn hoofd gebogen. De woedeaanval eerder die dag heeft hem uitgedoofd.

De stroper duikt op uit het hoge vedergras. Op enige afstand van de rest laat hij zich op de grond zakken. Hij vouwt zijn armen rond zijn benen en trekt het hoofd tussen de schouders. Hij rust als een berg.

De lange man richt zijn aandacht op de jongen. 'Laat mij zien hoeveel appelen jij nog hebt. Kom op, laat zien.'

'Idioot,' zegt de jongen. Hij zit klaar om op te springen en weg te rennen.

'Geef je appelen aan mij, jongen. Ik ben twee keer zo groot! Waarom heeft hij recht op evenveel appelen als ik? Ik kan niet tegen onrecht. Hij moet zijn appelen aan mij geven!' Hij richt zich een eindje op. 'Haal je zakken leeg, jongen.'

'Over mijn lijk.' De jongen schuift iets naar achteren.

De lange man kreunt. 'Hoor dat dan! Hoor dan! Slaan moet je hem, het kwaad eruit ranselen.' Hij sluit zijn ogen en beweegt zijn hoofd heen en weer als een rouwende vrouw. 'Almaty, o Almaty! De vader van alle appelen! Alle appelen van de wereld, blozend als meisjeswangen. Hij laat mij eerder sterven dan dat hij zijn appelen aan mij geeft. In wat voor wereld leven wij. Wee o wee.'

De jongen snuift. 'Idioot,' zegt hij nog eens.

In het donker, op veilige afstand van de anderen, rolt de jongen zich in een stuk plastic. Hij heeft het gevonden in een van de stallen, een punt stak onder een hoop gedroogde mest uit. Hij had het eronder vandaan getrokken en de mest er met een steen afgeschraapt. Toen vouwde hij het op en stak het onder zijn jas.

Druppels roffelen op het plastic. Hij komt niet goed in slaap, hij is bang dat de lange man zijn appels komt stelen. Zijn ogen proberen grip te krijgen op de duisternis, het donker te doorboren, silhouetten die van vorm veranderen, de beweging die iemand verraadt.

Hij is alleen. Zijn hart slaat zwaar. Hij houdt het mes stevig in zijn hand, klaar om toe te steken.

In het laatste blauw van de schemering heeft de man uit Asjchabad de vrouw meegenomen. Vitaly was te uitgeput om haar op te eisen. De jongen hield zijn handen een tijdje tegen zijn oren maar ze schreeuwde niet één keer.

HOOFDSTUK 5

De tweede helft van de avond

Pontus Beg at zijn avondbrood. Hij schepte tweemaal soep uit de pan. Zijn onderarmen leunden op tafel, de televisie stond aan zonder geluid. Hij luisterde naar de radio. Nieuws en actualiteiten, soms muziek. Een stuk zeen knarste tussen zijn tanden. Als Zita er niet was, kwam zijn eigen huis hem ongastvrij voor. De geest van verlating ademde in zijn nek.

Lang had hij niet begrepen waar de samenballing in zijn maagstreek vandaan kwam, en toen hij het wel begreep ergerde het hem. Hij wilde niet nadenken over dingen die onveranderbaar waren. Hij wilde ze ook niet voelen. Gevoelens waren voor gelukkige mensen.

Regendruppels trokken glinsterende sporen over het vensterglas. Hij liep naar het raam en sloot zijn spiegelbeeld buiten door de gordijnen dicht te doen. Hij bracht het bord en de soepkom naar de keuken, maakte een ondiep sopje en waste af. Lang geleden, toen hij de contouren van zijn verdere bestaan voor zich zag, had hij begrepen dat het belangrijk was om een minimale orde te handhaven in zijn huis. Hij zou eten maken, het aan tafel opeten – langzaam, niet schrokken, alsof Zita vanonder haar zware wenkbrauwen naar hem keek – en dan de pannen, het bestek en het bord afwassen en wegruimen.

Op de politieacademie was hij tweemaal berispt vanwege asresten en vetvlekken op zijn uniform. Toen zijn lichting werd beëdigd, hield commandant Diniz een toespraak. Jevgeni Diniz was een klootzak maar zijn woorden glommen net zo mooi als zijn laarzen. Hij wist het een en ander. Hij had een intellectuele belangstelling; Beg herinnerde zich dat hij dat bijzonder vond voor een politieman.

Beg luisterde naar zijn toespraak, het was de eerste keer dat hij hoorde over een oude Chinees die Confucius heette. Confucius, zei Diniz, zou, als hij het voor het zeggen zou hebben in een land, als eerste het taalgebruik verbeteren. Want als het taalgebruik niet juist is, dan is wat wordt gezegd niet dat wat bedoeld wordt. En als wat gezegd wordt niet is wat men bedoelt, komen er geen werken tot stand. Komen de werken niet tot stand, dan gedijen de kunst en de moraal niet. Gedijen deze niet, dan is er geen juiste rechtspraak. Als er geen juiste rechtspraak is, dan weet de natie niet wat te doen. Daarom moet men geen willekeur dulden in het woordgebruik. Dat is waarop alles aankomt.

Diniz was breedsprakig, hij beschreef weidse vergezichten. Beg was ongeduldig. Maar in de trein naar de boerderij van zijn ouders zag hij opeens de verhulde maatschappijkritiek van zijn commandant. Diniz had de woorden van de oude filosoof niet als waarschuwing voor de afzwaaiers ingepast, maar als constatering hoe het land ervoor stond. Het land bevond zich aan het einde van de trapsgewijze neergang die Confucius beschreven had. Hun restte de chaos. De maatschappelijke orde was schijnbaar, een ondoorzichtige ijslaag waarvan je niet kon voorspellen hoe dik hij was, tot je erop ging staan en erdoorheen zakte.

Wellicht had de nerveuze staatsparanoia van die dagen de woorden van een Chinese wijsgeer over het hoofd gezien.

Sinds die dag zag Pontus Beg het model van geleidelijke neergang overal in werking. Het begon met één klein dingetje en eindigde in totale wanorde. Op elk levensterrein moest dat ene kleine dingetje worden geïdentificeerd, geïsoleerd en onschadelijk worden gemaakt. Daarom kookte hij elke avond, at hij elke avond aan tafel, waste hij het eetgerei af en borg het netjes weg. Tegen de verwaarlozing, het afglijden, een ellendige dood.

Hij zou allang gestorven zijn, Diniz, of als stokoude man zijn knopen tellen in een flatje ergens, staren naar het doffe metaal van zijn medailles.

Door zijn toedoen had Beg belangstelling gekregen voor oosterse filosofie; hij las Confucius, Zhuang Zi en Lao Tse, en vond het niet erg dat hij het meeste niet volledig kon begrijpen.

Beg zette de fles op tafel. De radio bracht het nieuws dat de voormalige minister van Transport dood was gevonden in zijn datsja. Hij had zich tweemaal door het achterhoofd geschoten, zei de nieuwslezeres.

Beg schonk in. De dop rolde weg over het tafelblad. 'Op jou, ministertje,' zei hij met zijn ogen naar het plafond. 'De enige zelfmoordenaar in de hele wereld die zichzelf twee kogels in het achterhoofd schiet.'

Er was juist genoeg te doen voor een halve avond. De dag was gaandeweg vertraagd en nu helemaal tot stilstand gekomen. Het tweede deel van de avond was een rusthuis waarin je gelaten op je einde wachtte. Een beetje verbaasd, zonder veel hoop op genade.

Hij dronk vier glazen wodka. Vier glazen, meer niet. Een wiegeliedje. Onderdeel van zijn kleine orde. Vijf glazen betekende dat hij door het huis zou rondstampen op een koude en een warme voet, zijn keel schor zou roken en door schoenendozen met brieven en foto's zou woelen op zoek naar dingen die er niet meer waren. In zijn boeken zou hij aangestreepte passages willen terugvinden, op zoek naar een antwoord.

> De Meester zei: Als men 's morgens de Weg leert kennen, kan men 's avonds (tevreden) sterven.

Vijf glazen betekende de tel kwijtraken.

Hij zonk moeizaam op zijn knieën en zocht onder de tafel naar de dop. Zita, zag hij, maakte optisch schoon, niet hygiënisch. Wat zei dat over de tijd waarin hij leefde, dat vrouwen niet meer wisten wat schoonmaken was? Wat vertelde het over zijn tijd dat een man daar niets meer van zei? Dat hij zwijgend naar de vlekken in het tapijt keek, de kruimels in de besteklade, de kringen in de koelkast en de stapels asymmetrisch gevouwen hemden in zijn kast? Pasten deze dingen ook in het model van geleidelijke neergang?

De radio bleef aan tot hij naar bed ging. Vaak vergat hij waarom hij aanstond, tot hij hem uitzette. De fluittoon in zijn oren. Die vergezelde hem al jaren. Twee mugjes, een aan elke kant. Het geluid steeg op uit geheimzinnige diepten in zijn schedel en werd langs schelpachtige windingen geblazen, waar het zijn hoge klank kreeg. Het was een vlakke, constante toon, die soms traag leek te deinen. Er waren dagen dat hij hem vergat, maar als het plotseling stil werd, wist hij dat hij nooit was weggeweest.

Een zigeunermuzikant die hij eens had opgepakt, meende dat het een B was.

'Ik zing 'm veel lager dan-ie echt klinkt natuurlijk,' had Beg gezegd.

'Een C was beter geweest,' meende de zigeuner.

'Waarom?'

'De meeste liedjes staan in C.'

Bij de dienst voor zijn moeder had hij de fluittoon voor het eerst gehoord. Tijdens de stilte van het gebed was hij zijn oren binnen gevallen. Verbaasd had hij ernaar geluisterd. De oorsuizing zweefde boven het gezang en de zegeningen uit, ze maakte zich meester van alle andere geluiden, slokte ze op en vulde in haar eentje de gewijde ruimte. Het gaat zo wel weg, dacht Beg, en probeerde zich te concentreren op de woorden van de pope.

'Waarachtig, ik verzeker u: als een graankorrel niet in de aarde valt en niet sterft, blijft het bij één graankorrel, maar wanneer hij sterft draagt hij veel vrucht.'

Bij het Kontakion van de Doden huilde hij. Op de achtergrond onduleerde de toon. Pontus Beg verliet de kerk als een wees van tweeënveertig jaar met een schrille piep in zijn oren.

HOOFDSTUK 6

De hond van Asjchabad

De Ethiopiër bleef ver achter bij de anderen, soms leek het erop dat ze hem kwijt waren maar elke avond sloot hij zich weer bij hen aan. Zijn leger voor de nacht maakte hij op enige afstand van de anderen. Hij scheurde handenvol taai gras af en schikte dat op de grond in de vorm van een ellips. Daarin ging hij liggen. Sommigen imiteerden dit, ze meenden dat het hen beschermde tegen kou en slangen.

Als ze kreupelhout of een eenzame boom vonden, maakten ze een vuur. Dan schoof de Ethiopiër naderbij en warmde zijn zwarte handen.

Zijn vel hing los rond zijn geraamte. Hij was al sinds mensenheugenis onderweg, een mager paardje dat over het oppervlak van de aarde sjokte, zijn stakerige ribben omhangen met een floers van vlakke radeloosheid. Langs onbekende wegen was hij uit Afrika gekomen en in hun gezelschap beland. Ze wisten vrijwel niets van hem. Alleen dat hij uit *Tiopja* kwam, zoals hij afwisselend naar zichzelf en in de verte wijzend had gezegd. De jongen keek met open mond naar hem, dit was de eerste neger die hij in het echt zag. Van Ethiopië had hij nog nooit gehoord. De vrouw vertelde hem dat het een land in Afrika was, het continent van de zwarten.

Niemand verstond wat de zwarte man zei. Helemaal in het begin had hij soms geprobeerd hun iets duidelijk te maken, maar niemand had het begrepen. Hij probeerde het met handen en voeten, hij grimaste als een gek; de jongen was bang van hem. Toen de zwarte man merkte dat zijn pogingen vruchteloos waren, gaf hij het op en probeerde niet meer om zich verstaanbaar te maken.

Hij was gaandeweg doorschijnend geworden. Wanneer hij aan het eind van de dag opdook bij het vuur en de resten van het schamele voedsel verzamelde, realiseerden de anderen zich dat ze hem al bijna vergeten waren.

De man uit Asjchabad zag hem eens een kettinkje onder zijn hemd vandaan halen. Er hing een kruisje aan. Hij bracht het naar zijn lippen en kuste het.

'Zie dat dan,' zei de man uit Asjchabad. De jongen en de lange man keken.

'Wat eet-ie?' vroeg de lange man.

'Een kruis.'

'O ja? Een kruis?'

'Hij *kust* het.'

De lange man, zo kippig als wat, tuurde ingespannen naar de zwarte man.

'Een *kruis*,' zei de man uit Asjchabad. ''t Is verdomme niet te geloven.'

Wat de lange man betrof zat hij te eten. Waar had hij dat vandaan?

Het was de eerste keer dat de man uit Asjchabad zag dat een Afrikaan een canoniek geloof kon aanhangen. In zijn voorstelling van Afrika dansten zwarten voor regen. Ze aanbaden vreemde voorwerpen. De Koran, de Bijbel, het boek van de joden – daar hadden negers geen deel aan. En daar kuste die zwartkop zomaar een kruis. Ook al was de man uit Asjchabad christen noch moslim, vuuraanbidder noch vooroudervereerder, toch voelde hij diepe afkeuring – alsof hij getuige was van iets blasfemisch. Nu moest hij de man uit Ethiopië als *mens* beschouwen, terwijl hij hem eerder had gezien als een onschadelijk dier in de staart van de karavaan, dat tussen hun benen schuimde en de hazenbotten nog verder afkloof dan zij al hadden gedaan. (Buiten de kring hoorden ze de botten knappen; hij zoog het merg eruit.)

De neger had een kruis gekust. Dit verdiepte het raadsel. Welke gedachten had hij, welk leven lag er achter hem? En als de man uit Asjchabad gedachten had over de zwarte man, dan had de zwarte man die ook over hem. Deze dingen knarsten als zand tussen de raderen. Ze verwarden zijn verstand en verhitten zijn bloed.

De schaduwen lengden, de jongen zat op zijn hurken en spitste zijn oren om de monoloog van de man uit Asjchabad niet te missen. Zijn vluchtverhaal.

Ook in het leven van de man uit Asjchabad waren er geen vreemdelingen geweest, hij kwam uit een van de wereld afgegrendeld land. Hoe verder hij ervandaan liep, hoe krankzinniger het oord dat hij was ontvlucht hem toescheen. Er kwam niemand in, er ging niemand uit. Zijn land scheen een duister sprookje, waarin de mensen leefden onder het oog van een alziende tovenaar.

De naam van de tovenaar was Turkmenbashi.

De lange man bromde instemmend, hij had over Turkmenbashi gehoord, die zich de vader aller Turkmenen noemde, hij kende zijn reputatie.

Na de ondergang van het Russische Rijk had deze kleine partijbaas een nieuwe almacht vormgegeven. De grote broer was gevallen, de kleine broer kopieerde al zijn slechte gewoonten en voegde er nog een paar aan toe.

De vrouwen kleedden zich naar zijn voorschrift in traditionele jurken, versierd met borduurpatronen. Net als Peter de Grote gebood hij de mannen hun baard af te scheren. Na zijn hartaanval verbood hij zijn volk om nog langer sigaretten te roken. Zijn onderdanen waren dol op gouden tanden, een deel van de wereldgoudvoorraad sleet af in Turkmeense monden; de vader aller Turkmenen verbood gouden tanden om redenen van hygiëne.

De fossiele bodemschatten van het land waren oneindig; zo arm als de bovengrond was, zulke fabelachtige rijkdommen lagen verborgen onder de oppervlakte. Op sommige plaatsen was de grond zó verzadigd van olie en gas dat de vlammen uit de grond sloegen.

Gevangen in dikke buizen stroomde het de grenzen over. Van de opbrengst liet de tovenaar fonteinen ontspringen aan de verzengde aarde van de Karakum en herschiep hij zichzelf in goud in het centrum van Asjchabad. Zijn gouden standbeeld draaide met de zon mee, 's morgens begroette hij haar in het oosten, 's avonds legde hij haar in het westen weer te ruste. Gelaten onderging het volk zijn zelfvergroting. Het raakte gewend aan de dagelijkse porties waanzin. Ze leefden als de vlooien, ze hadden niets te zeggen over de dwaze sprongen van hun gastheer.

Hij herschiep niet alleen het dagelijks leven van zijn onderdanen, maar ook hun verbeelding. Alle verbeelding – de nationale, de culturele, de historische en ten slotte ook de persoonlijke.

Op een dag had de man uit Asjchabad jeuk gekregen. Eerst

plaatselijk, op zijn schouders. In de spiegel zag hij rode kringen. Ze breidden zich gestaag uit, tot zijn hele bovenlichaam ermee bedekt was. Hij krabde zich en zag de trage neerslag van schilfers boven het fonteintje. Hij krabde zich onafgebroken. In gezelschap hield hij zich aanvankelijk in maar al vlug liet hij alle schaamte varen en krabde zich ook in het bijzijn van anderen. Hij kreunde er zacht bij. In de remise van de busmaatschappij waar hij werkte maakten ze grappen over hem. Ze noemden hem 'de laatste hond van Asjchabad' – Turkmenbashi had immers alle honden uit de hoofdstad verbannen.

De jeuk nam zijn leven volledig in beslag. Nu waren er twee dingen waaraan hij niet kon ontsnappen: de ogen van de vader aller Turkmenen die overal op hem rustten en de razende jeuk op zijn bovenlichaam.

Hij krabde zijn huid open. Hij smeerde zich in met zalf en toen dat niet hielp kreeg hij pillen. De kringen trokken zich terug maar verdwenen niet, hooguit bezorgden ze hem tijdelijk minder last. De wonden heelden, zijn huid was bedekt met bleek littekenweefsel. Na een paar weken waren de kringen terug en werd hij teruggeworpen in de hel van afzichtelijke jeuk. Hij liet zijn nagels groeien om zich beter te kunnen krabben.

De dokter in het ziekenhuis kauwde op zijn pen, deze geheimzinnige resistentie ging zijn bekwaamheid te boven. Hij herinnerde zich een patiënt die van zoiets was genezen nadat hij zoutbaden had genomen in de baai van Kara Bogaz.

Kara Bogaz!

Dat was zoiets als iemand naar het einde van de wereld sturen! Kara Bogaz, een lagune waar het zoutste water op aarde gevonden werd.

Vol deernis keek hij naar de man die zich zacht kreunend zat te krabben, en vond dat hij hem dit onwetenschappelijke advies niet mocht onthouden.

Ten westen van Asjchabad, ver weg aan de Kaspische kust, ligt de geheimzinnige baai die Kara Bogaz wordt genoemd, de Zwarte Muil. Via een zeewaterval stroomt het water van de Kaspische Zee de ondiepe kom binnen. Onder de meedogenloze woestijnzon verdampt het water in de baai bijna even vlug als het erin stroomt. Het zout dat neerslaat wordt glauberzout genoemd, naar de Duitse chemicus die de laxerende werking ervan ontdekte.

Dit wonderzout zal de huid van de man uit Asjchabad schoonvreten.

Hij krijgt een pas waarmee hij naar Kara Bogaz kan reizen. Op zijn verlofkaart staat dat hij een week absent is met als reden 'medisch'.

De bus sukkelt naar het westen, de gele hitte van de Karakum tovert glimmende vijvers op het asfalt. Het hemd van de chauffeur hangt open. De man schreeuwt boven de motor uit. 'Kara Bogaz? Er is niks daar, collega!'

De man uit Asjchabad zou het liefst gedachteloos zijn en naar de voorbijglijdende halfwoestijn achter de ramen staren, maar luistert noodgedwongen naar het verhaal van de zoutstormen. Het was twintig, vijfentwintig jaar geleden begonnen, toen het peil van de Kaspische Zee plots drastisch zakte. De knapste koppen zochten naar de oorzaak, en toen ze die niet vonden, werd de baai van Kara Bogaz aangewezen als de dief van het zeewater. Het stroomde kolkend een smalle waterweg tussen de Kaspische Zee en de Kara Bogaz binnen.

De dief werd gestraft, de baai werd afgesloten met een dam. Nu werd het verdampingsbekken niet meer gevoed met water uit de zee. De prognoses van de waterbouwers, gebaseerd op solide rekenmodellen, voorspelden dat het ongeveer twintig jaar zou duren voordat de baai zou droogvallen.

De baai viel na twee jaar droog.

De metersdikke zoutlaag op de bodem van de kom verwaaide, de wind blies het zout honderden kilometers landinwaarts. De grond verziltte, een striemende zoutregen trok een spoor van verderf door het land. Het poeder glinsterde op de velden, het daalde neer op de blaadjes van de katoenplanten en verwoestte de oogsten.

Toen het imperium van de bolsjewieken viel, werd de dam afgebroken.

Het water keerde naar zijn oude oevers terug.

De chauffeur keek zijwaarts naar zijn passagier, die zich krabde.

Toch was de jeuk al minder, stelde de man uit Asjchabad verbaasd vast, alsof hij zich alleen al koest hield door het vooruitzicht van een zoutconcentratie die zo hoog was dat ze schepen tot zinken bracht.

De gebarsten aarde lag roerloos onder de stalen zon. De bus stopte langs de kant van de weg. De chauffeur liep een eindje de vlakte in, plaatste zijn benen uit elkaar en piste in het stof.

'Nog vier uur,' zei hij toen hij weer instapte.

Verder dan de havenstad Turkmenbashi, het vroegere Krasnovodsk, ging de bus niet. De man uit Asjchabad zou de volgende dag een bus of een taxi moeten vinden die hem naar Kaap Bekdasj wilde brengen, het handjevol huizen bij Kara

Bogaz. Zuchtend en steunend wrikte de chauffeur zijn achterwerk in het zitvlak van vale handdoeken.

Verderop was een wegversperring – een politieman kwam de bus binnen. De man uit Asjchabad overhandigde hem zijn reisdocumenten. Nieuwsgierig hing de chauffeur uit zijn stoel.

'Kara Bogaz?' vroeg de agent.

De ander knikte.

'Hier... Wat staat hier?'

De man uit Asjchabad keek. 'Medisch,' zei hij.

'Medisch,' zei de agent. Zijn zwijgen duurde even. Toen zei hij: 'Er is geen hospitaal daar. In Kara Bogaz.'

'Het is mijn huid. Het zoute water zal mijn huid genezen.'

De jeuk stak de kop weer op. Het leek of hij door een mierenhoop rolde. De sensatie verduisterde zijn gedachten. Hij beet op zijn kiezen en dwong zijn handen op hun plaats te blijven; als hij zich nu zou krabben, zou het lijken of hij zichzelf aanviel.

Iedere bestemming, elke beweging werd belachelijk zodra de man in zijn uniform haar inspecteerde met zijn kraaienoog. Waarom moest je daarnaartoe? Welk doel was zo belangrijk dat je bij deze temperaturen de weg op ging? Waarom bleef je niet waar je was? Wat had je ginds te zoeken?

De agent wiste het zweet van zijn voorhoofd. Zijn wantrouwen ebde weg, maakte plaats voor desinteresse.

Het schemerde. Almaar naar het westen reed de bus. De open ramen lieten vleugjes koelte binnen. Koperen bergen schoten eenzaam, een voor een op uit de woestijn. Purperen licht viel door de ramen naar binnen, een vaal maantje stond al boven de horizon. Daar waren ook de lichtjes van de havenstad, flonkerend in de koningsblauwe avond. En de zee, haar egale donkerte. Haar aanwezigheid stelde hem gerust; kalm ademde de reiziger in en uit.

Het beton van het busstation wasemde de warmte van de dag uit. Gemorste olie glom in het neonlicht, de man uit Asjchabad verliet het busstation en liep door de stoffige berm de stad in. In pension Buchara nam hij zijn intrek voor de nacht. Hij lag met zijn armen onder zijn hoofd op bed en staarde naar de reflecties van het straatlicht en passerende auto's op het plafond. Pas toen de meisjes en de matrozen niet meer door de gang stommelden, viel hij in slaap.

De volgende morgen liep hij langs de kade, at watermeloen en maakte geen haast om in Kara Bogaz te komen. Hij had gehoord dat er een ongezonde zwavelige mist boven de lagune hing, de zoutafzettingen schitterden zo fel dat ze je ogen verblindden; mens noch dier hield het daar lang uit.

Hij had geen haast. Voor het eerst in tijden hield de jeuk zich gedeisd.

Voor de kust lagen schepen voor anker. Het was heiig boven zee, de schepen leken met onvaste hand getekend. Ook dichterbij, aan pieren die ver in zee staken, lagen schepen afgemeerd. Hun namen roestten. Hij bekeek ze van dichtbij en hij bekeek ze van veraf. Een enkele kraan was in bedrijf. Lading zweefde door de lucht. Een plan kreeg vorm achter zijn ogen, een vermetele daad, ontstaan in de uren dat hij in de schaduw op de kade zat, watermeloen at en droomde van de overkant.

Wanneer een dekwacht zijn plaats even onbemand liet, zou

hij vlug aan boord van een schip glippen. Hij zou verdwijnen achter de eerste deur die hij zag en pas weer tevoorschijn komen in een haven ver van hier. Water en brood zou hij meenemen en hij zou zich niet laten zien tot ze een overkant bereikten. Hij zou zich zoekmaken, als een muntstuk zou hij wegrollen tussen de tegels en nooit meer gevonden worden. Dat zou hij doen. Zichzelf weggoochelen.

Zo bereikte hij Bakoe.

HOOFDSTUK 7

De laatste Jood

De rabbijn verliet zijn huis onder een laken, van al zijn zorgen verlost. Nu deed de vraag zich voor hoe hij moest worden begraven. Een geestelijke kon je toch niet zomaar in een gat in de grond stoppen? Zijn vrouw lag al twintig jaar op de Joodse begraafplaats van Smogy, hun enige dochter was lang geleden naar Israël geëmigreerd. Ze was onvindbaar, haar vaders dood kon haar niet worden meegedeeld.

'Hoe weet je van haar bestaan?' vroeg Pontus Beg aan brigadier Frantiçek Koller.

'De schoonmaakster,' zei Koller.

'Haar naam?'

Koller bladerde door zijn aantekenschriftje. 'Valeria Belenko.'

'Die van de dochter, man.'

Kollers ogen vlogen over zijn aantekeningen. 'Ariëlla Herz.'

'Geen andere verwanten?'

'Nee.'

'Geen adresboekje? Brieven met het adres van de afzender erop?'

'Misschien kan Jiri gaan kijken?'

'Zeg dat hij terugkomt met een adres van die dochter, een telefoonnummer. En dat hij iemand vindt die weet hoe je een Jood begraaft.'

Koller schudde zijn hoofd. 'De schoonmaakster zei dat er geen meer over zijn nu. Er komt al jaren niemand meer naar de synagoge. Hij was de laatste Jood hier.'

Een beetje verbaasd keek Koller zijn woorden na.

Beg gebaarde dat hij kon gaan. Hij draaide zijn stoel en keek naar buiten. Hij zag een blinde muur, en, als hij zich strekte, een doorgang tussen de huizen waardoorheen hij een stukje van de straat kon zien. De opening was zo smal dat je wandelaars maar heel even zag, een flits, dan waren ze weer voorbij. Zhuang Zi zei: 'Het leven van de mens tussen hemel en aarde is als een lichtstraal die door een opening in de muur valt: een ogenblik en het is voorbij.'

Beg vermaakte zich met het vrolijke anarchisme van Zhuang Zi maar verliet zich, wanneer hij richting zocht, op Confucius. Die taoïsten waren lastige jongens, ongrijpbaar, vluchtig als gas. Confucius was meer een man van de orde, die bood houvast. Eerbied voor ouderen, de riten en de Weg, en zijn liefde voor het juiste woord; hoe betreurde Beg het soms dat hij niet in het China van de Meester leefde.

Hij trommelde op tafel. Er was, hij wist het zeker, nog een andere synagoge in de stad. Hij neuriede een melodie uit zijn jeugd. Een liedje van zijn moeder. Op de melodie kwamen de woorden naar hem terug. Hij murmelde ze zonder te weten wat ze precies betekenden, hij meende dat het een Joods liefdesliedje was. Het ging over een meisje dat Rebekka heette. '*Ay, Rivkele, ven es veln zayn royzen, veln zey bliyen.*'

Veel uit het verleden keerde de laatste tijd naar hem terug. Zijn jeugd was zoveel nabijer dan al die jaren ervoor.

Hij nam de hoorn van de haak. 'Oksana, zeg Koller dat er

nog een synagoge is in de Polanenstraat. Daar moet toch iemand zijn die weet hoe je een Jood begraaft.'

De wegen glommen in het licht van de lantaarns toen hij in de schemering naar huis reed. Het was maar een kleine omweg naar de Polanenstraat – hij besloot niet op Koller te wachten.

Het was een brede, stille straat – de gegoede burgerij had hier lang geleden grote huizen voor zichzelf gebouwd. Boven sommige deuren was het glas in lood nog intact; de Weense Secessie had destijds ook in Michailopol navolging gevonden.

De Lada kraakte toen hij uitstapte, de hele straat kon het horen. Hij vond dat hij een auto verdiende die niet zo kraakte. Na vierendertig dienstjaren had hij recht op iets beters. Hij kon natuurlijk een geconfisqueerd exemplaar in gebruik nemen, er waren collega's die dat deden. Die reden rond in bolides die van zware criminelen waren geweest. Hij had bij zichzelf terughoudendheid bespeurd, een zekere preutsheid; hij wilde er niet aan. De mensen hoefden niet ook nog te zien wat ze al wisten: dat misdaad loonde. Dat zelfs een politieman ervan afhankelijk was als hij een beetje een knappe auto wilde rijden.

Hij stond voor een hoge, groene deur. Er was geen bel. Met vlakke hand sloeg hij op de deur. Hij keek om, de straat was gehuld in grijze damp. De platanen staken hun naakte, bleke armen naar de hemel. In de bocht verdween het zwakke achterlichtje van een auto.

Beg liep de steeg naast het gebouw in. Trolleys en vuilnistonnen, een Aziatisch restaurant had er zijn achteruitgang. Door een ventilatierooster klonk pannengekletter. Aan het eind van de steeg, waar het donker zich al genesteld had, vond hij de dienstingang van de synagoge. Op een papiertje onder plakband stond iets in het Hebreeuws geschreven. Weer geen bel. Hij ging de treden van het trapje op en sloeg hard op de deur. Er was geen brievenbus, het gebouw leek hermetisch afgesloten van de buitenwereld. Het leven van de Joden speelde zich in het verborgene af, een schaduwwereld, ver van dat van de anderen. Was het gebouw nog in gebruik? Of waren er inderdaad geen Joden meer in Michailopol?

Toen de deur openzwaaide en er een oude man voor hem stond, stapte hij een trede omlaag.

'Ja?' zei de man.

'Beg,' zei hij. 'Commissaris van politie. Mag ik binnenkomen?'

De oude man monsterde hem even en stapte toen terug de gang in. 'Komt u.'

Ze zaten aan tafel in een kleine keuken. De blauwgeaderde hand van de oude man beefde toen hij de beslagen theeglazen op tafel zette. Hij had zich voorgesteld als Zalman Eder, hij was de rabbijn. Er zaten nicotineachtige vegen in het grijs van zijn baard.

'Ik kom vanwege rabbijn Herz,' zei Beg.

'Wat is daarmee?'

'U hebt van zijn dood gehoord?'

Zalman Eder knikte.

'U kende hem?'

'Min of meer.'

Daar bleef het bij, hij leek niet de behoefte te hebben iets toe te lichten.

'Weet u of hij hier nog familie heeft, of vrienden?' vroeg Beg. 'Het probleem is... Hij moet begraven worden. De begrafenisondernemer moet toch iets.'

'Weet u...' zei de rabbijn toen met langzaam hoofdschudden. 'Yehuda Herz en ik... We konden niet met elkaar.'

Toen het stil bleef, vroeg Beg: 'Zomaar, of...?'

'Niet zomaar. Niets is zomaar.' De rabbijn nam een slok thee, de hitte scheen hem niet te deren. Toen zei hij: 'Hij was een slecht mens. Ik ben blij dat hij dood is.'

Verbaasd vroeg Beg: 'Yehuda Herz?'

'Een dwaalleraar. Zijn ziel was zo lek als een mandje. Dat zal-ie nu eindelijk eens horen van God zelf.'

Beg had zich een oude rabbijn als Zalman Eder voorgesteld als een wijs man, een vader die zijn volk door de woestijn leidde, niet als een rancuneuze oude Jood die zielen verwenste.

Hij vroeg of er in de synagoge nog diensten werden gehouden.

'Hier is niemand meer,' zei de rabbijn. 'Alleen ik.'

Zijn ogen lagen diep in zijn schedel, zijn wenkbrauwharen sprongen alle kanten op. Als hij opkeek, lichtte even het fletse blauw van zijn ogen op.

Beg vroeg zich af wat de ene Jood bezielde om de dood van de andere Jood te verwelkomen. Nooit hield de wereld op hem te verbazen.

'Ik ben de laatste,' zei de rabbijn, 'en voor mij zal het niet lang meer duren.'

Beg ving met zijn vingertop niet-bestaande kruimeltjes op het tafelblad.

'Waarom heeft een menslievende dokter mij niet de adem

afgesneden zodra ik ter wereld kwam?' zei de rabbijn. 'Wie ben ik dat de Eeuwige dit van mij vraagt? Wie zegt kaddisj voor mij? Door wie zal ik worden herinnerd?'

Zijn hoofd zonk dieper weg tussen zijn schouders. De oude schildpad trok zich terug. 'Maar daar komt u niet voor.'

'Nee.'

'U komt voor Herz.'

'Ja.'

'Waar is hij nu, die valsemunter?'

Ze kwamen overeen dat Eder over twee dagen de begrafenis van Yehuda Herz zou leiden. Veel te laat, volgens Eder, een dode jood moest onmiddellijk worden begraven, maar nood brak wet. Het zou in meerdere opzichten een geïmproviseerd karakter hebben, want ook een Joodse begrafenisonderneming was er al lang niet meer.

Tot slot had Beg de rabbijn gevraagd of hij misschien het liedje kende dat hij zich die morgen herinnerd had.

'Rivkele?' zei de rabbijn. 'Ik ken geen Rivkele.'

'Nee, een liedje *over* Rivkele,' zei Beg.

'Waarom vraagt u dat?'

Beg haalde zijn schouders op. 'We zongen het vroeger thuis. Misschien weet u waar het over gaat, want ik heb geen idee.'

'Welk liedje zegt u dat het is?'

Aarzelend sprak Beg de eerste regel uit, de woorden waarvan hij de betekenis niet kende. '*Ay Rivkele, ven es veln zayn royzn veln zey bliyen.*'

'Harder! Zo kan ik u toch niet verstaan!'

Beg herhaalde de woorden.

'En de melodie?' vroeg de oude man. 'Zingt u het, misschien herken ik het dan.'

En zo kwam het dat Pontus Beg een Jiddisch liedje zong voor de oude rabbijn.

'Goed zo! Goed zo!' De oude man kraaide van plezier. 'U moet veel oefenen, u hebt talent!'

Beg sloeg zijn ogen neer. Zelfs zijn nagels en zijn haren schaamden zich.

'Weet u wat u daar zingt? "Ach mooie Rebekka, als het rozen zijn, dan zullen ze bloeien..." Een liefdesliedje.'

Hij liet Beg uit. De lage, donkere gangen roken naar vochtig pleisterwerk. Flauw elektrisch licht scheen op de muren. Beg meende nog de roetkegels van de oude smeerkaarsen op het vergrauwde pleister te zien. Meer dan tweehonderd jaar, met rouwomfloerste onderbrekingen, had het gebouw dienstgedaan als godshuis – en daar ging de laatste oppasser met een liefdesliedje op zijn lippen voor hem uit naar de uitgang.

HOOFDSTUK 8

De trooster

Ze sjokten achter elkaar aan, hun hoofden gebogen, hun ogen dof en bijziend. Eens hadden ze verlangend naar de horizon gekeken, naar het land van verwachtingen daarachter, maar steeds minder dwaalde hun blik af, tot hij niet meer voorbij de grond voor hun voeten kwam.

Toen de lange man viel, knipperde hij verbaasd, alsof iemand hem beentje had gelicht. De jongen liep hem voorbij.

'Help me even,' hijgde de lange man. 'Dan geef ik je mijn schoenen. Oké?'

Maar de jongen liep door, peilloze minachting in zijn ogen.

Een voor een passeerden de anderen hem. Hij keek als een stervend dier naar hen op.

'Hé,' zei hij zwak, 'wacht nou.'

Hun ogen gleden zijn lichaam langs op zoek naar wat nog bruikbaar was. De schoenen, zijn jas. Zijn trui vol gaten. Het werd vlug kouder.

Was hij het zelf geweest die een achterblijver had beroofd? dacht de lange man met flakkerende gedachtekracht. Zo lang geleden alweer... Zo ver weg, alsof het iemand anders was... Hij had het hoofd met geweld zijwaarts gedraaid terwijl de anderen de kleren van zijn lichaam hadden gestroopt en zijn zakken leegroofden. Hij had zo hard op de mond van de man gedrukt dat hij zijn kunstgebit daarbinnen voelde breken.

Zo keken ze nu ook naar hem. Prooi.

Hij probeerde zich op te richten maar zijn benen waren zo zwaar. Zo zwaar waren ze nog nooit geweest, terwijl ze nog maar zo dun waren.

Is dit mijn einde, ziet het er zo uit? dacht hij. Een beeld van grote hoogte: zijn huid, zijn vlees, hoe het langzaam een afdruk in het zand werd, half opgevreten door de dieren, half in de aarde weggelekt; zijn gebeente dat over de steppe verspreid raakte.

Hij verwonderde zich over de plaats waar hij lag. Zand en taai geel gras; willekeurig als regen. Zo stierven anderen. Hij rook de vochtige aarde, zijn graf.

Allemaal waren ze alleen op weg gegaan, toeval had ze bij elkaar gebracht, niemand was verantwoordelijk voor een ander. Zolang je kon lopen, behoorde je tot de groep; zolang je kon lopen, maakte je haar sterker. Als de groep voor haar afzonderlijke leden moest gaan zorgen, verzwakte ze. Altruïsme betekende haar einde. Strikt eigenbelang vergrootte de kans op overleving. Ook de jongen had dit intuïtief begrepen. Ook aan anderen was hij voorbijgelopen; hij had zich doof gehouden voor de smeekbedes, de kreten in zijn rug.

Er waren soms kleine daden van barmhartigheid, vlug, clandestien bijna; uitzonderingen. Irrationeel. Onverstandig. De groep keurde deze inbreuken op het naakte zelfbehoud af.

Hijgend ging de adem van de lange man in en uit. Het verlangen naar water. Een oerherinnering aan pijn, wanneer heel zijn wezen een geluidloze schreeuw om zijn moeder, om troost was. Mijn lieve kind, suste ze, mijn lieve Mischa, waar ben je nu toch weer in terechtgekomen? Zo kan ik je toch niet helpen? Je bent alleen, Mischa, alleen.

Een hand streek over zijn arm. Hij glimlachte door zijn tranen heen, ze was dus toch gekomen... Ze had hem niet verlaten... Zo lang geleden, zijn lief moedertje, zo'n eeuwigheid.

Hij opende zijn ogen om haar te zien.

Boven hem stond de Ethiopiër.

De lange man kermde van ellende. Hij werd aan zijn arm in zittende positie getrokken. Hij vreesde de bedoelingen van de zwarte. Hij zou zich niet verzetten. Hij sloot alleen maar zijn ogen voor het kwaad dat de ander hem zou aandoen.

De Ethiopiër haalde een verweerde blauwe fles uit zijn ransel. Hij draaide de dop eraf en duwde de opening tegen zijn lippen. De koelte van steen. Water liep zijn mond binnen.

'Maj,' zei de zwarte man, en goot nog een beetje in zijn mond.

'Meer,' zei de lange man.

'Maj,' zei de zwarte nogmaals. De lange man zei het hem na, maj, maj.

Hij nam de fles uit zijn hand en dronk gulzig van het gronderig smakende water. Toen het op was, rook hij de zwarte man: oud zweet, zijn lichaamsvet. En ook de bedorven geur die uit een lege maag opstijgt. Zo dicht bij elkaar waren ze nog niet geweest. Hij voelde schaamte en dankbaarheid.

Hij probeerde op te staan maar zakte terug in het stof. Zijn vingers tintelden, voor zijn ogen duizelde het beeld.

De hand van de Ethiopiër verdween nog eens in zijn ransel. Hij kwam eruit tevoorschijn met een wonder: een roestig conservenblik. Bonen, goulash, het kon van alles zijn, de wikkel rond het blik was verdwenen. Hij moest het in het dorp gevonden hebben, tijdens zijn strooptocht door de huizen. De lange man kon zijn ogen niet van het blik afhouden. Een conservenblik. Een schat. Perverse rijkdom.

De zwarte man knielde op de grond. Hij klemde het blik tussen zijn knieën en sloeg erop met de punt van een steen. Hij deukte het blik maar kreeg het niet open. De kwelling was ondraaglijk. De lange man zakte achterover en liet zijn knokige, gele vingers in zijn broekzak glijden. Langzaam kwam hij weer overeind en gaf zijn mes aan de Ethiopiër. Hij kon hem nu met zijn eigen mes vermoorden. De gedachte schitterde even achter zijn ogen en verdween weer.

De punt van het mes drong door het dunne blik. Wrikkend en snijdend vrat het lemmet zich erdoorheen, de gekartelde rand van het deksel stak omhoog. De lange man boog voorover, hij wilde zien wat erin zat, hij had het uit zijn handen gerukt als hij kon. Toen het gat groot genoeg was, boog de zwarte man de randen naar buiten. Nu grepen ze om beurten in het blik en lepelden de geleiachtige substantie er met hun vingers uit. De vage smaak van vleesbouillon. Ze schrokten, likten hun bloedende vingers af en schraapten de resten van de bodem en de zijkanten. Toen het blik helemaal schoon was, vonden hun ogen elkaar, groot en geladen, alsof ze tot zichzelf kwamen na een extatische misdaad.

Hij heeft zijn eten met me gedeeld, dacht de lange man, zijn enige eten. Hij is een groot en edel mens. Hij heeft een hart als een walvis, ik ben het niet waard dat hij me het licht van zijn ogen schenkt.

Zijn onderlip trilde, tranen liepen over zijn gezicht. De Ethiopiër had hem het licht van zijn ziel laten zien, een fel licht; hij voelde hoe het in hem was overgegaan, zoals je een kaars aansteekt met een andere kaars. Hij sloeg zijn handen voor zijn ogen en schokschouderde. Eenmaal in zijn leven huilt een mens omdat hij zichzelf helemaal doorziet. Eenmaal in zijn leven huilt hij omdat hij weet dat hij niet te redden is.

De zwarte stak het blik in zijn tas en keek om zich heen. Hij leek de huilbui van de ander niet op te merken. Hij stond op en inspecteerde zijn zakken. Het eten had hem goedgedaan, hij knipperde tevreden naar de grote, zware wolken boven de steppe.

Hij likte het mes af en stak het de lange man toe; die griste het uit zijn hand.

Toen de lange man wakker schrok uit het delirische geraaskal van zijn dromen en opkeek naar de witte maan, bad hij dat zijn beproeving hier mocht eindigen. Het had een beetje geregend, de maan hing roerloos achter dunne, rusteloze wolkenflarden. Zijn dankbaarheid jegens de zwarte man sloeg om in giftige rancune. Hij schaamde zich voor zijn gedachten maar wegjagen kon hij ze niet. Binnen enkele uren had hij gebeden om te mogen leven en om te mogen sterven – tussen die polen zweefde hij, zijn lange benen in een spagaat tussen leven en dood. Maar sterven deed hij niet, nog niet.

Om hem heen lagen de dingen die hij gedurende de lange tocht had buitgemaakt. Het pannendeksel, zijn helm van roestig gaas, een lange stok die hem ondersteunde, waarop hij onbeholpen versieringen had aangebracht met zijn mes. Hij steunde op de stok toen hij overeind kwam, zijn gebeente stijf en pijnlijk van de kou. De zwarte man lag een paar meter verderop in zijn ring van gras, zijn handen op zijn borst gevouwen als een gestorven ridder. Hij zette een paar stappen.

Een kiertje rood licht kroop op aan de rand van de aarde, met verbazing stelde hij vast dat hij naar het leven was teruggekeerd.

Met de stok prikte hij de Ethiopiër in zijn zij. De zwarte man had in zijn dromen een trouwpartij bezocht, joelende mannen waren op paarden de grote tent binnen gereden, vrouwen klapten en zongen, hij was gelukkig in de geurige rook van het houtvuur en had gegeten zoveel hij wilde; hij wilde helemaal niet overeind komen maar daar blijven liggen waar die dingen op lichte vleugels op hem toe waren gevlogen.

De lange man volgde het spoor, dat door de regen half was uitgewist. Hij droeg alleen zijn kleine rugzak, al het andere had hij achtergelaten, de voorwerpen die hem tegen de regen, de vliegen en het kwaad hadden beschermd. Schuifelend ging hij voort, het gras kraakte onder zijn voeten. Hij leunde zwaar op zijn stok omdat hij zijn benen niet meer vertrouwde.

Terwijl hij zich door de steppe sleepte, werd hij gestoken door de horzels van zijn gedachten. Hij was zijn leven verschuldigd aan een melaatse, een man die zijn bestaan had aan de rand van de groep. Hun levenslijnen waren door elkaar geraakt en onontwarbaar verknoopt. Er was een schuld op zijn dunne schouders geladen. Achter hem klom de bleke zon aan de hemel. Daar ergens was ook de man aan wie hij zijn leven dankte. Hij keek niet om.

HOOFDSTUK 9

De gebroken kruik

Yehuda Herz wordt op een koude, droge dag begraven; naast het graf ligt een berg rul zand. Verderop, op een bankje onder een wilg, zitten de dragers te roken en zacht te praten. Ver weg klinkt het geweerschot van een jager.

De Joodse begraafplaats ligt ten oosten van de stad. Er staan lage populieren omheen. De wind waait door de takken, een zacht suizen dat de stilte niet verstoort. Hier begraven de Joden sinds mensenheugenis hun doden, op een stuk grond dat eens in de steppe ver buiten de stad lag. De flats zijn mettertijd opgerukt, en duwden een vloed aan volkstuintjes, schuurtjes en caravans voor zich uit.

Pontus Beg had geen goede reden gevonden om Herz' begrafenis te bezoeken, maar was toch gegaan. Misschien, zei hij tegen zichzelf, omdat hij zich verplicht voelde jegens Zalman Eder. Het was op zijn verzoek dat de rabbijn nu zijn gebeden murmelde waar Beg geen woord van verstond. Zijn kaftan plooide in de wind.

De kist stond op een paar dwarsbalken, straks zou hij worden neergelaten.

Driemaal eenzaamheid, dacht Beg. Een dode Jood, een levende Jood en een politieman met een koude voet en een piep in het oor. In de verte schoof een trekker over de akker. In de voren daalden meeuwen en kraaien neer.

De hoge grijze stenen maakten dunne schaduwen. Steenbeitels hadden grafteksten in het Hebreeuws, Duits en Russisch uitgehakt; de meeste zerken waren heel oud. Sommige hingen scheef in de grond.

Beg verplaatste zijn gewicht van het ene been naar het andere. Als hij door zijn oogharen keek, veranderde de berg zand naast het graf in een slapende beer. De meisjesnaam van zijn moeder was Medved. Beer in het Russisch. De wind woei een traan in zijn oog. Hij veegde hem weg.

Hij had talloze doden gezien, maar vond het nog altijd geheimzinnig dat de afstand tussen hem en de doden even groot als klein was. Hij had bevroren zwervers van de straat gehaald, alcoholisten die zich hadden doodgedronken, de slachtoffers van inwerking van geweld met een stomp voorwerp (het jargon van de patholoog, niet dat van hem) en de ouden en de eenzamen die dood werden gevonden in hun huis. Elke dode die hij zag, beschouwde hij als een voorbereiding op zijn eigen dood. Het oversteken van de laatste grens.

De rabbijn strekte zijn bevende handen uit. Hij riep de hemel aan. Ontferming, genade. Ook dit feilbare wezen is een kind van God, deze mens, gebroken als een kruik.

De dragers kwamen in de benen, een ordeloze troep. Pas toen ze het graf naderden, daalde het ceremoniële in hun bewegingen neer. Bij de kuil greep elk van hen een eind touw. De balken werden onder de kist vandaan getrokken, de touwen stonden strak. Langzaam zweefde de kist de diepte in. De kwastjes van Herz' gebedskleed staken er aan de zijkanten uit.

'Ga heen naar uw bestemming,' zei de rabbijn. 'Rust wel en herrijs voor uw bestemming aan het einde der dagen.'

Hij bukte zich moeizaam en wierp een paar schepjes zand op de kist.

Langzaam dwaalde de rabbijn tussen de graven. Soms bleef hij even staan bij een grafsteen. Mendel Kanner. Alexander Manasse. Hij maakt een wandeling door het verleden, dacht Beg, die een paar stappen achter hem liep. Hij bezoekt zijn vrienden. Het gras stond hoog, de steppe rukte op tot tussen de graven.

Zalman Eder draaide zich half naar hem om. 'De volgende keer ben ik het zelf die gaat. Dan zal ik thuis zijn in het huis des levens.'

Een paar rijen voor het einde van het grafveld stond hij opnieuw stil. 'Mijn vrouw, haar gedachtenis zij tot zegen,' zei hij, wijzend naar de steen voor zich. 'Hier kom ik te liggen. Onthoudt u dat alstublieft.' Hij lachte zacht, hees.

Edzia Bogen, geboren te Lemberg.

De rabbijn pakte een kiezeltje en legde het op de steen.

Ze liepen naar de uitgang en sloten het hek achter zich, onder de bomen vol gefluister van de zielen die achterbleven.

Beg bracht hem terug naar de Polanenstraat. Vragen over het geheimzinnige Jodendom brandden op zijn lippen – waarom legde hij een steentje op de zerk van zijn vrouw? waarom leidde hij zo'n verborgen bestaan? – maar de rabbijn zat zwijgend naast hem met zijn handen gevouwen op zijn schoot; vragen leken ongepast.

Ze reden voorbij het oude station toen de rabbijn opeens zei: 'U bent politieman...'

Beg keek opzij.

'U ziet het vuil van de wereld,' vervolgde Eder. 'Elke dag wel iets, neem ik aan. Nieuwtjes. De wereld is er vol van. Nieuwtjes. Het vuil. U wentelt zich erin, dat is uw beroep. Maar wat doet u om zich te reinigen van het vuil van de wereld? Hoe wordt u weer schoon?'

Beg haalde zijn schouders op. 'Dat soort vragen... We stellen ze misschien liever niet.'

'Wat een quatsch! Zulke vragen komen nu eenmaal in een verstandig hoofd op, of je nu wilt of niet.'

'Een antwoord...' zei Beg, 'het antwoord zou moeten zijn, als je eerlijk bent, dat sommig vuil niet meer weggaat. Het zit op je. Het gaat er niet meer af.'

Het meisje – het was al de tweede keer dat hij aan haar dacht vandaag. Ze was in het voorjaar gevonden in een greppel langs de weg. Mogelijk had ze er de hele winter gelegen. Ze had botbreuken, ze was aangereden of uit een auto gegooid, door de staat van ontbinding was weinig met zekerheid te zeggen. Alleen dat haar lichaam voor of na haar dood geweld had ondergaan.

Ze had een kleine rugtas bij zich. Er zaten foto's tussen de pagina's van haar dagboekje. In haar bagage waren sokken, slipjes en een beha gevonden, verder een blauw onderhemdje en toiletartikelen. Ze had in de zomer gereisd. Misschien had ze gelift, in het dagboek zaten ook kaartjes voor een rockfestival. Een portemonnee of een identiteitsbewijs was niet gevonden, ze kon niet worden geïdentificeerd. De patholoog schatte haar leeftijd tussen de zeventien en vijfentwintig jaar. Op een paar bobbelige foto's (nat geworden en weer opgedroogd) was een meisje te zien, ze namen aan dat zij het was. Een van die portretjes was bij het opsporingsbericht afgedrukt. Er was nooit iemand gekomen. Ze lag nu zes maanden in een schuiflade in het mortuarium. Als er niemand voor haar kwam, zou ze volgende lente worden begraven.

Het gezicht op de foto was ovaal, met geprononceerde jukbeenderen. Noordelijk. Haar bleekblauwe ogen keken recht de wereld in, met het vertrouwen van iemand die gelooft dat er iets goeds en bijzonders op haar wacht. Beg projecteerde dat gezichtje op het dode meisje, wier echte gezicht zwart geworden en door kleine roofdieren aangevreten was.

Soms dacht hij een tijdje niet aan haar, dan was ze weer een periode veel in zijn gedachten. Met de doden was het als met de levenden, sommigen bleven je bij, anderen vergat je.

Wanneer hij in het mortuarium was, klopte Beg op de lade met het label VROUW ANONIEM erop, om haar te laten weten dat hij haar niet vergeten was.

De vondst van het meisje kreeg pas zijn belangstelling toen hij de inhoud van haar rugtas op een tafel uitgespreid zag liggen. Er was iets onbezorgds aan dat hem trof; het dagboekje, haar minimale bagage. Hij keek er een tijdje naar, ook al had hij niet direct iets met haar zaak te maken. Hij zag haar liften, ze vertrouwde de mensen bij wie ze in de auto stapte. Ze had zich altijd op een geheimzinnige manier beschermd geweten. De zekerheid dat zij gespaard zal blijven. Ze is vrij, haar voeten lopen elke dag over andere wegen.

Het papier van haar dagboek was nat geweest, de inkt was deels uitgelopen. De woorden die nog leesbaar waren, gingen over haar liefde voor een jongen die Joeri heette, de dood van haar grootmoeder, haar zorgen over de wereld. Beg dacht dat ze eerder zeventien dan vijfentwintig was.

De suggestie van prostitutie had hij verworpen – ze zouden condooms hebben gevonden, een vaginale spray, ander ondergoed.

Hij bleef staan wachten tot Zalman Eder achter de deur in de steeg verdwenen was. Woonde hij daar, ter zijde van de synagoge? Hoe leefde hij, de oude man? In Begs voorstellingen lag hij op zijn knieën in een leeg en schemerig godshuis, en dwaalde hij 's nachts door de gangen op zoek naar de wereld die hem ontvallen was.

Beg had avonddienst. Oksana haalde eten. Hij staarde naar buiten, naar de smalle doorgang tussen twee muren waar hij op uitkeek; daartussen verdiepte zich het blauw. Oksana wipte de dop van een fles bier en haalde de deksels van de bakjes. Op een bord maakte ze een landschap van noedels, vlees en groente.

'Waarom noemen ze een varken eigenlijk een onrein dier?' vroeg Beg, half in gedachten.

Oksana keek op, de lepel hing stil in de lucht. 'Wie zegt dat?'

'De joden. En moslims ook.'

'Poeh.'

'Weet je niet?'

'Nee... Nee.'

'Ik ook niet. Waarom zou God een onrein dier maken?'

Oksana stak de lepel in de saus en overgoot er de noedels mee. 'Mijn moeder zegt altijd dat je God niet moet vragen waarom.'

'Waarom niet?'

‘Haha.’

Beg zei: ‘Er is toch niks aan een varken wat... We hadden varkens thuis...’

Oksana keek hem aan, maar hij zweeg over zijn herinnering aan de varkens achter het hek, die geduldige wezens, zoveel vriendelijker en uitdrukkingsvoller dan de meeste mensen. Dat hij wilde schreeuwen wanneer ze er een aan zijn achterpoten ophingen aan een balk, zijn keel doorsneden en hem lieten leegbloeden in een roestig blik, maar dat zijn stem verdwenen was.

HOOFDSTUK 10

Koude as

De Ethiopiër stond stil en wees, hij zag de anderen, ver weg nog, klein en scherp afgetekend als kriebelletters op een vel papier. Ze schoven voort over de steppe. De lange man tuurde langs de wijsvinger van de ander maar zag niets. Dorst schuimde in zijn mond. Hij gebaarde dat hij moest rusten, en liet zich langs zijn stok op de grond zakken. Uitputting had een oude man van hem gemaakt. Hij hield zijn ogen dicht. Wegzinken in het donker achter je oogleden, gelukzalig uit de wereld wegglijden.

Een klap, hij schrok op – de zwarte man zat voorovergebogen met een steen in zijn hand. Hij had een hagedis verpletterd. Op zijn knieën kroop hij naar de lange man toe en strekte zijn arm naar hem uit. De lange man gaf hem zijn mes. In zichzelf mompelend sneed de Ethiopiër de buik van het reptiel open en schraapte de gele ingewanden eruit. Hij veegde het lemmet schoon aan zijn broek en gaf hem het mes terug. De hagedis liet hij in zijn jaszak glijden. Toen ging hij een eindje verderop zitten, de steen geheven in zijn hand.

Je moest snel zijn om er een te pakken te krijgen. Eerst moest je bewegingloos zijn tot het bloed stilstond in je aderen, dan moest je razendsnel toeslaan. Het was de lange man nooit gelukt. De zwarte was er goed in, de stroper en de jongen ook. Ze konden wachten. Het diertje dichterbij zien komen, zijn tong die in en uit zijn bek flitste, de hartslag die je door zijn huid heen kon zien, de vliezige oogleden die over zijn ogen schoven; dan toeslaan.

Dit was een kleintje, daar hadden ze nog niets aan. Je moest de grote hebben, een stuk of wat.

De lange man had een aangename dagdroom – groot vuur, vet siste in de vlammen. Nooit eerder had hij zo gemakkelijk in twee werelden geleefd, kon hij zo vlug oversteken van de wereld waarin zijn lichaam hem zeer deed en zijn geest wanhopig was, naar het domein van de droom, delirisch en gelukkig.

De zwarte man liep achter hem als om hem voort te duwen, de uitgeteerde heremiet uit oude verhalen. Hij neuriede een eenvoudige, repetitieve melodie, als een gebed.

Drie hagedissen had de zwarte man gevangen. Nu gleed zijn blik rond op zoek naar brandstof. Hij stopte verwaaid plastic in zijn zak. Plastic, rond een stok gewikkeld, ontbrandde vlug, je kon er vochtig hout mee aan de praat krijgen.

Ze hadden een enkele keer lage bomen gevonden in depressies, de meeste dood. In de dorre struiken, het onderhout, ving de stroper vogeltjes en hamsters. Als ze verder trokken, waren ze met hout behangen, grillige takken en stammetjes, bizarre camouflage.

Nu was de groep uiteengevallen. Voor hen uit gingen de anderen – de man uit Asjchabad, Vitaly, de stroper, de jongen en de vrouw. Ze zouden proberen zich weer bij hen aan te sluiten, dat waren de zwarte man en hij woordeloos overeengekomen. Instinct. De gevaren van de wildernis schenen groter dan die van de groep.

Lang geleden hadden ze wolven gehoord. Gezien hadden ze ze nooit, alleen hun sporen gevonden, de volgende dag. Een paar nachten cirkelden de wolven rond hun bivak, ze sidderden bij het langgerekte huilen, het grauwen en janken net buiten hun blikveld. De stroper had gezegd dat het kleine wolven waren, dat ze er weinig van te vrezen hadden zolang ze bij elkaar bleven.

Ieder van hen kende nu zijn lot als hij zou achterblijven. Niemand wilde de aansluiting verliezen.

De lange man was licht in zijn hoofd, hij had last van duizelingen. De ander gaf hem een beetje water en wachtte tot hij verder kon. Hij wilde altijd meer maar mocht de fles niet meer zelf vasthouden.

Ze liepen tot het donker was en de voetsporen oplosten voor hun ogen. De zwarte man spande het plastic zeil op de grond waarmee hij regenwater opving. Gepunte stokken hielden de uiteindes omhoog, het water verzamelde zich in het midden van het zeil.

Hij maakte een klein vuur en dreef een potloodscherp gesneden houtje door de hagedissen. Boven het vuurtje draaide hij ze rond en rond tot de huid zwart was. Vanbinnen was het vlees wit. De verkoolde huid kraakte tussen hun tanden. Ze aten ze van kop tot staart op.

De lange man keek een beetje verbaasd naar zijn handen, alsof hij zich afvroeg waar zijn deel zo gauw gebleven was. In zijn maag gromde de honger. Hij keek hoe de zwarte at. Zelfs zijn lippen waren zwart. Hij was in zichzelf gekeerd, zijn gezicht glom in het schijnsel van de lage vlammen. Littekens leken met een beitel in zijn huid gegutst. De zwarte was een mens zoals hij, het leek er alleen op dat het mens-zijn bij hem op een andere manier tot uiting was gekomen, zoals bij de ezel en het paard.

Zijn radeloze dankbaarheid was geslonken, in het verborgene van zijn gedachten was de zwarte meer en meer een persoonlijke bediende geworden, een slaaf; er hing een zweem van onrecht rond de laatste halve hagedis die hij voor zichzelf had gehouden.

De misvorming van zijn gedachten verliep sluipenderwijs. Ja, de zwarte voedde hem, maar omdat hij ook zijn eigen deel nam, was hij er schuldig aan dat er te weinig voor hem overbleef. De zwarte hielp hem voort en ondersteunde hem wanneer hij niet verder kon, maar was er daardoor schuldig aan dat zijn aardse lijden voortduurde. Dankbaarheid en hatelijke minachting joegen elkaar na als visjes op de bodem van een poel.

Hoe was de zelfopoffering van de zwarte te verdragen? Hoe kon je er vrede mee hebben dat je een ander je leven verschuldigd was? Hoe verloste je jezelf van die schuld?

De vlammetjes zakten langzaam in de as, het hout en plastic waren bijna opgebrand. De zwarte man legde de prikker erin, een vlammetje laaide op. Hij haalde zijn neus op en spuwde. De fluim kromp ineen en siste in de kooltjes.

De lange man werd wakker in het licht van de stille, witte maan. Hij hield zijn adem in en luisterde – wat had hem gewekt? Hij stak zijn hoofd onder het plastic vandaan. De aarde rook naar regen. Langzaam kwam hij overeind, de kou was in zijn botten gekropen.

De zwarte sliep in zijn ring van gras. De lange man sloop

naar het zeil. De maan blonk in het zwarte water. Langzaam zonk de lange man door zijn knieën. Hij trok een opstaande rand van het zeil naar beneden, het water stroomde naar de zijkant toe. Met zijn lippen aan het plastic dronk hij van het zoete, koude water tot het bijna op was. Hij veegde zijn sporen achter zich weg en glipte terug naar zijn leger. Pas toen het bonzen van zijn hart minderde, sloot hij zijn ogen.

Al bij het eerste daglicht stonden ze op om de draad te volgen die door het donker was doorgeknipt. De lange man zag de vervaagde voetstappen die de anderen in het zand hadden achtergelaten, achter hem liet de zwarte man het schamele beetje water in de fles lopen. Boven het land hing koude, witte mist.

Al tegen het middaguur stuitten ze op het bivak van de anderen; een kleine vuurplaats en het omgewoelde zand waar hun lichamen hadden gelegen. Ze liepen op ze in.

De zwarte man zonk door zijn knieën en woelde met zijn vingers door de witgrijze as. Hij zeefde de kooltjes eruit en stak ze in zijn zak.

Ze volgden de sporen. Misschien haalden ze ze nog voor de avond in. Zo graag wilden ze zich weer aansluiten, dat ze vergaten hoe zwak hun positie in de groep was.

Later regende het. De gele pollen steppegras leken een zacht licht af te geven onder de rollende grijze wolken. De zwarte man liep met zijn tong uit zijn mond om water op te vangen. Hij leek verkwikt en vrolijk. Soms zei hij iets tegen de ander. De lange man haalde zijn schouders op, de neger herhaalde luider wat hij had gezegd, zijn gele ogen strak op hem gericht.

De lange man schudde zijn hoofd, droevig, het was nutteloos, ze zouden elkaar nooit verstaan.

De zwarte had hem iets willen zeggen over de reis, dacht hij, iets over het weer of het blik eten dat ze samen soldaat hadden gemaakt, hoe zou het over iets anders kunnen gaan? Wie dacht er nog aan andere dingen? De reis liet geen ruimte voor andere gedachten. Ze waren mensen zonder geschiedenis geworden, ze leefden nog slechts in een acuut heden.

HOOFDSTUK 11

Woesj

Beg had zijn datsja bezocht, zeventig kilometer buiten de stad. Hij had de boel winterklaar gemaakt; hij reed nog een paar laatste kruiwagens mest over de bedden uit, had de put afgedekt en de luiken voor de ramen geschroefd. Hij tuinierde graag. Hij dacht soms aan zichzelf als een landloze boer. Zodra hij kon, verliet hij de stad om de rozen te snoeien en de druivenranken op te binden langs de gevel van het huisje.

Nu reed hij door het donker naar huis. In het voorjaar zou hij pas terugkeren. Op de achterbank stond een kratje paprika's. Op oude kranten lagen de laatste pompoenen, modderig en uit hun krachten gegroeid.

Hij naderde een kruising en minderde vaart. Het was te voorspellen waar ze postten – inderdaad stond aan de overkant van de weg een verdekt opgestelde politiewagen achter het lage geboomte. Beg stak de weg over en stopte naast de surveillancewagen.

De surveillant stapte uit, Beg draaide zijn raampje open.

'Commissaris,' zei de man. Hij liet zijn sigaret vallen.

'Alles wel?'

'Zeker, zeker. Rustig. Een rustige avond.' Er kwam wat laatste rook uit zijn mond.

'Geen bijzonderheden?'

'Nee... niks eigenlijk. Rustig.'

Liever dan wat ook stonden de collega's langs de weg boetes uit te delen. Zo kwamen ze aan hun afdracht, het was de gemakkelijkste bron van inkomsten. Sinds ze waren uitgerust met laserpistolen konden ze hun bijverdiensten legitimeren met technologische precisie. Niemand kon nog zeggen dat ze zomaar wat uit hun duim zogen, iedereen kon het zien, digitale cijfers logen niet.

'Het eenzame hoertje' werd dit onderdeel van hun beroep genoemd, want zo zag het eruit als ze onder een lantaarnpaal stonden te controleren.

Beg was ermee opgehouden toen hij inspecteur werd, lang geleden. Het gaf geen pas, met zo'n rang in die koepel van kunstlicht, uitgesneden in de eindeloze ruimte van de steppe.

Er was eens een politieman neergeschoten tijdens een snelheidscontrole. Meer dood dan levend werd hij 's nachts in de berm aangetroffen. De collega's bezochten hem in de kliniek waar hij werd verpleegd. Hij was blind en doof, hij reageerde nergens op. Hun ogen werden voortdurend naar het gat getrokken waar zijn neus gezeten had.

Hij keerde in hun gedachten terug wanneer ze in het donker langs de weg stonden.

Beg had zijn manschappen verboden nog langer alleen te posten, een voorschrift dat door allen werd genegeerd. In je eentje haalde je meer op dan samen.

Als een van de collega's jarig was, deed een vast grapje onder hen de ronde.

'Wat zullen we hem eens geven?' vroeg er een.

'Een magnetron,' zeiden de anderen.

'Heeft-ie al.'

‘Een flatscreen dan.’

‘Heeft-ie al.’

‘Een nieuwe mobiel?’

‘Heeft-ie al.’

‘Een dag vrij dan?’

In koor: ‘Dat accepteert-ie nooit!’

Er waren variaties, maar daar kwam het ongeveer op neer.

Toen Beg zich realiseerde dat hij zacht het liedje over Rebekka en de rozen zat te zingen, klapte hij zijn kaken op elkaar en deed de autoradio aan. Waarom had zijn moeder hem een liedje van de Joden geleerd? Hij kon het haar niet meer vragen. Het liedje behoorde zozeer tot de vanzelfsprekendheden van zijn leven, dat hij zich pas nu, op zijn drieënvijftigste, afvroeg hoe het in zijn bagage was terechtgekomen. Hij had een oudere zuster, zij zou het misschien weten, maar ze hadden elkaar al lang geleden uit het oog verloren. Ook zij had eens tot de vanzelfsprekendheden van zijn bestaan behoord – tot ze op een dag een conflict kregen dat nooit werd opgelost, en er vele jaren tussendoor glipten die de stilte definitief maakten.

Ver voor hem reed een vrachtwagen. Beg keek op de teller. Zelf reed hij honderdtien, en de vrachtwagen kwam maar niet dichterbij.

Tweestrijd.

Het ergerde hem dat hij maar niet op hem inliep. Die hele gare dienstauto ergerde hem. En het ergerde hem dat hij wat de keus van zijn dienstauto betreft zo’n moraalridder was.

Hij trapte het gaspedaal tot de bodem in. Hij kwam langzaam dichterbij.

De chauffeur reed niet alleen te hard maar stak ook herhaaldelijk de middenstreep over.

Beg zette het zwaailicht op het dak en manoeuvreerde de vrachtwagen in de berm. Zuchtend en piepend kwam de wagen achter hem tot stilstand. Een moment van stilte, een doelbewuste aarzeling – Beg hield ervan die een tijdje te laten duren. Alsof je de tijd zelf commandeerde.

Hij stapte uit, al zijn bewegingen even langzaam. Toen hij naast de auto stond, stak hij zijn wapenstok achter zijn riem. De motor van de vrachtwagen draaide stationair. Hij keek langs het portier omhoog, de chauffeur draaide het raam open. Beg gebaarde hem uit te stappen.

'Je mag hier honderddertig,' zei de man.

'Uitstappen alstublieft.'

De deur zwaaide open, sakkerend kwam de man de treden af. 'Honderddertig, ik zweer het je.'

Beg schudde zijn hoofd. Hij wees achter hen. 'U passeerde daar een tachtigkilometerzone.'

'Heb je de borden zelf verzet...'

'U overschreed daarbij herhaaldelijk de middenstreep. Hebt u gedronken?'

'Nee, man, ik drink niet. Mag ik je identificatie zien?'

Een man van een jaar of dertig. Spijkerbroek, gymschoenen. De nieuwe generatie; gezond, hooghartig. Hun bijna tastbare minachting voor autoriteit. Ze wisten niet hoe het was geweest. Het had ze nooit aan iets ontbroken, ze waren met hun neus in de boter gevallen.

Begs penning glom in het licht van boven uit de cabine.

'Wat is dat met jullie,' zei de chauffeur. 'Wat denken jullie dat jullie doen. Jullie helpen alles naar de klote, echt waar.'

Hij draaide zich om en zette een voet op de eerste trede naar de cabine.

'Niet doen,' zei Beg.

De man keek over zijn schouder. 'Papieren pakken.'

'Die heb je in je hand.'

'Andere papieren.' Hij zette nog een stap, hij was nu los van de grond.

Beg voelde zijn haarwortels prikken. Hij legde zijn hand op de wapenstok. 'Kom naar beneden.'

De chauffeur liet zich op de grond zakken. 'Je bent de derde vandaag. *De derde*. Snap je wat dat betekent, de derde? Een bende, jullie. Georganiseerde misdaad. Mag ik je handen zien?'

Beg was uit balans gebracht door die vraag. Wat was er met zijn handen?

'Je handen,' vroeg de man nog eens. Zijn toon was verzoenend, de zich opdraaiende woede leek hem verlaten te hebben. Er was iets dwingends aan hem, iets waardoor je je handen aan hem zou laten zien als hij niet een burger in overtreding was en Beg niet een ambtenaar in functie. Waarom wilde de chauffeur zijn handen zien? Hij moest zich bedwingen om er zelf niet even naar te kijken, het was lang geleden dat hij bewust naar zijn handen had gekeken.

'U reed ten minste veertig kilometer te hard in de tachtigkilometerzone,' zei Beg vormelijk. 'U overschreed daarbij herhaaldelijk de middenstreep.' Hij wist niet waarom hij zo zwak, zo bespottelijk klonk. Boog hij inwendig al voor de jeugd? Gaf hij in diepste wezen al toe een relict te zijn, uit de tijd gevallen, klaar om te verdwijnen?

'Alsjeblieft, je handen?'

Als van zijn wil beroofd stak Beg, *grootvadertje* Beg, zijn handen uit, met de handpalmen omhoog. De man boog zich voorover en bracht zijn gezicht er vlak boven, alsof hij ze wilde likken. Hij nam ze in zich op en kwam toen weer overeind. 'Zie je wel,' zei hij.

Beg keek naar zijn handen. 'Wat?'

'Helemaal rood van het stelen.'

Beg smeet hem tegen de vrachtwagen. De man lachte. 'Ga je me nu aftuigen? Omdat ik zeg dat je loopt te stelen?'

Beg haalde uit over zijn gezicht met de wapenstok.

Jankend kromp de chauffeur ineen. 'Niet *doen*, man, niet *doen*!'

De wapenstok zwiepte, helwitte woede brandde achter Begs voorhoofd. Hij raakte hem op zijn rug, zijn benen, krimpend als een regenworm probeerde de man zich klein te maken, zich op te rollen, in de aarde te verdwijnen. Hij gilde. Een hoge stem opeens, die van een jongen nog.

'Smerige' – *woesj* – 'kleine' – *woesj* – 'etterbak.'

Zijn voet klapte dubbel toen hij hem schopte. De felle pijnscheut joeg zijn razernij op.

Door een kier in zijn verduisterde hersenen drong een straaltje licht door: het besef dat hij hem zou doodmaken.

Stoppen.

Met tegenzin liet hij zijn arm zakken. Buiten adem leunde hij tegen de vrachtwagen. Bij het voorwiel lag de man. Beg boog zich voorover en greep hem bij zijn haren om zijn gezicht te zien. Bloed en snot liepen over zijn wangen. Huilde hij?

'Kijk wat je doet,' hijgde Beg. 'Heb je het door? Idioot.'

Hij veegde zijn handen af aan de trui van de man en richtte

zich op. Hij zette zijn handen in zijn zij en boog steunend zijn rug en hoofd zo ver naar achteren als hij kon.

De sigaretten lagen op het dashboard van zijn auto. Een personenwagen passeerde in tegenovergestelde richting. Hij minderde vaart, bleke vlekken achter de ramen. Beg gebaarde dat ze moesten doorrijden. Hij stak een sigaret op en keek naar de man op de grond. Welkom in de echte wereld. Iemand moest het ze leren.

Hij hoestte. Zijn mond was droog, de sigaret smaakte hem niet.

In de cabine vond hij een bundeltje euro's, een stroomstootwapen, een fles cola. Hij draaide de dop eraf en nam een slok. Seksboekjes in het netje naast de matras. Hij bladerde door de vrachtbrieven. Toen stak hij de euro's in zijn zak, haalde de sleutel uit het slot en doofde het licht van de koplampen.

Beneden kroop de man naar de weg. Beg deed het portier op slot en liet zich op de grond zakken. De motor koelde tikkend af.

Hij bond de handen van de chauffeur op zijn rug met een *tie-wrap* en sleepte hem naar zijn auto. Tussen de opbrengst van zijn moestuin werkte hij hem op de achterbank. 'Voorzichtig met mijn paprika's.'

Hij veegde zijn handpalmen droog aan zijn mouwen. Hoofdpijn zeurde achter zijn ogen. De krachtsinspanning, hij had het vaker. Er kwam een dag dat je te oud werd voor dit soort dingen.

Door de tunnel van de nacht reed hij terug naar de stad. Laag boven de horizon hing de kleine maan; een vale, nauwelijks zichtbare lijn scheidde hemel en aarde. De duisternis boven de steppe was een materialiteit, een nachtblauwe steen. Hij dacht aan zijn zuster. Misschien moest hij weer contact met haar zoeken, zij was altijd geïnteresseerd geweest in de verhalen van mensen. Oude mensen vooral. Soms schreef ze ze op. 'Als zo iemand doodgaat, gaat er eigenlijk een bibliotheek verloren,' zei ze eens. Zijn zuster kende misschien de herkomst van het liedje, zij was de bewaarder van de familie. Ze bewaarde verhalen, steentjes, paperclips en eindjes wol waar niks meer van te maken viel.

'Ik moet een dokter,' zei de man op de achterbank.

Hun conflict ging over het ouderlijk huis. Zij wilde het, nadat ook hun vader gestorven was, behouden, net zoals ze de verhalen, de steentjes, de paperclips en de eindjes wol behield. Het misschien verhuren om er dan later zelf te gaan wonen, als ze haar zoon had grootgebracht en haar werk in de stad erop zat, maar hij wilde ervanaf. Zij had het geld niet om hem uit te kopen, het huis met de pruimenbomen in de voortuin en de wijnranken langs het hek werd verkocht.

'Je hebt iets gebroken, man. In mijn rug. Ik moet een dokter, echt.'

De kleine boerderij met het rieten dak en de witte lemen muren keerde soms in zijn dromen terug. De vriendelijke blauwe deuren en luiken, het verdorde veldje zonnebloemen, ritselend in de wind als het herfst geworden was, en de zomer alweer achter je lag zonder dat je daar verdacht op was geweest.

Er was beweging op de achterbank. Hij draaide de achteruitkijkspiegel bij. De man was half overeind gekomen. 'Ik heb hulp nodig, ik zweer het je.'

'Probeer je herinneringen te vergeten,' zei Beg tegen de spiegel. 'Ze zijn niet van jou.'

HOOFDSTUK 12

De koergan

Het is laat in de middag als de lange man en de Ethiopiër zich weer bij de anderen aansluiten. Op zijn stok geleund staat de lange man in hun midden, zijn hoofd gebogen. De jongen kijkt de smoezelige gezichten langs. De mannen met hun vuile baarden – hoe lang is het geleden dat hij iets *schoons* zag, iets wat niet door het vuil is aangetast?

'We hadden jullie niet meer verwacht,' zegt de man uit Asjchabad. 'We dachten...'

'Het was mijn tijd nog niet,' zegt de lange man.

'Wat komen jullie doen?! Er is hier niks te halen!'

Vitaly.

'We waren niet naar jullie op zoek,' verdedigt de lange man zich. 'Zo is het niet. We volgden alleen het spoor.'

Vitaly draait zich om en loopt weg. 'Het wordt koud. Er is niet genoeg voor iedereen. We gaan er allemaal aan! Jullie hadden weg moeten blijven!'

Later, toen ze weer liepen – de laatste etappe van de dag –, zei de stroper tegen de lange man: 'Ik zag jullie gisteren al.'

Het is zo anders gegaan dan de lange man het zich heeft voorgesteld. Ze zijn de anderen tot last. Hij hoeft niet op geduld te rekenen als hij het tempo niet kan bijhouden. Als het hem zwart voor de ogen wordt en hij even moet uitrusten.

Misschien had hij inderdaad beter alleen met de zwarte kunnen blijven. Die jaagt hem niet op, die geeft hem water en deelt zijn eten. Even flakkert de dankbaarheid op.

De Ethiopiër loopt een eindje achter hem. De lange man en hij horen nu nog bij elkaar, maar de verwijdering groeit per uur. De wet van de groep krijgt het weer voor het zeggen. Hun lotsverbondenheid is verbroken, stap voor stap loopt de lange man bij zijn redder vandaan.

Avond. De vlakte blaast haar koude adem over hen uit; kooltjes gloeien op in een windvlaag. De zwarte man schuifelt buiten de kring, ze horen hem gras scheuren voor zijn leger. 'Zinloos,' hoort de jongen de stroper zeggen. De jongen buigt zich voorover om hem te kunnen verstaan. Sommige slangensoorten slapen 's nachts, zegt de stroper, andere jagen juist dan. Maar de *karakurt*, die is veel gevaarlijker. Het spinnengif kan een stier omleggen.

Ze hebben naar knollen en uien gegraven maar niets gevonden. De strikken van de stroper zijn die nacht leeg gebleven.

Eerst maakt de honger je woedend, maar dan, als hij maar duurt en duurt, word je lusteloos en slap. Zo zijn de woedes van Vitaly en de man uit Asjchabad gaan liggen, door de honger en de kou.

Ze vertrokken de volgende morgen toen het nog donker was. Beweging zou de kou uit hun botten verdrijven. Langzaam vouwde de dag open achter hen. Het gras was bedekt met rijp.

Een haas schoot weg voor hun voeten. Een koppel patrijzen vloog kakelend voor ze op. 's Middags wees de stroper de jongen een kudde ezels, helemaal aan het eind van hun blikveld.

Er was geen denken aan dat ze er een konden vangen. Al het eten rende en vloog voor ze weg. De stroper verlangde naar zijn geweer, waarmee hij de haas en de patrijzen had kunnen schieten, en ook de ganzen die babbelend door het hemelruim trokken, maar zijn jachtgeweer hing thuis aan de muur. Thuis, die plaats die hem nu weldadig voorkwam, en niet armetierig en wanhopig zoals toen hij vertrok. Er was vuur in de kachel, een zacht bed, zijn warme vrouw.

Hij verliet zijn dorp als een van de laatsten. Steeds zeldzamer waren de avonden waarop de achterblijvers hun zorgen verdronken in de Zaal tot het Gemeenschappelijk Nut en dansten tot ze omvielen. De mannen met hun bovenlijf ontbloot, een geheimzinnige behoefte die over bijna elke man komt als hij eenmaal genoeg gedronken heeft.

Soms gingen ze stropen met een oude terreinwagen, een bende stomdronken kerels die zoveel kabaal maakten dat ze alles verjoegen. Ze schoten op schaduwen en lichtreflecties, ze schoten op alles wat bewoog en alles wat stilstond. Ieder waande zich een scherpschutter. Ze zopen thuisstook, lege flessen sprongen aan scherven op de stenen. Nikolaj Ribalko schoot per ongeluk zijn eigen hond dood. Hij huilde en zwoer te zullen boeten, te boeten voor het doodschieten van zijn gevaarlijke rothond. Ze waren wild, hun bloed kookte, maar zodra de actie luwde vielen ze onmiddellijk in slaap.

Dat was het leven dat hij verlaten had.

Er doemde een *koergan* op aan de horizon, een grafheuvel van een lang verdwenen volk. Ze hadden ze al vaker gezien. Ze gingen er liever omheen, hun aanwezigheid zou de rust van de doden verstoren. Maar het ontbrak ze aan de energie om de grafheuvel recht voor hen te vermijden. De jongen ging er met een mengeling van vrees en opwinding op af. De heuvel was met geel steppegras begroeid. Hij verlangde ernaar om ver te kunnen kijken. Zijn rechterschoen flapte, de zool had losgelaten. Hij had hem provisorisch proberen vast te maken met repen canvas die de stroper voor hem uit een tas gesneden had.

Hij klom naar de top. Duizelingen. En ook euforie over de verlossing uit de vlakte, alsof een grote hand hem had opgetild.

Maar een teken van leven zag hij niet. Nergens een rechthoekige structuur die de aanwezigheid van de mens verried. Hij draaide langzaam rond zijn as; golvend gras, gele zee.

De stroper en de man uit Asjchabad voegden zich bij hem. 'Niks zeker,' zei de man uit Asjchabad. De jongen schudde zijn hoofd.

De man uit Asjchabad kermde. 'We zijn verloren.'

'Jullie. Ik niet,' zei de stroper zacht.

De jongen was de enige die acht sloeg op zijn woorden. Hij wist dat hij gelijk had, hij zou hen allemaal overleven. Hij was een steen, hij wist wat verdragen was.

Vitaly kwam hijgend boven aan. Toen de vrouw. Als laatste kwam de Ethiopiër de heuvel op. De omgang met de lange man had hem veranderd, hij gedroeg zich nu als een van hen. Hij keek rond. Er was geen verschil tussen de weg waarlangs ze gekomen waren en de weg die ze moesten gaan. De zwarte man keek omhoog, de jongen volgde zijn blik. Een vlucht ganzen op ijle hoogte. Ze vlogen naar het zuiden, er vielen gaten in de formatie.

Wat ziet hij, dacht de jongen, wat denkt hij?

Toen ze de heuvel weer wilden afdalen, stak de zwarte man zijn hand uit en raakte Vitaly's bovenarm aan. Die trok zijn arm terug. 'Afblijven, smeerpoets.'

De zwarte man wees naar een verdichting van het gras ver weg en zei iets in zijn onverstaanbare taal. De stroper en de man uit Asjchabad keken in de richting die hij wees. Een zweem van groen tussen het gele gras. Misschien was het een kom in het land waar het water bij grote droogte langer vastgehouden werd. Misschien vonden ze er hout of wilde uien.

Als schaduwen dwalen ze over de steppe, iedereen zo mager als een riem. Nog even en ze zullen doorschijnend geworden zijn en verdwijnen. Ze zijn van hun route afgeweken en naar het zuiden gelopen, naar de plaats die de Ethiopiër gewezen heeft, maar vinden er niets dan een paar struiken en hoog vedergras. Ze graven als bezetenen naar uien en de bollen van wilde tulpen. Als ze vertrekken is de grond omgewoeld, alsof nomaden er naar schatten hebben gegraven. Ze kijken elkaar niet aan, de tegenslag is niet te verdragen.

De vrouw huilt zonder tranen. Ze zinkt op haar knieën en gooit zand over haar hoofd. De jongen ziet het van haar haren en schouders glijden.

'Kom,' zegt hij, 'we raken achter.'

Hij pakt haar bij een arm en sjort haar omhoog. Ze zakt terug op de grond, laat zich voorovervallen en woelt met haar gezicht door het zand. Haar voorhoofd is bedekt met stof, haar neus, haar wangen. De jongen trekt haar weer overeind en sleurt haar mee. Ze doet onverwacht een stap in zijn richting, hij duikt te laat weg, de klap raakt hem in zijn gezicht.

Dan loopt ze bij hem vandaan, de anderen achterna.

De jongen blijft staan, hij voelt elke afzonderlijke vinger branden op zijn wang.

Ze gaan terug naar waar ze vandaan komen, de stroper denkt dat er bij de koergan misschien wild zit dat in zijn strikken zal lopen. In de namiddag maken ze kwartier in de lange schaduw van de heuvel. De jongen weet dat de heuvel hol is vanbinnen. Daarbinnen zwerven de doden rond. Ze zullen hem komen halen. Die nacht zullen ze hun knokige handen naar hem uitstrekken en hem aan zijn voeten meesleuren het dodenrijk in.

Vitaly loopt naar de vrouw, die in het zand zit, en trekt haar overeind. Hij wil haar meenemen naar zijn leger voor de nacht, maar de man uit Asjchabad komt tussenbeide.

'Los,' zegt hij.

Vitaly snuift.

'Los of ik trap je in elkaar,' zegt de man uit Asjchabad.

De anderen kijken toe. Ze verwachten dat Vitaly zal opgeven. Hij stapt achteruit. Maar niet om zich terug te trekken, zoals ze denken, maar om de ander naar de keel te vliegen. Ze vallen neer en rollen hijgend door het stof. De meeste slagen zijn mis. De man uit Asjchabad rolt boven op Vitaly, hij slaat op hem in, op zijn hoofd, zijn borst, door zijn afwerend geheven armen heen. Vitaly is niet meer de lepe straatvechter die hij een tijd geleden was. Toen won hij bijna altijd. Nu blijft hij liggen als de man uit Asjchabad zijn prooi voor de nacht meesleurt de schemering in.

HOOFDSTUK 13

Bij de ataman

De volgende morgen was de oplegger leeg. Het opengesneden zeildoek plooide in de wind. De transportmaatschappij werd ingelicht, ze stuurden iemand om hem op te halen. De chauffeur bleef in hechtenis, hij had gedronken en zich verzet bij zijn arrestatie. Brigadier Koller keek naar de rauwe knokkels van zijn baas en maakte zich geen illusies. Beg was een prima kerel maar hij had zijn buien.

De arrestant lag met zijn gezicht naar de muur in zijn cel en reageerde niet op de vragen die hem werden gesteld. Zijn eten liet hij staan. Zijn lippen waren gebarsten, hij had gebroken tanden. De dokter was gekomen. 'Ribben gekneusd, niks gebroken,' stelde hij vast. Naar de tanden had hij niet gekeken, voor tanden had hij niet doorgeleerd.

In het cellencomplex in de kelder van het gebouw hoopte het vuil van de wereld zich op als in de dode hoek van een sluis. Eens per week werd het daarbeneden gereinigd met lysol maar de lucht van braaksel en oud zweet boorde overal doorheen.

Tussen de middag sloot Beg zich op in zijn kamer en haalde een adresboekje uit een bureaula. Het was een oud boekje, veel namen waren doorgekrast. Nieuwe kwamen er niet meer bij. Zoals de rabbijn tussen de stenen van zijn geliefden wandelde, bladerde Pontus Beg door de pagina's met mensen die eens bij zijn leven hoorden maar er nu uit verdwenen waren. Bij de U vond hij zijn zuster Eva. Ook al had ze zich van de getalenteerde nietsnut Alexander Uspensky laten scheiden, ze had zijn naam gehouden. Beg was haar te boers; er zat te veel vlakte, te veel steppe in die naam.

Of het nummer nog in gebruik was wist hij niet. Ze kon verhuisd zijn, de mensen waren onrustig, veel onrustiger dan vroeger, ze werden overal heen geblazen. Alleen hij bleef op zijn plaats, onbeweeglijk te midden van zuchtende verwarmingsbuizen en bovenburen die sigarettenpeuken op zijn balkon gooiden.

Hij nam de hoorn van de haak, aarzelde even en toetste toen het nummer in.

De telefoon ging over. Een man nam op zonder zijn naam te noemen. Hij zei alleen 'ja?'.

'Met wie spreek ik?' vroeg Beg.

'Met wie spreek ík?'

Beg zuchtte. 'Tadeusz, ben jij dat?'

Het was even stil. 'Wie wil dat weten?'

'Je oom, Pontus.'

Weer was het stil. 'Mijn moeder is er niet,' zei hij toen.

'O.'

'Sorry.'

'Wanneer komt ze terug?'

'Weet ik niet.'

De weerzin aan de andere kant was bijna tastbaar – waarschijnlijk zat zijn neef juist aan een of ander computerspel en had hij hem daarbij gestoord, een moderne doodzonde.

'Het was leuk om je even te spreken, Tadeusz.'

'Ja,' zei de jongen.

'Zeg je haar dat ik gebeld heb?'

'Is goed.'

'Ik wil haar graag spreken.'

'Ik zal het zeggen.'

Toen hingen ze op. Beg zonk achterover in zijn stoel. Tadeusz had hij het laatst gezien toen hij een tiener was. Nu had hij een jongvolwassen man aan de lijn tegen wie hij had willen zeggen dat dingen goed konden komen, dat er geen reden was voor zulk wantrouwen.

Of het waar was wist hij niet.

Eva had hij beter gekend dan wie ook, ze waren de enige getuigen van elkaars jeugd. Dat ze zich op een dag in de toekomst bitter van elkaar zouden afwenden was ondenkbaar. Toch was het gebeurd. Ze konden ongemerkt sterven, de een zou het niet van de ander weten. Je moest er niet te lang bij stilstaan omdat je anders zwaar en droevig werd.

Oksana's getoupeerde, blonde kapsel stak boven de strook rookglas uit die zijn kamer scheidde van de gang. Het zeilde als een schip op de horizon. Met haar lange benen en hoge hakken was Oksana de enige die, als ze zich strekte, over de barrière heen kon kijken. Altijd als ze langsliep wierp ze een vlugge, haast dwangmatige blik bij hem naar binnen, en wendde dan vlug haar hoofd af alsof ze niets gezien had. Beg had overwogen om het bovenste deel van het raam ook te laten afplakken maar het was er niet van gekomen. Misschien, dacht hij, stelde hij er prijs op om nog door één iemand gezien te worden.

In de middag reed hij naar een zandvlakte buiten de stad. Daar was na de instorting van het imperium een bazaar ontstaan, een markt zo groot als Michailopol van haar levensdagen nog niet had gezien. Beg had de geboorte van een nieuw soort handelsstad van nabij meegemaakt – de planeconomie was verdwenen, de bazaar sprong uit de aarde tevoorschijn als een veld vol bloemen in het voorjaar. Er ontstonden wegen, men groef latrines – die later werden vervangen door mobiele wc's en weer later door sanitair met stromend water –, er kwamen snackbars en wisselkantoren; plotseling lag Michailopol midden in de wereld op een kruispunt van wegen. Er kwamen zigeuners met bruine koppen en littekens op hun hoofd, handelaren staken in oude Mercedessen de grens over, boeren brachten graan en levende have naar de markt en keerden huiswaarts met snoeischaren, jachtgeweren, slijpmachines en plastic bloemen voor op de graven van hun voorouders. Oude vrouwen waren zo zwaar beladen met geblokte tassen dat het een wonder was dat ze niet als afgesloofde cavaleriepaarden door hun benen zakten. Iedereen was van de ene op de andere dag koopman. Iedereen had iets te verkopen en popelde om er iets voor terug te kopen. Een oude man die ijsjes maakte zei dat de bazaar hem deed denken aan de markt van Krakau na de Grote Oorlog – de onstuimige handelswoede waarmee het leven terugkeerde na de honger en de verschrikkingen had hij ook daar gezien.

Tussen de gestapelde zeecontainers bewogen zich de geldwisselaars, ex-bajesklanten die je herkende aan de manier waarop ze gehurkt met hun rug tegen een muurtje zaten – zo hadden ze jarenlang op de binnenplaats van gevangenissen doorgebracht. Je rook zeep en brood, bijtende schoonmaakmiddelen en gebraden vlees, je liep een paar honderd meter door een straat vol bont plastic speelgoed, waarna je opeens in de radiostraat belandde tussen torens cassettebandjes, illegale cd-kopieën en geluidsinstallaties. Mannen met takkenbezems veegden de straten, uitgekafferd door de handelaren, die hun waar vlug met lakens afdekten tegen het stof.

Iedereen verlangde naar rijkdom, het natuurlijke einde van alle zorgen. De mensen hongerden naar geld, met een paar vlugge transacties verdiend. Ze bouwden huizen van het metselwerk van hun verbeelding, huizen die zeiden 'kijk, hier woont een rijk mens', wonderlijke bouwsels in alle stijlen van de wereld – de koepels van Samarkand rustten op Ionische zuilen, op binnenplaatsen ruisten de fonteinen van Damascus. Elke dag kwamen al die duizenden kleine krabbelaars naar de bazaar, wachtend op het wonder.

Pontus Beg dacht soms aan zijn vader als hij over het terrein liep, aan diens machteloze minachting voor de handel. De handel, dat was geen werk, vond hij, dat was profiteren van werk. Het schuim van de handel is beter dan het vet van de arbeid, was de bittere les die zijn vader hem leerde. De handel was een ondoordringbaar rijk voor de oude Beg, waarmee hij alleen aan de randen te maken had. Als hij melk en vlees verkocht aan de coöperatie, als het graan werd opgehaald door een vrachtwagen. Hoe de prijzen voor melk, vlees en graan werden vastgesteld kwam hij nooit precies te weten, het enige wat hij zeker wist was dat anderen er meer aan verdienden dan hij.

Ook voor Beg, die de bazaar bijna wekelijks bezocht, bleef de handel een web van raadsels. Hoe kon iemand die gisteren een partij Chinese koekoeksklokken kocht nou weten dat hij daar dertig kilometer verderop het dubbele voor kon krijgen? Waarom was de prijs van koekoeksklokken daar niet gelijk aan hier? Hoe wisten ze daar dat er hier vandaag een vraag naar koekoeksklokken zou zijn?

Wie zijn slag had geslagen op de bazaar verdween uit het zicht. Hij woonde nu achter een hoog hek in een groot huis, zijn belangen werden behartigd door zetbazen.

Een van hen was onmetelijk rijk geworden in de begindagen van de bazaar, en hem niettemin trouw gebleven: *ataman* Chiop. Hij was de rijkste van allemaal. Naar hem was Pontus Beg onderweg. Ataman Chiop: 168 kilo schoon aan de haak en beresterk. Hij had eens de rug van een goed paard gebroken toen hij erop was gaan zitten.

Ook al was er een politiepost op het terrein, geen arm reikte zo ver als die van ataman Chiop. Geen geldwisselaar wisselde zloty's voor euro's en grivna's voor roebels zonder dat hij er weet van had, geen artikel verruilde van eigenaar zonder dat hij er een paar centen aan verdiende. Duizenden transacties per dag; één cent verdween in de broekzak van de handelaar en één in die van ataman Chiop. Al die centen maakten samen een enorme berg, en boven op die berg zat ataman Chiop. Vanaf de top van zijn berg keek hij met arendsogen neer op de bazaar met zijn duizend gangen, waar de mensen ernaar verlangden net zo rijk te worden als hij.

'Daar hebben we Pontus!' zei de ataman toen hij zijn kantoor binnen kwam, een café aan de rand van de bazaar. 'Kom zitten, Pontus, schuif aan. Vladimir, breng mijn gast een glas.'

Beg schoof in de bank tegenover hem.

Er werd gezegd dat er een geheime tunnel liep van het café

naar een schuur ergens ver buiten de bazaar, en dat daar altijd een vluchtauto klaarstond, maar Beg geloofde dat verhaal niet. De ataman was te groot voor tunnels, hij zou erin vast komen te zitten als een kurk in een fles.

'Salut, Pontus!'

Ze hieven het glas en sloegen het achterover. Het was Beg al vaker opgevallen dat de ataman hem graag bij zijn voornaam noemde. Hij was er meteen de eerste keer mee begonnen, alsof ze oude vrienden waren. Beg kon hem niet meer vragen ermee op te houden, daarvoor was het te laat. Zelf sprak hij hem aan met 'ataman', waarmee de verhouding was bepaald. De een was zijn voornaam, de ander zijn plaats in de hiërarchie.

Ze aten ingelegde augurken en zoutvlees bij de wodka. Als je niet beter wist, zag je twee vrienden die het nieuws van de dag doornamen.

Beg keek naar het voorhoofd van de ataman, het grijze borstelhaar daarboven. Niemand kon zeggen welke kleur zijn ogen hadden, zo diep lagen ze verzonken tussen de vetplooien.

'Gisteravond heb ik een vrachtwagen aangehouden,' zei Beg.

De telefoon van de ataman ging over. Hij wierp een vlugge blik op het scherm en zei: 'Wacht even, Pontus.'

Beg legde zijn handen over elkaar op tafel en wachtte.

'Maak het af op dertig,' zei de ataman, 'dan ben ik akkoord.'

Stilte.

'Dertig, hooguit,' zei de ataman. 'Maar je begint bij twintig.'

Hij klapte de telefoon dicht en stak hem in het hoesje aan zijn riem.

'Wat kwam je me vertellen, Pontus?'

'Gisteravond heb ik een vrachtwagen aangehouden,' zei Beg.

'Goed zo,' zei de ataman. 'Waarom?'

'En vanmorgen was de vrachtwagen leeg.'

De ataman hief zijn gezicht naar het plafond en liet het weer zakken. Hij zuchtte diep. 'Verschrikkelijk zoals er gestolen wordt. Overal dieven, dieven. De mensen zijn te lui geworden om ervoor te werken.'

Het was beter om nu even te zwijgen, wist Beg. Hij keek alleen maar naar de man tegenover hem en verbaasde zich erover dat een hoofd zo kon groeien – een vergeten reuzenpompoen aan de rand van een veldje. Arme moeder die hem had moeten baren, dacht hij, al was het moeilijk voor te stellen dat hij uit een vrouw geboren was.

'Wat wil je dat ik doe, Pontus? Ik zal uitkijken naar de dieven, dat zal ik doen. Vanzelf.'

Zijn telefoon ging weer. Hij nam op, luisterde enige tijd, en zei toen alleen maar: 'Ik kan nu niet praten. Bel me later vanmiddag.' Hij hing op.

Beg pakte een augurkje, keek er even naar en stak het in zijn mond.

'Waar was je gebleven, Pontus?' vroeg de ataman.

Beg zei kauwend: 'Het zijn dure tijden. Iedereen wil wel eens een cadeautje kopen voor zijn liefje of een reisje maken naar de zee. Dan wil hij geld in zijn zak voelen, echt geld, geen plastic. Plastic is geen geld. Wat denk je, dat de ataman een bankpasje heeft? Natuurlijk niet! De ataman vertrouwt alleen op echt geld, hij is een verstandig mens. Op de bank vertrouwt hij niet, daar zitten mensen, daar zijn stroomstoringen en ogen die meekijken. Daar kunnen ze op een dag zeggen: beste ataman, we vertrouwen dit zaakje niet, de fiscale autoriteiten willen dat we je geld vasthouden tot het onderzoek klaar is. En dan zit je.'

De ataman schudde zijn hoofd. 'Pontus, wat denk je allemaal wel niet van me. Ik zit in de import-export, het zijn slappe tijden, de handel ligt op z'n gat.'

'Mag ik het laatste augurkje?' vroeg Beg.

'Ga je gang.'

Het kraakte aangenaam tussen zijn kiezen. 'We moeten allemaal leven,' zei Beg nadenkend, 'daar heeft de ataman gelijk in. Voor de een is dat makkelijker dan voor de ander. Sommigen zien een dubbeltje al liggen van een kilometer afstand, anderen zien 't nog niet eens als ze erover struikelen. De ataman ziet overal dubbeltjes. De dubbeltjes komen als vanzelf naar hem toe, hij is een magneet voor dubbeltjes, je hoort hem rinkelen als hij door de straten loopt.'

De ataman sloeg met zijn open handen op tafel. De glaasjes sprongen op van de daverende klap. 'Pontus! Pontus! Stop! Waar haal je dat allemaal vandaan! De klad zit in de handel, ik kan je niet helpen!'

Beg kantelde het tweede glaasje in zijn mond en veegde met de rug van zijn hand langs zijn lippen. 'Die vrachtwagen...' zei hij.

'Daar zat toch bijna niks in,' zei de ataman met stemverheffing. 'Verpakkingsmaterialen. Een paar pallets wasmiddelen. Het was het werk niet waard. Wil je wasmiddelen? Voor de witte was? De bonte was? Zoveel je wilt!'

'Witgoed en elektronica,' zei Beg. 'Volgens de vrachtbrieven.'

‘Een beetje, bijna niks. Geen eer aan te behalen.’

Maar Beg wist dat de bazaar de komende dagen overspoeld zou worden met wasmachines, haardrogers en cd-spelers. Miele, Braun, Sony; de merken, geen troep. De ataman wilde geen vragen over de herkomst, net zomin als over de vuurwapens en harddrugs die je zonder veel problemen op de bazaar kon krijgen.

Hij schudde langzaam zijn hoofd. ‘Er stond een cadeautje langs de weg, iemand is gekomen om het uit te pakken. Het zou vervelend zijn als we het weer moeten afpakken.’

De ataman snoof en proestte, toen draaide hij zijn hoofd naar de bar en riep: ‘Vladimir!’

Vladimir kwam naar de tafel. Op een hoofdknik van zijn baas haalde hij een envelop uit de binnenzak van zijn jasje.

‘Pontus,’ zei de ataman, ‘je hebt me weer het vel over de oren getrokken. Hier, koop er iets moois van voor je meisje.’

Beg stak de envelop weg en stond op. Hij zei: ‘Best kans dat ik haar inderdaad een dagje meeneem naar het strand.’

HOOFDSTUK 14

Het geluk zoeken

Er waren er dertien. Op gefluisterde afspraken waren ze naar de loodsen gekomen. Het was een hete, landerige middag. Ze wilden het liefst onzichtbaar zijn, zelfs hun schaduwen waren hun tot last.

Ze werden samengebracht in een kantoortje boven in een loods. Soms kwamen er mannen binnen, ze deelden flesjes water en rollen koek uit. Ze moesten er ten hoogste vierentwintig uur mee toekunnen. Ieder mocht één tas met bezittingen meenemen. Een vrouw huilde, ze moest een koffer met liedboeken en een geborduurd tafelkleed van haar grootmoeder achterlaten.

De mannen waren ruw, onverbiddelijk.

Er was een zwarte man in het gezelschap, de anderen keken hun ogen uit. Hij zat afzijdig van de rest en leek hun mateloze blikken niet op te merken. Hij droeg een kleine bundel bij zich aan een riem, daarin had hij zijn bezittingen gerold.

Hij riep elementaire vragen op. Waar kwam hij vandaan? Hoe was hij hier terechtgekomen? Wat was zijn naam? Waar ging hij naartoe?

Vragen die niemand hem stelde.

Ze werden naar de vrachtwagen gebracht. Voor in de oplegger verscholen ze zich, in een ruimte die was uitgespaard tussen met plastic omwikkelde pallets. Er stond een emmer waarin ze hun behoefte konden doen. Niet roken en doodse stilte onder alle omstandigheden. Zij die er een bezaten, moesten hun mobiele telefoon inleveren.

De baas van de operatie droeg een wit trainingspak, goud glom rond zijn nek en polsen. Naast de vrachtwagen stond zijn BMW, met het portier open en de muziek hard aan. Achter hen werd de wagen verder beladen, ze sloegen hun handen voor hun oren tegen het razen van de heftruck in de oplegger.

Langzaam verdwenen ze in de schemer. Ze zouden niet alleen maar zwijgen, ze zouden hun adem inhouden en niet meer bestaan tot ze de grens over waren.

De stemmen buiten klonken gedempt, de laadklep ging dicht. Er werd met iets hards tegenaan geslagen. Ze probeerden het donker te doorgronden maar hun ogen vonden geen houvast.

De motor werd gestart, een rilling trok door de oplegger. De vrachtwagen liep een tijdje stationair, toen kwam hij in beweging. Een scherpe bocht, hij verliet het terrein. Even later reden ze in gelijkmatig tempo over de weg. Hun gedachten kalmeerden enigszins. Het zou goed gaan allemaal, ze zouden door het oog van de naald glippen en zich gedragen alsof het geluk een persoonlijke vriend was. Waarom zouden zij gesnapt worden, waarom niet anderen? Er zijn tallozen zoals zij, laat het geluk hen maar in de steek laten! Niemand heeft het meer nodig dan zij!

Maar elke keer dat de vrachtwagen afremde, sloeg het hart ze in de keel.

De reis zou ongeveer twaalf uur duren, had de man gezegd. Soms lichtte zwak het radium op de wijzerplaat van een horloge op. Ze wisten niet hoe lang twaalf uur in het donker duurde. Een eindeloze, slapeloze nacht. Hierbinnen tikte niet dezelfde klok als daarbuiten! De wijzers liepen vast, ze sleepten zich over de wijzerplaat voort, als vliegen gevangen in stroop.

De jongen heeft al een paar keer gedacht dat hij het in zijn broek zou doen, maar telkens ebt de nood weer weg. Hij schudt wat leven in zijn slapende been en kijkt de anderen langs, die net als hij met hun rug tegen de pallets zitten. Schaduwen. Onvast, ijl. Hij kent ze niet, de anderen. Voor zover hij heeft kunnen nagaan, is er een echtpaar bij, de rest zijn eenlingen.

Hij weet dat ze vooruitgeschoven posten zijn van hun familie, hun dorp, hun gemeenschap. In hun voetspoor reist een onzichtbaar gezelschap van vaders, moeders, broers, zusters, ooms en tantes en neven en nichten mee. Op hen is alle hoop gevestigd. Zij zijn het pioniersgewas – alles kun je ze aandoen, honger, dorst, hitte en kou, ze zullen alles overleven.

De jongen denkt aan zijn vader en moeder, aan zijn broer, die niet sterk genoeg is om de reis te maken. Oneindig ver weg zijn ze nu. Hij weet dat hij niet naar huis terug kan. Zijn weg gaat maar één kant op.

Hij had gehuild toen ze het hem vertelden. Veeg je tranen af, zei zijn moeder, je wilt toch een man zijn? Een man draagt wat op zijn schouders is gelegd en klaagt niet.

De jongen klemde zijn kaken op elkaar en huilde niet meer.

Het was nog donker toen hij op een ochtend vertrok. Hij reed met een onbekende mee, in een rammelende pick-up daalden ze af naar het dal en zagen het langzaam licht worden achter de bergen. De man zette hem af bij het busstation en wenste dat God met hem zou zijn op zijn reis.

De jongen nam een bus naar het westen en was 's avonds al verder van huis dan hij ooit geweest was. Hij repeteerde de raadgevingen die hem als talismans waren omgehangen. Praat niet met vreemden. Loop met een boog om agenten heen. Wees spaarzaam. Mijd het gezelschap van mensen met rood haar.

Rond zijn nek hing een koordje met daaraan een oog van blauw glas, dat hem beschermde tegen het boze oog.

Hij sliep in een hoek van een busstation. Hij zat ineengedoken tegen de muur en verborg zich in de beschutting van zijn armen.

Een bewaker had hem gewekt. Hij nam hem mee naar een cafetaria bij de terminal en kocht een samosa en thee voor hem. De eerste bussen reden binnen, een geweldig blauw ontvouwde zich aan de hemel. De jongen slurpte thee en voelde zich voor even geborgen in de zorg van de bewaker.

Hij reisde verder op diens aanwijzingen, in de volgende stad ging hij op zoek naar koffiehuis Darius. Onbekenden wezen hem de weg.

Hij vroeg de barman naar Nacer Gül. Dat was de naam die hem was ingeprent; hij was verloren als hij die naam zou vergeten.

Hij werd mee naar achteren genomen en wachtte tussen emmers en dozen op Nacer Gül. Hij was de sleutelbewaarder, zonder hem stak niemand de grens naar de andere wereld over. De jongen wachtte tot zijn gedachten verstomden en hij de tijd vergat.

Met veel rumoer kondigde Nacer Gül zich eindelijk aan – gestamp, een bazige stem. De deur zwaaide open. Zijn hoofd was geschoren zoals dat van de kinderen in het dorp van de jongen. Op zijn voorhoofd stond een grote zonnebril.

'Je bent laat, jongen. We wilden al zonder je gaan.'

Hij lachte. De jongen verroerde zich niet.

‘Het geld,’ zei Gül.

De jongen stak hem het bundeltje toe, beringde vingers ritselden erdoorheen. Gül stak het weg in de zak van zijn trainingsbroek. Zijn omgang met geld was achteloos, het vloog naar hem toe op gehoorzame vleugeltjes, hij hoefde er niets voor te doen. De jongen zou alles onthouden wat hij zag; zo zou hij ook zijn op een dag, het geld zou ook zijn zakken binnen vliegen en zijn moeder zou trots op hem zijn, op haar zoon die een lange reis had gemaakt en over de omstandigheden had gezegevierd.

De schemering in de oplegger verdiepte zich, de zon moest nu bijna onder zijn. Een rivier van asfalt gleed onder hen door, er kwam geen einde aan de weg. Soms vielen ze in slaap met hun rug tegen de lading, de meeste tijd staarden ze met open ogen in het donker. *Alles zal goed gaan. God is met ons.*

Wie identiteitspapieren had, bezat die nu niet meer. Nacer Gül had gezegd dat ze ze moesten verscheuren. Het was beter om zonder identiteit te arriveren in het land van aankomst. Een mens zonder naam en afkomst verwart het protocol. Procedures lopen vast, de kans dat je kunt blijven neemt toe. Dus vernietigden ze de papieren die ze met zoveel moeite hadden verkregen. Alles was onvast nu, behalve de woorden van Nacer Gül, die waren hard als muntgeld.

Nu zijn ze niemand meer. De vrouw die haar koffer heeft moeten achterlaten kijkt verbaasd en verdrietig achterom naar haar leven. Ze leeft met haar rug naar de toekomst, over de herinneringen aan haar zware bestaan ginds schijnt nu al de zachte gloed van heimwee.

De mannen zijn bereid te vergeten. Ze zouden, als ze hadden gekund, niet alleen hun geld en hun lot in handen van Nacer Gül hebben gelegd, maar ook hun herinneringen. Ze willen vooruit. Ze zijn bereid zichzelf te verliezen, hun leven doormidden te knippen als een worm.

Eens stonden landen en continenten open voor hen die het geluk zochten, grenzen waren zacht en doorlaatbaar – nu waren ze in beton gegoten en met prikkeldraad omhangen. Als blinden tastten de reizigers met duizenden tegelijk de muren af, op zoek naar zwakke plekken, een bres, een gaatje waar ze doorheen konden glippen. Een golf van mensen spoelde tegen die muren aan, het was onmogelijk om ze allemaal tegen te houden. Ze kwamen met ontelbaren en ieder van hen leefde in de hoop en verwachting dat hij bij de gelukkigen hoorde die de overkant zouden bereiken. Het was het gedrag van het dier dat in zwermen reist, dat met het verlies van individuele leden rekening houdt maar als soort zal overleven.

De vrachtwagen minderde vaart. Ze zagen het wit van elkaars opengesperde ogen. De vrachtwagen reed stapvoets, ze hoorden stemmen. Mannenstemmen en hondengeblaf, toen de vrachtwagen stilstond. De motor liep nog. Hoe hadden ze kunnen denken onzichtbaar te zijn? Slechts dun zeildoek scheidde hen van de grenswachten en de honden. Hoe zouden de honden niet hun scherpe angstzweet ruiken, hun bonzende harten horen? Elk moment kon de laadklep opengaan, de mannen zouden binnenkomen met een vloed van licht in hun rug. Helemaal achterin zouden ze hen vinden, uitgeput van angst.

Wat was er aan de hand daarbuiten? Waarom lachten ze? Om hen? Lieten ze de marteling met opzet langer duren?

Een straaltje licht boorde zich brutaal naar binnen, alsof het vast een kijkje nam voordat zo meteen de mannen binnenkwamen. Alles resoneerde door het stationaire draaien van de motor. De mannen leken zich te verwijderen. Langzaam richtte de jongen zich op, zijn buurman greep naar zijn arm om hem tegen te houden maar de jongen was al buiten zijn bereik. Hij wrong zich door de nis tussen twee stapels pallets en stond bijna tegen het zeildoek gedrukt. Op zijn tenen keek hij door het gaatje en trok toen vlug zijn hoofd terug. Even later opnieuw, langer. Toen sloop hij naar zijn plaats tussen de pallets terug, op zijn hoede om niet te struikelen. Zijn hart sprong als een kikker rond in zijn borst. Hij ging zitten en hield zijn gezicht in de holte van zijn arm om zijn zware adem te dempen. Ze hoorden het portier dichtslaan. Hoop flakkerde op. Toen keerden de stemmen daarbuiten terug. Honden blaften wild, alsof ze bloed geroken hadden.

De grenswachten waren nu zo dichtbij dat ze bijna alles konden verstaan. O, de neiging om zelf tevoorschijn te komen om de snerpende angst het zwijgen op te leggen! Om aan de afmattende onzekerheid een einde te maken. Een nies, een hoest, en alles was verloren. Hun leven was gekrompen tot die smalle richel, ze konden vallen of de overkant halen, ze hadden er niets over te zeggen.

Een roep, het portier dat dichtslaat. Beweging! De wagen rijdt, eerst langzaam en dan steeds harder. De banden zoemen lichtzinnig over het asfalt, geen van de reizigers durft nog het onmogelijke te denken.

Steeds dieper rijden ze de nacht in. Ze weten het nu zeker, ze zijn de grens overgestoken! Voorzichtig laten ze voorstellingen toe van het geluk dat hun ten deel gevallen kan zijn.

Een man buigt zich naar de jongen over en fluistert in zijn oor: 'Wat heb je gezien?'

'Soldaten!' fluistert de jongen terug.

Hij denkt even na, buigt zich weer naar het oor van de man. 'Een hek, en auto's.'

De man geeft het bericht door aan de anderen, een zilveren melodielijn gaat van oor tot oor, hun opwinding vult het donker. Het is moeilijk de vreugde binnen hun lichaam te houden.

Ieder zit met zijn eigen voorstellingen in de duisternis, ongeduldig, hij wil zijn leven als smokkelwaar verruilen voor dat van een mens die zelf bepaalt waar hij gaat en staat, wanneer hij praat en wanneer hij zwijgt.

De vrachtwagen mindert vaart, een bocht, dan een onverharde weg. Langzaam rijdt hij over een hobbelig pad. Een eeuwigheid kruipen ze voort, tot de wagen eindelijk tot stilstand komt. Gestommel, de laadklep zakt, koelte golft door de oplegger.

'Hé!' roept een man. 'Kom maar. We zijn er.'

Ze schudden de slaap uit hun benen, strekken zich en klimmen over de lading de vrijheid tegemoet.

Een heldere, frisse nacht. Grijnzend deelt de chauffeur sigaretten rond. 'Ik kneep 'm!' zegt hij een paar keer achtereen. 'Jullie dachten dat jullie in de rats zaten daar, maar wat dacht je van mij!'

Onwennig als vee dat in het voorjaar de stal verlaat stonden ze onder de schoongewassen sterrenhemel, en voelden zich alsof ze opnieuw geboren waren.

HOOFDSTUK 15

Achter de namen

'Til je voeten op,' zei Zita tegen Beg. Hij tilde zijn voeten op. De stofzuigermond gleed eronderdoor.

Even later vroeg ze: 'Wat is dit? Kan ik het opbergen?'

Hij keek op. Op tafel lag een in krantenpapier gevouwen pakket.

'Het is voor jou,' zei hij. 'Een cadeautje.'

'Pontus!'

'Iets kleins.'

Zita fronste haar wenkbrauwen. 'Als je maar niet denkt...'

'Ik denk niks.'

'Over een tijdje weer.'

'Dat weet ik.'

'Precies.'

Ze pakte het cadeau uit.

'Een haardroger,' zei ze. 'Wat mooi.'

'Je verdient het.'

Ze legde kort haar hand op zijn schouder. Ze liep naar de keuken, de haardroger in haar hand. Ze had een fijne schommelkont, vond hij, hij keek er graag naar. Haar haar was zwart geweest, mettertijd was het met grijs doorweven geraakt. Niet lang meer en ze zou de gedachte aan een kind voorgoed uit haar hoofd moeten zetten. Soms bedelde hij erom, in de omarming van de nacht. 'Een kindje. Van jou en mij? Waarom niet?' Hij hoorde het droevige in haar lach. 'Toe, Pontus, zeg dat niet.' Ze draaide zich om, hij kroop tegen haar op en legde een hand rond een borst onder het nachtgoed. Meer dan om de lustbevrediging was het hem daarom te doen; haar ademhaling langzaam en diep voelen worden, zijn hand rond een borst gevouwen en zijn bekken genoeglijk tegen haar achterste geduwd. Zo gleed hij de slaap binnen, gerustgesteld. Maar er ging geen nacht met Zita voorbij zonder dat hij werd gewekt door het gesprek dat ze aanknoopte met haar moeder in de andere wereld. Fanatiek bespraken ze ditjes-en-datjes. Alles van Zita verdroeg Beg, behalve de beuzelarijen over de ziekte van die en die, 'en wist je dat Vaida er weer een bij heeft? Nummer zeven alweer! Arme ziel. Maar ze houdt zich goed, hoor. Kracht naar kruis.'

Daar sliep hij met alle oordoppen van de wereld niet doorheen, zodat hij in de woonkamer ging zitten wachten tot moeder en dochter stilvielen. Hij zat in het donker, rookte een sigaret en dronk nog een glas, terwijl in zijn slaapkamer Zita's stem klonk.

'Pontus, telefoon!' schreeuwde Zita vanuit de badkamer. In de woonkamer zat hij al een tijdje naar het toestel te kijken. Niemand belde zijn nummer thuis. Hij kwam uit zijn stoel en liep naar de telefoon, in de verwachting dat het ding plots zou zwijgen wanneer hij het had bereikt.

Hij nam op en luisterde alsof hij de zee hoorde ruisen in een schelp.

'Pontus? Met Eva.'

De stem van zijn zuster. Malle ontroering. De enige andere

overlevende van zijn verleden. Zij had hem leren lezen; wat had hij niet van haar geleerd die eerste jaren?

'Pontus? Zeg iets.'

'Dag Eva. Hoe gaat het met je?'

'Waarom belde je? Tadeusz zei dat je had gebeld.'

'Ja, dat is zo, ja... Ik zat 's door mijn boekje te bladeren... Een oud adresboekje... Ik zag je naam staan en dacht... waarom niet.' Hij zweeg even. 'Zo eigenlijk.'

'Ach zo,' zei zijn zuster. 'Nou, hier gaat het goed. Naar omstandigheden.'

Stilte golfde tussen hen in.

'Tadeusz leert voor monteur,' zei ze toen. 'De beveiliging was uiteindelijk toch niets voor hem.'

Het luchtte Beg op dat ze niet zo afwerend was als haar zoon.

'Hij viel de hele tijd in slaap.'

'Wie?'

'Tadeusz. Nachtwerk, daar kon hij niet tegen.'

Net zo'n luie donder als zijn vader, dacht Beg.

Eva bestuurde nog altijd de tram, het was niet gemakkelijk geweest om op zulke onregelmatige tijden te moeten werken en alleen een kind op te voeden, maar nu Tadeusz volwassen was genoot ze van haar onafhankelijkheid.

'Nooit meer een man,' zei ze. 'Allemaal grote baby's.'

Ze spraken niet over de dingen die de verwijdering tussen hen hadden veroorzaakt, ze wilden ze beiden negeren. Misschien, dacht Beg, was de oorzaak triviaal geworden. Misschien was ze net zo eenzaam als hij.

Hij bracht het liedje over Rebekka en de rozen ter sprake, en zei: 'Ik zing het soms, heel gek, het kwam opeens terug. Ken jij het nog?'

Het was aangenaam haar lach te horen. 'Ik heb er jaren niet aan gedacht.'

'Ik weet nu pas wat de woorden betekenen. Het is een liefdesliedje, heeft iemand me verteld. Jij zult het wel weten, dacht ik, hoe het kan dat moeder dat voor ons zong. Jij hebt een geheugen voor zulke dingen. 't Is Joods.'

'Jiddisch,' zei ze. 'Mama zong het, ja.'

'Hoe kwam zij nou aan een Joods liedje, vraag ik me af.'

Het bleef even stil, toen zei ze: 'Daarom belde je.'

Beg zweeg.

'Ik zou het echt niet weten,' zei ze. 'Wat grappig dat jij daarmee komt. Ze zeggen dat het verleden naar je terugkeert als je ouder wordt. Of je nou wil of niet. Zing je daarom liedjes van vroeger, Pontus?'

Na het gesprek met zijn zuster had hij zin om achter Zita's brede kont te kruipen en zijn neus in haar haren te verbergen, maar het was inderdaad zijn tijd nog niet. Eén keer had hij geprobeerd die tijd te kopen, één nacht extra, toen was ze koud en hard geworden en had gezegd: 'Ik ben geen hoer, Pontus. Wat denk je, dat ik een hoer ben?'

'Nee, nee, natuurlijk niet,' zei hij vlug, al had hij het verschil niet zo een-twee-drie kunnen benoemen. Het was een complexe toestand, al met al, waar hij niet te veel over na wilde denken.

Het gesprek met zijn zuster had hem niet van zijn vragen over het liedje verlost. Het gaf ook niet, zei hij tegen zichzelf, niet echt. Het was alleen dat het als een los draadje uitstak. Een hinderlijk draadje waar hij een beetje aan moest peuteren en trekken; een onschadelijke bezigheid, klein vermaak. Een gunstig gevolg was alvast dat hij zijn zuster voor het eerst in jaren gesproken had, de enige met wie hij herinneringen deelde aan de dikke rook van het brandende oogstafval boven de velden, die je keel dichtkneep en de zon verduisterde, aan de zonnebloemen als de regen kwam, hun geknakte koppen, als van krijgsgevangenen die terugkeerden uit de oorlog... Ook zij herinnert zich het liedje over Rivkele, en ook zij weet niet hoe hun moeder daaraan gekomen is. Het verleden heeft het toegedekt, ze hebben ermee te leven dat er grote en kleine vragen zijn waarop ze nooit meer een antwoord zullen krijgen.

Koller meldde hem dat de transportmaatschappij had gebeld. 'Ze willen hun chauffeur terug. Ze sturen een advocaat.'

'Dat recht hebben ze.'

Koller speurde het gezicht van zijn baas af maar wist niet hoe hij zijn woorden moest verstaan. Hij vroeg: 'Wat wil je dat ik doe?'

Beg keek op van het beeldscherm. 'Hij kan niet weg zonder proces-verbaal, wel? Is dat er al? Praat hij al? Nee. Dus gaat hij nergens heen.'

Koller dacht aan de man in zijn cel. Net zo'n harde kop als Beg. Dwarshout. Twee woedes. Beg zou zijn wil breken met onverschilligheid, en anders met geweld.

Toen Koller de volgende morgen op kantoor kwam, zei Beg: 'Hij is klaar voor verhoor.'

De chauffeur lag in foetushouding op zijn brits toen Koller zijn cel binnen kwam. De brigadier sloeg met zijn wapenstok tegen de metalen deur maar de man bewoog zich niet. Hij schudde aan zijn schouder, half-en-half in de verwachting dat hij dood was, maar de chauffeur tilde zijn hoofd uit de bescherming van zijn armen. Zijn ogen waren verdwenen achter zwellingen en geronnen bloed. Het was geweld geworden. Een wenkbrauw hing open. Koller hield hem een glas water voor. Hij kwam langzaam overeind en nam het glas van hem aan. Met bevende handen zette hij het aan zijn mond. 'We gaan zo naar boven voor verhoor,' zei Koller. 'Dan ben je weer vrij man.'

Hij pakte het glas van hem terug. Een grimas van pijn. Koller kon het niet geloven maar zag duidelijk dat hij zijn hoofd schudde. Nee. Hij klemde zijn gebarsten lippen op elkaar. Koller bewonderde zijn hardheid, hij zei: 'Je maakt het alleen maar erger voor jezelf. Niet slim, helemaal niet slim.'

De man keek naar hem op. 'Onrecht,' zei hij.

Later kijkt Koller opnieuw om de hoek bij zijn baas. Zijn hand steunt op de deurklink, zijn lichaam is nog op de gang. 'Die klojo weigert nog steeds.'

Beg knikt en zegt: 'Da's niet zo mooi.'

Na dat bondige commentaar trekt Koller zich achter de deur terug. Hij sloft door de gang naar zijn bureau, moe als het land waarop een uitputtingsslag wordt uitgevochten. Hij denkt dat hij zich morgen ziek meldt.

Beg wacht tot de schaduw van Koller achter het rookglas verdwenen is. Dan pakt hij het vel papier uit de bureaula waarop de woorden staan die hem al de hele middag met grote opwinding vervullen. Het is een kopie uit het boek *Achter de namen* van professor Janosz Urban. Hij heeft het boek gevonden in de kleine districtsbibliotheek, die door oude vrouwen wordt beheerd. Ze zitten te lezen bij het grijze licht dat door de ramen valt, door brillen aan metalen kralenkoordjes. Hoe lang geleden was het dat hij voor het laatst in een bibliotheek was? Vreemde, parallelle wereld, ver verwijderd van het dagelijks leven.

Een van de vrouwen had hem het plankje met genealogische publicaties gewezen. Het boek van professor Urban was oud maar ongelezen, de ruglijm kraakte toen hij het opensloeg. Het was een onderzoek naar de oorsprong van de meest voorkomende achternamen, waar ze vandaan kwamen en hoe ze werden tot wat ze nu waren. Beg volgde een mogelijkheid zoals een jachthond een zwak geurspoor. Ze had in zijn hoofd postgevat in de zwevende minuten die aan de slaap voorafgaan. Daarbuiten had hij die mogelijkheid niet serieus genomen en er weinig aandacht aan besteed. Maar nu het spoor was doodgelopen bij zijn zuster, was dit het laatste wat hij had.

Hij bladerde *Achter de namen* door op zoek naar de M.

Markowski. Martyn. Maslak. Matula. Hij vond de naam die hij zocht: Medved. De meisjesnaam van zijn moeder. De naam kwam in grote delen van Oost-Europa voor en werd ook als bijnaam gebruikt.

> MEDVED; beer. Inzake een groot, sterk en onhandig iemand. In sommige gevallen een gereduceerde vorm van het Oekraïense of Wit-Russische *Medvedev*. Ook Joods. (Asjkenazisch.)

Achter zijn bureau dwalen zijn ogen telkens naar het zinnetje dat het lemma een beetje achteloos besluit. *Ook Joods.* Dit veroorzaakt zijn opwinding, zijn warme oren. *Ook Joods...*

Hij is geen naamkundige en ook geen genealoog, maar denkt nu dat zijn moeder een geassimileerde Jodin was, die haar Joodse wortels aan het zicht onttrokken had, op een kinderliedje en haar achternaam na.

Hiermee zal hij naar rabbijn Zalman Eder gaan. Hij zal hem vragen wat hij ervan denkt, van zijn vondst – want als zijn moeder een Jodin is, dan is hij een Jood, zoveel weet hij nog wel van de joodse wet.

HOOFDSTUK 16

Vitaly

Vitaly was als straathond geboren en zou ongetwijfeld ook zo sterven. In de tussentijd volgde hij een levensplan van gewelddadige intimidatie, bluf en sarcasme, of, als een ander sterker was dan hij, van leep opportunisme en vluchtgedrag. Nee, veel goeds viel er niet te vertellen over Vitaly, of het moest zijn dat hij tot dan toe alles had weten te overleven. Bij elk litteken een verhaal. Hier een mes, daar een honkbalknuppel; de botbreuken nadat hij was afgetuigd en voor dood achtergelaten. Maar hij leefde, een geschonden mens, tot geen ander gevoel in staat dan het sentimentele.

Zijn terrein was de stad, de mensenklontering. Die had hij nodig zoals een parasiet een gastheer. De ander betekende niets anders voor hem dan een mogelijkheid om zijn voordeel met hem te doen. Als hij je naam onthield, moest je oppassen.

Binnen zijn sociale klasse behoorde hij tot de succesvollen. Elk jaar dat je ouder werd in zijn wereld was een overwinning op de omstandigheden. Velen zoals hij waren gestorven in de schimmelende kelders van verwoeste gebouwen die nooit waren opgeruimd na de grote oorlog; ze waren krankzinnig geworden van lijm, speed en heroïne, ze stierven aan aids, overdoses en methylalcohol; kortom, het gebruikelijke beeld aan de onderkant na de val van het imperium.

Vitaly had al vroeg ingezien dat je beter aanbieder kon zijn dan afnemer. Hij was weliswaar verslaafd maar behield zijn verstand. Hij droeg altijd een nijptang bij zich. Wie zijn schulden niet voldeed, rukte hij zijn gouden tanden uit. Wie geen gouden tanden meer had, kneep hij een vinger af. De vinger mocht hij houden als souvenir.

Zelf verloor hij twee vingers door van de grote baas te stelen. Huilend en kronkelend betuigde hij spijt, maar een paar maanden later stal hij een kilo heroïne, verkocht hem dezelfde dag nog door, dacht vagelijk verbaasd: ik ben echt onverbeterlijk, en vluchtte de stad uit.

In de vrachtwagen van Nacer Gül stak hij de grens over en wist dat hij, net als de jongen, nooit meer kon terugkeren naar waar hij vandaan kwam – de enige weg was vooruit.

Onderweg kickte hij af. Dit verklaarde zijn chronische pesthumeur.

Hij had zweren op zijn benen als gevolg van vitaminedeficiëntie, daar waar de spuit vaak was binnengedrongen, op zijn armen en liezen vooral, had hij grote, beurse plekken; inktblauwe wolken onder zijn huid. Rillend had hij de reis in de vrachtwagen gemaakt, en soms gal gespuugd. Toen ze de oplegger verlaten hadden, had hij zich een eindje van de anderen verwijderd en zijn ingewanden uitgekotst.

De chauffeur had ze de richting gewezen die ze moesten gaan, steeds naar het westen. Twee, drie uur verderop wachtte ze de bewoonde wereld. Langs de wegen waren controles, wegversperringen, het was beter om te voet aan te komen en zich dan te verspreiden door de stad.

Slierten nevel dreven boven de vlakte. Niet veel later gloorde er een purperen streep licht aan de horizon achter hen; het onvaste, zwevende paars van de ochtendschemering haalde ze in. Ze waren licht in hun hoofd van vermoeidheid en euforie, ze waren onzeker en gelukkig, niet lang meer en ze zouden de nieuwe wereld binnen gaan. De zon werd de hemel in gekatapulteerd, de koelte van de ochtend week voor zijn ogenblikkelijke hitte. Geen van hen had nog water. Zwijgend liepen ze onder de hete, open hemel, hun ogen rood van het turen naar de horizon, waar hun dromen hardnekkig weigerden zich te materialiseren. Ze waren al veel langer aan het lopen dan de man gezegd had.

De twijfel sloeg toe. Eerst stil maar al vlug openlijk. 'We zijn genaaid!' schreeuwde een man.

Zijn woorden werden met opluchting ontvangen. Nu konden ze zich afzetten tegen hun bangste gedachten. 'Niet waar!' zeiden ze. 'We zijn alleen maar verkeerd gelopen. We moeten daarheen!'

Ze wezen alle kanten op.

Allen praatten nu door elkaar heen, hun oren nog slechts gespitst op geruststelling en bevestiging.

'Wat heb je gezien?!' vroegen ze de jongen. 'Wat *precies*?!'

'Barakken,' zei hij geschrokken. 'De honden. En soldaten. Ze hadden pistolen hier.' Hij sloeg met zijn hand op zijn heup.

'Wat nog meer?!'

'Lampen, auto's. Weet ik veel.' Hij was verlegen door alle ogen die op hem gericht waren.

Zijn antwoord stelde ze gerust, hij had een grens beschreven, geen twijfel mogelijk. De chauffeur had ze de verkeerde richting gewezen, dat was alles.

Opzettelijk, dacht de een.

Hij wist niet beter, zei de ander.

Sommigen zeiden: 'We moeten terug naar waar we vandaan komen, dan volgen we het spoor terug.'

Anderen bestreden dit: 'We lopen al de hele dag! Als we gewoon rechtdoor blijven gaan, komen we vanzelf ergens aan!'

De zwarte man hield zich afzijdig van het gekrakeel. Hij staarde over de vlakte, zijn kin omhoog, alsof hij in de verte dingen zag aankomen die voor de anderen nog onzichtbaar waren. De jongen kon zijn ogen niet van hem afhouden. De Ethiopiër was het eerste van de wonderen die hem nog wachtten. Het kroezige haar van de zwarte man was grauw van het stof, niemand wist hoe lang hij al onderweg was. Had hij zelf enig idee waar hij naartoe ging? Wie wees hem de weg? En hoe was hij in hun gezelschap terechtgekomen? Met elke nieuwe vraag die hij opriep, verdiepte zich het raadsel. Hij was een sprookjesfiguur, een geheimzinnige zwerver, maar of hij een goede of een slechte kracht was wist de jongen niet.

Achter hem werd geschreeuwd. Verdergaan of teruggaan, daarop spitste alles zich toe. Een paar mannen liepen demonstratief in westelijke richting. 'Daar is niks,' riepen ze over hun schouder, 'dat wordt jullie dood. Zelf weten!'

Schoorvoetend volgde het echtpaar. Toen de vrouw en de jongen.

Twee mannen gingen de andere kant op. Niemand volgde hen.

Zij die naar het westen gingen, klitten weer aaneen tot een groep. Ook de zwarte man sloot zich bij hen aan, zag de jongen toen hij omkeek.

Deze dingen waren oneindig lang geleden gebeurd. Zoals ze de afzonderlijke dagen vergaten, waren ze degenen vergeten die ze in de vlakte hadden achtergelaten. De vrouw die gerouwd had om haar achtergebleven koffer, kreeg een graf, haar man had het met zijn handen gegraven. De anderen hadden ze gewoon laten liggen. De zorgen van de levenden waren groter dan die van de doden.

Wat wisten ze van Vitaly? Zijn tatoeages wezen op een leven aan de zelfkant. De maniertjes van een stadsjongen, ruw en praterig. Je wilde niet te veel van hem weten, beducht voor wat er tevoorschijn zou komen.

Hij was de eerste die een lijk beroofde. De volgende dag droeg hij een paar extra schoenen rond zijn nek. Er werd schande van gemompeld, sommigen keerden zich van hem af. De volgende achterblijver hadden ze met z'n drieën beroofd, 's morgens heel vroeg, een man die niet meer overeind kon komen. Ze hadden een tijdje naar hem staan kijken, naar zijn gekronkel in het stof. 'Help me dan,' zei hij zacht. 'Het gaat nog makkelijk... Als ik maar eenmaal sta...' Hij viel terug, zijn ogen in doodsangst naar hen opgeslagen. 'Ik kan... ik kan,' hijgde hij. Ze stortten zich op hem, Vitaly, de man uit Asjchabad en de lange man. De laatste draaide het hoofd van het slachtoffer zijwaarts en hield zijn hand voor zijn neus en mond. De anderen roofden zijn jas en schoenen, het geld en de kostbaarheden uit zijn zakken. Aansteker. Geld. Sigaretten. Het lichaam verzette zich met zijn laatste krachten, de belagers snoven en vloekten, toen was het gedaan. De roofdieren maakten zich uit de voeten.

In de vlakte ligt een halfnaakt lichaam. Tranen druppen uit

zijn ogen en kruipen langs zijn oren tot in zijn haren. De zon stijgt aan de hemel. Het rode licht trilt achter zijn oogleden. Vliegen wandelen over zijn vlees. Ze zetten eitjes af in zijn oogholtes, in zijn oren en zijn neus. Ze lopen over zijn lippen, de man blaast er krachteloos naar.

Als hij die middag sterft onder de hoge, helse zon, beginnen gisten, schimmels en bacteriën zich ongeremd op zijn lichaam te vermenigvuldigen. De ochtend daarop zijn de vliegeneitjes al tot het volgende stadium overgegaan; maden zwemmen in de onderhuidse weefsels rond, hun voedsel. Het lichaam is het toneel van een bacchanaal geworden, het wordt in energie omgezet door micro-organismen die zich razendsnel vermenigvuldigen, door duizenden en duizenden maden die zich een weg boren door de verweekte weefsels, tot de kleine rode vos zich zat vreet aan het vlees. Het lijk is tot een gemarmerd paarsblauw verkleurd, de huid komt al los van het skelet. Zijn lippen zijn weggevreten. Obsceen grijnst hij naar de uitdrukkingloze hemel.

Nu verzwakt dan ook Vitaly. Hij heeft een gevecht om de vrouw verloren van de man uit Asjchabad. De zweren op zijn benen liggen open, hij heeft er lappen stof omheen gebonden, die hij soms gillend lostrekt als ze met het vlees vergroeid zijn geraakt.

Hij kent die geur. Hij kent hem maar al te goed. Hij heeft hem geroken in de kelders en de kamertjes waar junks lagen weg te rotten onder paardendekens. De geur van wanhoop, die betekende dat hij 'handel kon doen'. De meeste klanten kwamen naar hem toe, sommige bezocht hij zelf. Die waren er zo slecht aan toe dat ze de straat niet meer op konden.

Hologig als de *Häftlinge* van het kamp lagen ze op hem te wachten. Hij had pandjesbaas kunnen worden met alles wat ze hem aanboden in ruil voor een shot. Van antiquiteiten werd hij onzeker, hij kende de waarde niet, hij beperkte zich tot baar geld en edelmetalen. Zijn klantenkring kende een hoog sterftepercentage maar het bestand waste vanzelf weer aan. Het was een goede manier van handel doen, hij hoefde geen reclame te maken, niet te flemen en te buigen.

De stroper gaat steeds vaker voorop. Zijn uithoudingsvermogen is uitzonderlijk. Nooit heeft hij zich in de strijd om de dominantie gemengd, hij heeft aan zichzelf genoeg. Uitwaaierend tussen het hoge vedergras volgen de anderen. Vitaly krabt aan de zweer op zijn bovenarm. Hij heeft vanmorgen zijn trui uitgedaan en naar de diepe, lekkende wond gekeken. Ze is plotseling ontstaan, alsof hij met fosfor beschoten is. Er zit een felrode ring omheen. Op de plek van de zweer heeft de zwarte hem een paar dagen geleden aangeraakt. Boven op de heuvel, toen hij hun iets aanwees in de verte. Precies daar is de zweer ontstaan, niet ergens anders, niet op zijn buik of op zijn kont, nee, precies daar waar het ene lichaam het andere heeft aangeraakt. Met zijn vinger heeft de zwarte een etterende krater in zijn arm gebrand. Vitaly blijft nu ver uit zijn buurt, zijn ogen alleen al zullen hem kwaad doen. Hij wil niet dat die zwartneus hem nog eens zal aanraken of zelfs maar naar hem kijkt. Hij heeft het boze oog, zijn handen zijn geladen met toverkracht. Hij heeft het ongeluk over hen gebracht, al hun tegenspoed is aan hem te wijten. Hebben ze niet van meet af aan tegenslag gekend? Van het begin van hun reis tot nu? Ze hadden hem meteen moeten doodslaan, zijn kop vermorzelen – maar in plaats daarvan waren ze verder en verder afgedwaald, tot de vlakte hen allemaal vermoord zou hebben.

Zo malen de gedachten van Vitaly rond en rond op het ritme van zijn voetstappen; een stervende machine die alleen nog angst en haat produceert.

HOOFDSTUK 17

Een nieuwe ziel

'De vraag is,' zei de rabbijn, 'of u onder een Joods hart gedragen bent of niet. Daar komt het allemaal op neer. De rest doet er niet toe. Een andere mogelijkheid is er niet, behalve de weg van de *gioer*, het proces van joods worden. Maar dat is af te raden. Het is zeer moeilijk. Wij zullen dat nooit aanmoedigen. Beter een goede goj dan een slechte Jood, zei rebbe Stiefel. De kans dat hij gehoorzaamt aan de zeven noachitische wetten is groter dan dat hij zich onderwerpt aan de zeshonderddertien wetten van Moshe.'

Pontus Beg, verlegen met zichzelf, zei: 'Ik wilde alleen maar weten of mijn moeder... Of ze een Jodin was of niet.'

De nauwelijks merkbare hapering bij dat woord. Het schuurt tegen het scheldwoord aan, het lijkt of hij heeft gevloekt in het bijzijn van de rabbijn. Het woord sleept een wereld aan leed achter zich aan. Spot dekt het fundamentele onbegrip toe. Laatdunkendheid. Zo kent hij dat woord. Maar hier, in de keuken van de rabbijn Eder, wordt het vuil van de wereld eraf gewassen en keert het terug tot wat het betekent: een dochter van het volk van Israël.

Ongeduldig schudde de rabbijn zijn hoofd. 'U kunt niet vrijblijvend naar uw moeder vragen! Wanneer u naar haar vraagt, vraagt u naar uzelf. Dat heb ik u uitgelegd. Als zij het is, bent u het. Dan hebt u zelfs recht op een Israëlisch paspoort, of u nu wilt of niet.'

Beg rechtte zijn rug, alsof hij zich onder de rol van trage student probeerde uit te werken. 'En als je niet zo'n gelover bent? Dan ook?'

'Ook de rede kan je tot God brengen,' zei de rabbijn. 'Wist u dat het kind in de baarmoeder een houding heeft alsof het de Thora leest?'

'Oosterse dingen lees ik wel. Boeken zonder God.'

'Een Jood is ook een Jood zonder de Eeuwige. Wij... wij zijn een samengevlochten touw, als afzonderlijke draden maken wij samen één koord. Zo zijn wij verbonden. Wat ons bindt is wat we zijn.' Hij harkte met zijn vingers door zijn baard.

Beg wist opeens waar zijn beklemming vandaan kwam. Er waren nergens ramen. Het enige licht kwam van kale peertjes aan het plafond. Nooit viel er een straaltje zonlicht binnen of woei er een briesje door de vertrekken. Hier en daar bolde het pleisterwerk. Vocht. De lijkgeur van het gebouw.

Beg was nieuwsgierig naar de overige ruimtes, de plattegrond van het labyrint. De deur aan de straatkant gaf toegang tot de synagoge; de rabbijn woonde in de vertrekken ernaast, die je via de steeg bereikte. Het gebouw was raadselachtig als een oriëntaalse bazaar. Ergens moest zijn bed staan, zoals er ook ergens een deur moest zijn die van binnenuit toegang gaf tot de gebedsruimte.

'Rabbijn Eder, wie kookt er voor u?' vroeg Beg.

'De buren,' zei de oude man mistroostig. 'Alle avonden Chinees. Ik krijg er spleetogen van. Toen mijn kokkin overleed, hield ik op een Jood te zijn. De keuken is de kathedraal van de Joden, mijnheer.'

Beg knikte.

'Ik doe drie dagen over één portie,' zei de rabbijn.

Of hij zich nog aan de spijswetten hield als hij elke avond Chinees at, durfde Beg niet te vragen. Misschien erodeert de hele boel onder gebrek aan opvolging, dacht hij. Misschien kan het hem weinig meer schelen omdat niemand hem meer op de vingers kijkt.

'Ik kan u niet vertellen of uw moeder Joods was of niet,' zei de rabbijn opeens. 'Dat moet u zelf uitzoeken. Vraag het de mensen die nog leven. Daar ligt het antwoord. Want hoe kwam u er ook alweer bij dat te denken?'

'Haar achternaam, Medved.'

'O ja.'

'En dat liedje.'

'Welk liedje?'

'Het liefdesliedje. Over Rebekka.'

De rabbijn schudde zijn hoofd. 'Ik ken geen liedje over Rebekka.'

'Ik heb het voor u gezongen!'

'Doet u het nog eens, dan zal ik het me herinneren.'

En zo kwam het dat Pontus Beg voor de tweede keer een Jiddisch liefdesliedje zong voor de oude rabbijn.

'Heel goed,' zei die vergenoegd toen hij klaar was. 'Al zingend naderen wij God.' Hij schudde zijn hoofd frivool heen en weer, als op een dansfeest. 'Dus uw moeder zong dat voor u? Toen u klein was? Maar dat is heel bijzonder! Waarom zong zij een Jiddisch liedje? Weet u dat?'

Beg wreef over zijn ogen. 'Daarom ben ik hier,' zei hij.

'U zou nog een beetje meer moeten hebben. Aanwijzingen.'

'Die naam dus,' zei Beg. 'Haar achternaam. Hier...' Hij haalde het namenboek van professor Urban tevoorschijn, zocht de betreffende pagina en schoof het over de tafel naar de rabbijn toe.

'Waar moet ik kijken?'

Beg duwde zijn wijsvinger naast zijn moeders achternaam.

'Ik zie niks zonder bril,' zei de rabbijn bozig. 'Waar heb ik mijn bril gelaten?'

'Daar,' zei Beg.

De rabbijn schoof zijn bril van zijn voorhoofd naar zijn neus en mompelde: 'Oude man, hou jezelf bij elkaar.' Hij boog zich voorover en las in het boekje dat Beg hem voorhield. 'Ook Joods inderdaad,' zei hij. 'Asjkenazisch, ja, Hoogduits.'

Hij keek op. Zijn fletsblauwe ogen gleden over Begs gezicht. 'Uw moeder kreeg haar achternaam van haar vader. Dat zegt nog niets. Als haar moeder ook Joods was, was zij Joods en bent u het ook. Het gaat me om uw grootmoeder van moederskant – als zij Joods is, bent u het. Wat weet u van die grootouders?'

'Weinig. Ik heb ze niet gekend. Patriotten, zei mijn moeder. Mijn grootvader is omgekomen... het laatste oorlogsjaar, aan de Neisse, het laatste grote offensief. Mijn moeder is door haar moeder opgevoed. Mijn grootmoeder is hertrouwd, maar van haar tweede man weet ik niet veel... Ik herinner me hem niet goed. Een officier, als ik me niet vergis.'

'Hoe kunt u zo leven? Zo zonder geschiedenis? Wij Joden... we hebben lange tenen en een geheugen dat tot vierduizend jaar teruggaat! Sommige mensen... ze willen niet meer weten waar ze bij horen. Ze verstoppen het, ze praten er niet over en als ze dan doodgaan zegt er opeens iemand: "Moeten we hem geen joodse begrafenis geven?" Verbijstering, niemand heeft dat al die tijd geweten. Waarom? Zoveel redenen. De Eeuwige heeft ons niet alleen gezegend maar ook vervloekt.' Hij zweeg even. 'Wat wilt u eigenlijk met die wetenschap? Jood, niet-Jood, maakt het werkelijk verschil voor u?'

'Ja,' zei Beg stellig, nog zonder de rest van het antwoord te kennen. 'Er is een verschil.' En, na een aarzeling: 'Al weet ik niet welk.'

Om tot een antwoord te komen moest hij dieper in zichzelf afdalen dan hij gewend was. Hij voorvoelde wat hij daar zou vinden. De eenzaamheid waar hij aan gewend was geraakt zoals aan een koude voet en een piep in het oor. Lang geleden had hij besloten het leven te verdragen en er geen eisen aan te stellen die zijn mogelijkheden te boven gingen. Berusting werd ook door de oosterse scholen voorgeschreven als levenshouding. Maar zelfs in een kier in het beton kiemde soms opeens een zaadje – het had daar niet moeten zijn, toch groeide het, het stak zijn wortels dwars door het beton...

De vraag naar zijn afkomst was een verlangen.

'Er is geen haast,' zei de rabbijn. 'Het enige goede antwoord is het antwoord op het goede moment. Het komt vanzelf.'

Hij stond op en schuifelde naar het aanrecht. Met bevende handen schonk hij theeconcentraat in en voegde er water uit de samowar aan toe. Blauwe aderen lagen onder zijn dunne, gele huid. Lange nagels. Levervlekken op de rug van zijn hand.

'We hebben nog een beetje meer nodig, papieren misschien. Iets onomstotelijks. Papier is het beste bewijs. Kunt u aan papieren komen?'

'Wat voor papieren?'

'Iets waaruit bewezen kan worden dat u van Joden afstamt. Alleen: het systeem hier administreert slechts de vaderlijke lijn. Dat kan een probleem zijn.'

De rabbijn vroeg of zijn gast de synagoge wilde zien, en schuifelde voor hem uit over de grijze plavuizen. Het leek een ondergronds schuilcomplex waar nooit daglicht doordrong. Een schimmenrijk waar je steeds minder lichaam werd en steeds meer schaduw, een uitgeveegde potloodstreep. De rabbijn stond stil voor een deur, tastte onder zijn jasje en haalde een bos sleutels tevoorschijn. Hij hield hem in de lucht en ging tegen het licht van een peertje een voor een de sleutels langs tot hij de juiste gevonden had.

'Wacht u even,' zei hij.

Hij kwam terug met een keppeltje. 'Zet u dit op.'

Beg frommelde het ding op zijn achterhoofd en ging achter hem aan naar binnen. De hoge, open ruimte was een hallucinatie – na de duisternis leek het of zich opeens de hemel opende. De zuilen die het dak droegen waren met koningsblauwe en gouden mozaïeksteentjes belegd, door de hoge ramen viel het late middaglicht. De geur van een ruimte die niet meer door menselijke aanwezigheid werd bezield. De houten banken en kasten langs de muren hingen in webben van grijs licht. De rabbijn stond met weggestoken handen een beetje om zich heen te kijken, een toerist bij een antieke ruïne. Beg liep langs het podium in het midden, langs een met gordijnen omhangen kast, de stenen trap die naar het platform daarboven leidde. Niets wist hij van wat hier gezegd en gedaan was, in deze geheimzinnige wereld waar de herinnering aan een tocht van duizenden jaren geleden levend werd gehouden.

Nu liep hier de reis dan ten einde, daar stond de laatste reiziger te wachten tot hij was uitgekeken.

De rabbijn wenkte hem. Ze gingen een deur door, een smalle gang in. Aan het eind was weer een deur. Hij opende hem, daarachter was het donker. Toen het licht aanging, zag Beg een trapportaal als een kleine kamer, met houten banken langs de muren. Het leek een kleedruimte. De rabbijn ging hem voor, de tegenoverliggende stenen trap af. De treden waren hol gesleten. Diep onder de grond was een langwerpige rechthoek uitgehakt in de rots, een bad onder een boog van gemetselde baksteen. In het bassin stond roerloos, droomachtig helder water. De traptreden verdwenen onder water en voerden tot op de bodem van het bad. Het was een afdaling naar een plaats die belangrijker leek dan de synagoge zelf, het heilige hart van een mysteriecultus. Het licht van boven in het trapgat weerkaatste tegen het wateroppervlak. Beg zou het water willen aanraken, het in beweging brengen; maar het zou zijn onreine huid schroeien, straf voor zijn lasterlijke daad.

Langs de wanden sijpelde water. De grijze steen glom.

'De voorvaderen hebben het huis op een bron van levend water gebouwd,' zei de rabbijn. 'Als Moshe sloegen ze het uit de rots.'

Naakt en alleen daalde hier een Joodse man of vrouw de trap af. Er mocht niets tussen het lichaam en het water in staan, kleren, pleisters, sieraden, zelfs het geringste kruimeltje onder een nagel moest verwijderd zijn. Pas dan was je gereinigd.

'Een soort doop dus,' zei Beg.

Misnoegd keek de rabbijn naar hem op. 'Die paar druppeltjes! Helemaal onder moet je, helemaal! En niet één keer, telkens weer. Hoe zou je anders gereinigd zijn?'

Zwijgend keken ze naar het rimpelloze water. Diep in de aarde bevonden ze zich, de wereld was ver weg. Zacht klonk nu de stem van de rabbijn. 'Het is geen doop, het is geen bad in de zin van zeep en water. Wie zich in het mikwe onderdompelt, wordt een nieuw mens. Hij krijgt een nieuwe ziel.'

Een druppel viel. Begs hart kromp omdat hij al zo lang niet zo'n sereen geluid gehoord had. De rimpeling op het water stierf vlug weg. Hij zou zich willen uitkleden, de treden afdalen tot op de bodem van het bassin, zijn lichaam onderdompelen, het reinigen van het vuil van de wereld. Zelfs van het vuil dat er niet af ging, zou hij zich schoonwassen. Een nieuwe ziel. Daar diep in de aarde, bij het magische water, leek zoiets werkelijk mogelijk. Wat een aangename, troostende gedachte... Zijn oude ziel afleggen, dat rafelige, versleten ding, er een nieuwe voor in de plaats krijgen. Wie wilde dat niet? Wie zou zoiets afwijzen?

HOOFDSTUK 18

Het oordeel

Vitaly ontblootte zijn bovenarm en liet zijn wond zien. De jongen wendde zich walgend af, de zweer, met een groen waas overtrokken, maakte hem misselijk.

Dus de zwarte bezat krachten. Hij had het altijd al wel gedacht. Nog steeds was hij er niet uit of hij nu een goede of een kwade magiër was; het toebrengen van leed aan Vitaly kon heel goed het werk van een wonderdoener zijn. Slechte honden mag je schoppen.

'Hij zegt dat-ie 'm daar heeft aangeraakt,' zei de vrouw tegen de anderen. 'Dat daarom die zweer is gekomen. Zoiets... Het is toch...' Ze zocht naar woorden maar vond ze niet.

De jongen reageerde niet, hij was de klap die ze hem gegeven had niet vergeten. Hij keek om zich heen maar zag de zwarte man nergens. Hij zou het zekere voor het onzekere nemen en hem mijden. Intussen zou hij zijn ogen goed de kost geven.

Kijken, zei hij bij zichzelf, je moet goed kijken.

Hij herinnerde zich iets wat zijn moeder hem eens had verteld, een herinnering aan hem als kleine jongen. Er was een zusje geboren, volgens zijn moeder had hij gezegd: 'Baby's kunnen niet praten omdat ze de geheimen van de hemel niet mogen doorvertellen.'

Goed, dacht hij nu, de geheimen van de hemel zal ik nog niet kennen, maar die van de aarde dan toch zeker.

Gedurende de tocht had hij al meer gezien en begrepen dan in alle jaren daarvoor. Als hij zou overleven, zou de reis hem gevormd en getekend hebben.

'Hij kwam er als laatste bij,' zei de man uit Asjchabad.

'Wat als hij ons ook aanraakt?' zei de vrouw. 'In onze slaap?'

De man uit Asjchabad schudde zijn hoofd, verlegen om een antwoord.

'Hij kwam er niet als laatste bij,' zei de jongen. 'Hij was er al meteen. Tegelijk met ons.'

'Waarom zeg je dat?' zei de vrouw bitter. 'Waarom lieg je?'

'Hij was de laatste,' zei Vitaly. 'Niemand wist waar hij vandaan kwam, hij was er opeens, voor ons ongeluk...'

'Als een djinn,' zei de vrouw.

Het was de eerste keer dat de jongen haar zag praten met de man uit Asjchabad, wiens prooi zij 's nachts was. Ze spuugde op hem, ze had gezegd dat ze hem zou vermoorden als ze de kans kreeg, maar dat leek nu allemaal verdwenen. De jongen deed er het zwijgen toe, dat was beter voor hem; hun plotselinge eensgezindheid verdroeg geen tegenstem.

Tegen zijn gewoonte in mengde de stroper zich in het gesprek. Hij zei tegen de lange man: 'Jij hebt hem bij ons teruggebracht. We waren hem kwijt, toen kwam jij weer met hem aanzetten. Zo zie ik het.'

'Ik liep alleen maar achter hem aan!' protesteerde de lange man. 'Híj volgde jullie spoor.'

De stroper haalde zijn schouders op. 'Ik zeg alleen maar wat ik heb gezien.'

Vitaly knikte heftig, koorts en doodsangst in zijn wijd open ogen. Het zal niet lang meer duren voor hij het leven moet verlaten. Zijn ademhaling is gejaagd, hij wenst nog maar één ding: een schuldige voor zijn rampspoed. Hij moet de zwarte man straffen, hem meesleuren in zijn val. Dat is het wat hem nog te doen staat. Alles wat hij nog aan gif in zich heeft zal hij daarvoor gebruiken.

Avond. Ze zitten in het natte zand, boven hun hoofd schuiven dikke, ronde wolken in elkaar. Aan de randen van de steppe schieten bliksems uit de paarsblauwe hemel.

'Hé, lange!' zegt Vitaly. 'Wat hebben jullie nou precies uitgespookt daarachter, jij en je nikkervriend?'

De lange man trekt onwillig met zijn schouders.

'We lieten je voor dood achter en opeens was je er weer, niks aan de hand, zo fit als wat. Dat moet jij toch eens uitleggen, hoe dat kan.'

De anderen rumoerden; ja, wat was daar precies gebeurd?

De lange man sloeg zijn ogen neer. 'Niks,' zei hij zacht.

'Gelul,' zei Vitaly. 'Zo lag je op apegapen en zo haalde je ons fluitend in.'

De vrouw trok haar jas dichter om zich heen. De jongen keek de uitgemergelde gezichten van de mannen langs, de scherpe jukbeenderen boven hun baarden, hun ogen diep in de kassen weggezonken; de rechters in hun lompen. Ze keken naar de lange man. Hij had niet mogen terugkeren uit de vlakte. Hierom werd hij veroordeeld. De zwaarste verdenking had nog geen woorden gekregen, maar zweefde al voor de dingen uit, wachtend op het juiste moment om werkzaam te worden: dat er toverij in het spel was, een samenspanning met de duisternis. Dat was de richting die het tribunaal onherroepelijk zou kiezen; de jongen voorvoelde dat. De lange man kon er niet aan ontsnappen, er bestond geen verweer tegen;

verdenking en veroordeling waren één. De donkere gestalten voor hem, een samenballing van angst en woede. Hij schoof een eindje achteruit. Zijn hand lag op een kiezel. Hij pakte hem op en bracht hem vlak voor zijn kippige ogen: een wit, glad steentje, uitgebleekt als de schelpen aan het strand. Was de steppe eens een zee? Zwarte vissen gleden geruisloos langs zijn lichaam. Donkere schaduwen van wieren deinden voor zijn ogen, arme drenkeling op de bodem van de oceaan.

'Hij heeft me te eten gegeven,' zei hij.

'Wat aten jullie dan?' hoonde Vitaly. 'Soep met wittebrood?'

'Hij had een conservenblik.'

'En wat zat daarin? Kaviaar?'

'Hondenvoer. Hondenvoer denk ik dat het was.'

'En hoe kwam hij daaraan?'

Hij schudde zijn hoofd. 'Hoe moet ik dat weten...'

'Hij is toch jouw vriend?' snerpte de vrouw.

Zijn zachte stem: 'Hij is mijn vriend niet.'

'Hij hielp je *zomaar*? *Voor niets*?'

Achter hen brak de bliksem door de wolken. De donder rolde door de hemel. Zacht klonk daarna de regen om hen heen.

Vitaly vroeg, wijzend naar zijn bovenarm, of de zwarte man hem ook had aangeraakt.

'In godsnaam,' zei de lange man, 'wat bedoel je?'

'Hier!' blies Vitaly. 'Hier heeft hij mij met zijn vinger aangeraakt!'

Hij trok zijn trui over zijn hoofd en toonde zijn bovenarm. Ze keken ontsteld naar de wond die als een gloeiende zon tussen de verbleekte tatoeages lag. De ring eromheen had zich verwijd, de krater leek nog dieper geworden.

'Nee,' zei de lange man, 'hij heeft me niet aangeraakt. Of ja, toen hij me overeind hielp.'

'Laat zien,' zei Vitaly.

'Sodemieter op.'

'Laat zien!'

'Ach, man, hou toch op.'

Maar zijn verweer was zwak. Vitaly kwam overeind en begon aan zijn kleren te trekken. 'Verdomme, laat zien!'

De lange man sloeg in het wilde weg om zich heen en kroop verder achterwaarts. Buiten het bereik van Vitaly trok hij langzaam de truien en T-shirts uit die hij in lagen over elkaar droeg. Zo stond hij even later voor hen, een huiverende grashalm in de regen. Ze schrokken van zijn aanblik. Ze wisten: zo mager waren ze zelf ook. Zijn borstbeen stak uit, de ribben onder de dunne huid rezen en daalden. Nieuwsgierig keek de lange man zijn lichaam langs op zoek naar merktekenen. 'Hé,' zei hij bij het zien van de ontstoken vlooienbeten op zijn buik.

'Zie je, zie je!' kraaide Vitaly.

De anderen konden hun ogen niet afhouden van zijn aanstootgevende naaktheid, het gezicht van de honger. Huid, nagels en haren.

De lange man trok alles weer aan, traag als een koud reptiel.

Een web van bliksems verlichtte de schemering.

'En hij daar' – de man uit Asjchabad wees naar de plaats waar de zwarte zijn leger had gemaakt – 'zit ons godverdomme al die tijd uit te lachen met zijn volle pens.'

Een ondraaglijke gedachte, een belediging van hun wanhopige honger.

'Heeft hij te vreten of niet?' vroeg Vitaly aan de lange man.

'Ik heb het niet gezien.'

'Hij heeft jou er toch van gegeven? Dan heeft hij toch te vreten, nou?'

'Misschien wel, ja, het kan.' Ongecontroleerd wapperde de lange man met zijn armen. 'Ik weet het niet!'

De man uit Asjchabad kwam overeind, met Vitaly liep hij naar het leger van de Ethiopiër. De anderen volgden. Ze naderden hem omzichtig, beducht voor de macht die ze in hun verbeelding geschapen hadden.

'Hé, Afrika,' zei Vitaly, en schopte naar de liggende gestalte. Het zeil bewoog, de zwarte man stak zijn hoofd eronderuit.

'Eten!' zei Vitaly. Hij bracht zijn hand naar zijn mond.

De zwarte man lachte nerveus.

'Je hebt eten daar,' zei Vitaly. Weer schopte hij naar hem.

De zwarte man kroop onder het zeil vandaan en liep achterwaarts bij hen vandaan.

Ze keerden zijn tas om en tilden het plastic op om te zien of daar iets onder verborgen lag. Niet-begrijpend keek de zwarte man toe hoe ze door zijn bezittingen woelden, het lege conservenblik, een bijbel die ze niet konden lezen (ze zagen het zilveren kruis op het omslag), een rol papieren, zijn lege aanstekers en zijn rinkelende verzameling beslagen kroondoppen. Ze hadden op een geheime voedselvoorraad gerekend, nu keken ze ongelovig naar zijn schamele bezittingen. Ze schopten de ring van gras open maar vonden niets. De Ethiopiër keek naar de lange man, een blik die om bijstand vroeg, een verlichtend woord dat de spanning brak, maar de lange man sloeg zijn ogen neer. Zwijgend keken ze naar de man uit Afrika, donkere zuilen, druipend van regen. Ze wendden zich af en gingen naar hun plaats terug.

HOOFDSTUK 19

Anonymus

Met een zeurend gevoel van spijt volgde Beg de rabbijn op de trap, van de holte in de aarde naar de bovenwereld terug, waar zijn oude ziel zich met hem herenigde. Het was nu donker in het gebedshuis, het spectaculaire blauw was uit de zuilen geweken.

Neuriënd schikte de oude man een kleedje voor de kast met thorarollen. Beg wilde weg, de vragen waarop geen antwoord was achter zich laten en zijn leven terugvinden zoals het was. De rabbijn stond met zijn rug naar hem toe, soms hief hij zijn hoofd een eindje op. Beg ging op de voorste bank zitten. Wie hadden er hier voor hem gezeten? Wat waren dat voor mensen? Hoe ondenkbaar was het opeens dat hij een van hen zou zijn! Niets wist hij van ze, ze stonden even ver van hem af als de Eskimo's. Of beter, dacht hij, als de doden, want er was er nog maar één over, de kapitein die het schip als laatste zou verlaten.

Hij sloeg zijn benen over elkaar. Er drong geen geluid van buiten door. Hij hoorde alleen het kristallijne zingen in zijn oren – in zijn hoofd was het helemaal niet stil. Het zou er nooit meer stil zijn. In een omgeving als deze was het metalige fluiten in zijn hoofd begonnen. Hij probeerde er niet aan te denken, dat was zijn strategie, hij leefde om de toenemende gebreken heen. Maar nu, in de synagoge, waar het ontbreken van geluid net als in de steppe klonk als een zacht geruis, voelde hij een licht, sereen verdriet over het verlies van de stilte.

Lang was hij bang geweest dat de oorsuizingen een voorbode waren van doofheid. Hij vreesde de doofheid. De dove leek hem eenzamer dan de blinde, omdat zijn wereld beperkt was tot het zicht. Een blinde kon horen wat er achter en boven zich gebeurde, voor de dove was de wereld achter zich een ravijn. Een dove kon minder over de wereld om zich heen vertellen dan een blinde, meende hij te hebben vastgesteld toen hij de proef op de som had genomen door op kantoor zijn oren af te sluiten met wasbolletjes. De dynamiek van het hoofdbureau verdween als bij toverslag. De telefoon hoorde hij nauwelijks. Het kloppen op de deur niet. De gesprekken op de gang, Oksana's domme gesnater, het loeien van een dronken arrestant; alles verdwenen. Deuren die open- en dichtgingen, auto's op de binnenplaats, gespreksflarden, het koeren van de duiven in de vensterbank. De wereld zonder geluid was een plat vlak, de diepte was eruit verdwenen.

De rabbijn rechtte zijn rug en draaide zich om. Hij wenkte zijn gast. Bij de uitgang zag Beg een wandkleed waarop een kandelaar was afgebeeld, van gouddraad geweven. Hij stond stil. Er was een herinnering waar hij naar tastte maar net niet bij kon. Hij spande zijn ogen in, alsof hij zo de herinnering tevoorschijn kon persen. Voor zijn geestesoog doemde zijn moeder op, ze kiepte een emmertje schillen in de varkenstrog. Ze transpireerde, het haar in haar nek piekte. Een *levende* herinnering, zo anders dan de foto's die hij van haar had; fotoportretten hadden de neiging om levende herinneringen te overwoekeren en uiteindelijk te vervangen. Maar nu *zag* hij hoe ze de emmer neerzette, zich oprichtte en haar handen in haar zij plaatste; met de rug van haar hand veegde ze de haren weg die vanonder de hoofddoek in haar ogen hingen.

Na haar dood was hij als eerste haar geur vergeten. Toen vergat hij haar stem. En niet veel later kon hij zich haar mimiek al niet meer voor de geest halen.

Er waren woorden voor in de plaats gekomen. Dat ze liefdevol en driftig was, moederlijk en overheersend. Op haar begrafenis, herinnerde hij zich, werd gezegd dat ze kon werken als een paard en een ijzeren wil bezat. Zonder haar doorzettingsvermogen en zakelijk inzicht, zeiden de mensen, was het gezin naar de verdommenis gegaan. (Want het gezinshoofd was een financiële onbenul, kon hij hen horen denken.)

Gaandeweg werd zijn moeder samengevat tot een paar kwaliteiten; een leven in steekwoorden.

De woorden hadden haar vervangen.

Nu stond zij daar en keek met samengeknepen ogen uit over het veld; haar zoon sloop achter haar het huis binnen, een indringer in zijn eigen herinneringen. Door de keuken de donkere gang in, op kousenvoeten de slaapkamer van zijn ouders binnen, de krakende vloerplanken onder zijn voeten – het verboden terrein. Daar is het glazen hoekkastje, achter ruitjes van geslepen glas bewaart zij haar kostbaarheden. Haar trouwfoto in een zilveren lijstje, die van haar ouders ernaast: haar vader in het zomertenue van de infanterist, haar moeder in het wit, een diadeem in haar ravenzwarte haren. Een camee van jade, een benen haarspeld. De rijkdommen van een vrouw op het land. Achterin, bedekt onder de voile die ze bij haar huwelijk gedragen heeft, staat een kleine kandelaar met zeven armen.

Het was net zo'n kandelaar als waar hij nu naar keek.

Beg stond in de steeg en zette zijn pet op. De achterdeur van het restaurant stond open, een oud vrouwtje schilde uien in de deuropening. De schillen vielen in een emmer tussen haar benen. In haar mondhoek bungelde een sigaret, ze hield haar oog dichtgeknepen tegen de rook. Het andere oog was vast op hem gericht terwijl haar handen machinaal doorschilden. Achter haar, onder het licht van tl's, waren Aziaten aan het koken.

Aan de straatzijde ging Beg het restaurant binnen door een rinkelend kralengordijn. Achter de toonbank keken een man en een meisje al even uitdrukkingloos naar hem als de oude vrouw in de steeg.

Aan een tafeltje bij het raam bladerde hij door de menukaart, waarin foto's van de gerechten waren opgenomen, in vreemde kleuren en posities, alsof een vliegenier lukrake foto's had gemaakt van het landschap onder zich. De gelakte eend glom verleidelijk. Beg keek op naar het meisje en wees naar de eend. 'Die.'

Ze knikte.

'En een cola,' zei hij.

Hij keek haar na. Chinezen, al even raadselachtig als Joden. Hij wiebelde met zijn benen onder tafel.

'Dat, wat is dat?' had hij Zalman Eder gevraagd toen hij een tijdje naar de kandelaar had staan kijken.

De rabbijn had hem uitgelegd dat de menora met de Ark des Verbonds een van de belangrijkste voorwerpen was van het jodendom.

Beg dacht na over zijn ontroering – die dezelfde was als tijdens het gesprek met zijn zuster. Er was veel verloren gegaan, dacht hij, een enkele keer was het verlies in zijn geheel te overzien. De stem van zijn zuster had hem teruggebracht naar waar hij vandaan kwam, de tijd waarin alles nog zijn vaste plaats had en geen van hen een toekomst voorzag waarin half vergeten zou zijn waar je eens hoorde. Jaren van lucht en stof. Het onvaste, dat alleen te bestrijden was met ijzeren gewoonte. Steeds minder verschil was er tussen hem en de naamlozen die soms gevonden werden – de anonymi die met een minimum aan plichtplegingen aan de aarde werden toevertrouwd. De stem van zijn zuster was een reddingslijn die hem vanuit het verleden was toegeworpen, zodat hij niet zou vergeten wie hij was en waar hij vandaan kwam.

De kandelaar wees hem zijn plaats in het verleden en schonk hem een plaats in het heden. Hij herinnerde hem aan het kind dat hij was, dat door de slaapkamer van zijn ouders sloop en de voorwerpen in het hoekkastje in zich opnam, en vertelde hem dat hij geboren was uit een Joodse vrouw die haar afkomst verborgen had gehouden – zoals ze ook de menora onder de voile weggemoffeld had. Hij twijfelde niet meer. Hij zou een Jood zijn – nee, hij *was* er een. Dat was zijn plaats in de wereld, deel van een volk, van een gemeenschap. Een op één na uitgestorven gemeenschap.

Dat hij ergens bij hoorde, dat was de ontroering.

In het Chinese restaurant overzag hij zijn leven. De jongen die zijn zweefduik maakte vanaf de brug boven de stuw: Jood. Pontus de zoon: Jood. De aspirant: Jood. Commissaris Beg: Jood. De geschiedenis, dat proces van erosie, had nu eens iets gewonnen in plaats van verloren. Er was niets veranderd en toch was alles anders dan voorheen. Hij behoorde tot een ander volk nu, even uitverkoren als verdoemd, zoals de rabbijn had gezegd.

De vorige eeuw was met zulk geweld over hun hoofden geraasd dat er nog maar één over was, of twee eigenlijk. Als de Zalman Eder stierf, was hij de laatste Jood van Michailopol. De tafel schudde door zijn wiebelende benen.

Na de pogroms kwamen de kampen. In Michailopol was een *Lager*, men sprak van honderd- tot tweehonderdduizend geëxecuteerde gevangenen, vooral Joden maar ook krijgsgevangenen van het Rode Leger. In 1943 waren de Duitsers begonnen het bewijs te vernietigen: de massagraven werden geopend, *Sonderkommandos* maakten stapels van de lijken en staken ze in brand. Maandenlang brandden de vuren. Na de oorlog vermeldde een Sovjetrapport dat de bodem tot grote diepte was verzadigd van lijksappen en gesmolten menselijk vet.

Het meisje zette een rechaud op tafel en stak de waxinelichtjes daarbinnen aan.

Van het kamp zelf was nauwelijks iets terug te vinden. Het was met struiken en bomen overwoekerd. Jaren geleden was een gedenkplaat aangebracht bij wat eens de toegang tot het *Lager* was. Het ding was in brand gestoken en met hakenkruisen beklad. De laatste bakstenen muren waren bedekt met swastika's. Een eerbiedige omgang met het verleden bestond in Michailopol niet.

De Chinese zette de schalen met bami en eend op de rechaud. Beg schepte op en hield de schotel schuin zodat het gevogelte met het vocht op zijn bord gleed. Hij was op een leeftijd gekomen dat alleen seks en grote hoeveelheden voedsel hem nog gelukssensaties bezorgden. Al het andere was gedoofd; het hart was een motor die met de jaren vermogen verloor.

Toch bezorgden de ontdekkingen over zijn afkomst hem ontegenzeggelijk gevoelens die op geluk leken; of misschien was opwinding een beter woord, een gespannen verwachting. Alsof er iets te beginnen stond. Een sensatie die hij zich uit zijn kindertijd herinnerde. Alleen kon hij met geen mogelijkheid bedenken wát er dan te gebeuren stond. Hij was een Jood, dat was alles. Het veranderde niets en loste niets op. Hij zou er geen verwachtingen over koesteren. Hij zou het natuurlijke volgen, zonder iets aan het leven te willen toevoegen.

De Chinezen achter de toonbank zouden over die strategie misschien wel kunnen meepraten, als ze het zwijgen tegenover buitenstaanders niet tot hun natuur hadden gemaakt. Ze leefden achter een scherm van betoverde zijde, onzichtbaar en ondoordringbaar.

In de criminaliteitscijfers van Michailopol waren ze nagenoeg afwezig. Hij kon zich niet herinneren dat er ooit een Chinees was opgepakt. Natuurlijk, in de keuken zou hij er een paar aantreffen zonder papieren, maar er was geen reden om dit te controleren. Ze waren niemand tot last. Zelfs kleine overtredingen in de openbare ruimte leken Chinezen te mijden.

Het zou zijn werk een stuk eenvoudiger maken als meer bevolkingsgroepen dat zouden doen. Het zou hem zelfs goeddeels overbodig maken. Hij zou opdraven bij ongelukken, kleine territoriale conflicten beslechten en verder een kalm bestaan leiden als administrateur aan het hof van Lu, in de zesde eeuw voor Christus.

Het gordijn rinkelde. De rabbijn kwam binnen en liep zonder op of om te kijken naar de toonbank. Hij gaf zijn bestelling op. Beg at machinaal van zijn eend terwijl hij hem gadesloeg.

Hij stond bewegingloos met zijn handen op de toonbank tot zijn maaltijd door het luik geschoven werd. De Chinees vouwde grauw papier om de bakken en liet ze in een plastic tasje zakken. Langzaam paste de rabbijn geld af uit zijn portemonnee.

Toen hij op weg was naar de uitgang, stak Beg zijn hand op en zei: 'Meneer Eder.'

De rabbijn keek op, gestoord in zijn gedachten. Hij kwam naar zijn tafel.

Ze praatten, de rabbijn staand, zijn blik gericht op de ravage op Begs bord. Pas nu vertelde Beg hem over de kandelaar van zijn moeder. Hij hoorde zichzelf praten. De slaapkamer, het glazen kastje, de voile. Toen zei de rabbijn: 'Van de menora doen we moeilijk afstand. Het is iets... heel belangrijks. Zeven armen trekken ons naar onze oorsprong terug.'

Toen keek hij weer op Begs bord en zei: 'Uw eerste maaltijd als Jood en meteen een overtreding.'

Beg keek verbaasd naar de etensresten.

'Ham,' zei de rabbijn. 'Treife.'

Beg begreep het niet.

'Niet koosjer,' zei de rabbijn.

Tussen de bami zaten reepjes roze ham, Beg had ze eerder niet gezien.

De rabbijn keek mistroostig naar zijn eigen tas met eten. 'Maar ja...?'

Hij was al bijna bij de uitgang toen Beg opstond van zijn stoel en zei: 'Eén ding nog, één vraag.'

Zalman Eder kwam terug, ongeduld in zijn bewegingen.

'Ik vraag me af,' zei Beg, 'wat nu als al die dingen een vergissing zijn? De aanwijzingen. Allemaal toeval, wat dan?'

Een sluwe glimlach kwam om de mond van de rabbijn. Hij zei: 'Ik vraag u: in een stad zijn negen koosjere slagers en één niet-koosjere. Dan vind je een pakje vlees op straat. Lekker vlees, je bent blij dat je het gevonden hebt. Maar is het koosjer of niet? Je gaat naar de rebbe om raad. Hoe groot, denkt u, is de kans dat het koosjer is?'

'Een kans van negen op tien,' zei Beg.

'De kans dat het koosjer is, zou ik zeggen, is zo groot dat je het gerust kunt eten.'

'En wat als het toch niet koosjer is?'

De rabbijn lachte. 'Dan doen we gewoon of het wel zo is! En wie het tegendeel wil bewijzen, moet van goeden huize komen.'

De Chinezen lachten een beetje met hen mee, ginds achter hun toonbank, al hadden ze er niets van verstaan.

HOOFDSTUK 20

Toen waren er nog zes

De jongen kwam onder het zeil vandaan. Hij keek in een dag van damp en water. Niets dan regenvlagen en een sleep van wolken zover je kon kijken. Zijn reisgenoten lagen verspreid om hem heen, donkere hompen, onherkenbaar in hun nachtgewaad van landbouwplastic en oude jassen. De man uit Asjchabad en de vrouw lagen het verst weg. De jongen keek in de richting die ze uit zouden gaan, de vlakke streep aarde, het monotone uitzicht, alsof ze dezelfde reis elke dag opnieuw begonnen, de eeuwige wederkeer van hetzelfde. De steppe was een herhaling, een stompzinnig repeterende melodie; ze matte hen af en putte hen uit, ze nam elke dag een stukje meer van ze, tot ze hen allemaal vermalen zou hebben. Soms dacht hij eraan om alleen verder te gaan, zijn geluk te beproeven zonder de anderen – hoe groot was de kans dat hij als enige de overkant zou halen? En hoe groot de kans dat zij juist zonder hem zouden aankomen?

Had hij genoeg van hen opgestoken om zijn richting te kunnen bepalen? Kon hij de technieken van de stroper imiteren? Wist hij waar hij moest graven om eetbare knollen te vinden? Hij moest nog beter opletten, zodat hij ook alleen kon overleven op een dag.

Lang geleden waren ze nog voor het licht was al op de been, ze waren veroveraars toen; nu waren ze 's morgens met geen stok in beweging te krijgen. Vloekend verlieten ze hun dromen. Ze krabden hun vlooienbeten en wreven zich in de ogen. Nooit leken ze meer verdwaald dan wanneer ze opstonden en de moedeloos makende vlakte zich voor hen uitrolde.

Ze rolden hun slaapgerei op, sloegen de bundel om de schouder en gingen de nieuwe dag in. Het natte steppegras doorweekte hun broekspijpen. Niemand zei een woord tegen de ander. De jongen schepte zand met zijn openhangende rechterschoen. Verspreid gingen ze door het hoge, dode gras.

De jongen keek achterom. Afrika en de lange man misten. 'Hé!' riep hij naar de anderen, en rende terug naar de kampplaats. Zijn schoen flapte. Het duizelde hem maar hij bleef rennen.

Voorgevoel.

De zwarte man zat op zijn knieën bij het leger van de lange man. Het plastic was teruggeslagen. De mond van de lange man was opengevallen, alsof hij was gestikt in een woord dat hij nooit meer zou uitspreken. Zijn biergele ogen waren gefixeerd op de hemel boven hem, regendruppels gleden in het grijze baardhaar.

Met zijn ogen dicht murmelde de zwarte man een gebed. In zijn hand hield hij het kruis dat aan een koordje om zijn hals hing. De jongen begon het plastic aan het voeteneind van de lange man bloot te leggen, op zijn hoede, klaar om weg te springen. De broekspijpen waren een eindje opgetrokken, hij zag zijn stakerige blauwe schenen, kapotgebeten door de vlooien. De anderen waren in aantocht, hij moest vlug zijn. Het waren smerige oude gymschoenen en ze stonken als een oordeel, maar ze waren heel. De linker had hij los, maar het was de rechterschoen die hij het dringendst nodig had. De schoen gaf niet mee, hij zat stevig vastgesnoerd. De jongen was te gehaast om de veter uit de knoop te halen, hij trok hard aan de achterkant van de schoen. Het lichaam van de lange man schudde van zijn krachtsinspanning.

Almaty, o Almaty! Dit is er van de wereld geworden! Wee o wee!

De jongen viel achterover toen de schoen losschoot. De anderen waren er al bijna, vlug griste hij ook de linkerschoen mee en rende weg. Hij was niet sterk maar liep het hardst van allemaal.

Op veilige afstand keek hij om. Ze stonden rond het lijk. De zwarte keek nog altijd knielend naar hen op. De jongen trok zijn eigen schoenen uit en deed die van de lange man aan. Ze waren hem veel te groot maar als hij de veters aansnoerde zaten ze stevig genoeg.

Schoenen waren van levensbelang. Zonder schoenen was je verloren. In hun kleine economie vertegenwoordigden schoenen grote rijkdom – ze waren meer waard dan een broek of een jas. Water kwam op de eerste plaats, dan schoenen. Hij was trots op zijn verovering. Hij was slimmer geweest dan de anderen, sneller. Het was vooral een overwinning op Vitaly, de gewiekste van allemaal. Hij had hem mooi het nakijken gegeven.

Eens deelde hij één paar schoenen met zijn broer. Wie de schoenen had, mocht naar school. De ene dag liep hij erop, de andere dag zijn broer. Toen hij vertrok, had hij de schoenen meegekregen. Nu kon zijn broer niet meer naar school.

Dit is al zijn derde paar sinds hij op weg is. In de verte ziet hij de man uit Asjchabad naar Afrika slaan met de stok van de lange man. Raakt hij hem? De zwarte man rolt om, komt op zijn voeten terecht en grijpt in zijn vlucht zijn bundel mee.

De jongen volgt hem met zijn ogen, het rennen dat iets van fladderen heeft, een onhandige vogel die niet van de aarde loskomt.

Vitaly en de man uit Asjchabad trekken het plastic van de lange man af en gaan geroutineerd zijn lichaam langs. Ze buigen de verstijfde armen met geweld voor zijn borst vandaan. Het lichaam geeft niet mee, het schudt onder de bruuske behandeling. Het lijkt er niet op dat ze iets van waarde vinden. De man uit Asjchabad neemt alleen zijn stok mee. Je kunt er een vuurtje van stoken en ermee naar Afrika slaan.

De jongen wacht tot ze uit het zicht zijn en komt dan in beweging. In het voorbijgaan werpt hij een blik op het geschonden lijk; het hemd is opengescheurd, de broek is tot aan de knieën omlaag getrokken. Botten. Nagels en haren. Voor de andere roofdieren is er weinig meer te halen. Het bleke geslachtsdeel in het grijze schaamhaar maakt de lange man minder een *ding* dan hem lief is.

Weerloos ligt hij daar, een uitnodiging om hem te verscheuren. De jongen begrijpt hoezeer zijn eigen leven in het teken van de afweer is komen te staan; de *gebalde* houding tegenover alles wat hem kan overkomen. Geruststelling bestaat niet. Alles heeft het gevaar als schaduw. Hij is een zenuwachtig dier, hij moet zich in het open veld begeven voor voedsel maar de vlucht zit in elke beweging. Het is zijn tweede natuur geworden. Dat heeft hij van de weg geleerd.

De jongen kijkt soms achterom en ziet dan Afrika opduiken in het hoge gras. De hond in de staart van de karavaan. Een hond – hoe ze hem ook slaan, hij blijft terugkomen, bedelend om aandacht en genade. Ze zullen hem nog harder slaan, net zo lang tot hij eindelijk eens begrijpt dat hij niet bij hen hoort.

Dat hij een vreemdeling is, drager van het geheimzinnige. In de groep is geen plaats meer voor hem, hij zal de tocht alleen moeten volbrengen. Helemaal nu de lange man dood is. Hij moet begrijpen dat de groep nu een groter gevaar voor hem betekent dan eenzaam over de vlakte te zwerven. Dat moet hij eindelijk eens begrijpen, zijn tijd is bijna op.

De jongen bewondert en veracht zijn vasthoudendheid. Waarom zoekt hij zijn vernedering op? Waarom begrijpt hij niet dat ze hem kwaad zullen doen? Hij draait zich om en schreeuwt: 'Ga weg! Ga toch weg!' De zwarte man steekt zijn hand op naar hem. Hij komt dichterbij. De jongen doet 'ksst! ksst!' als naar opdringerige geiten. De man knikt en glimlacht.

De jongen draait zich om. Dan moet je het ook zelf maar weten, denkt hij bitter. Ik heb je gewaarschuwd. Zeg niet dat ik je niet gewaarschuwd heb.

Hij kijkt naar zijn nieuwe schoenen. De schoenen van een volwassen man. Er zitten nog nauwelijks gaten in, de zolen zijn heel. Van wie heeft de lange man ze gestolen? Hij pijnigt zijn hersenen maar heeft nauwelijks herinneringen meer aan hen die achterbleven. Hoe dan ook heeft hij ze nu aan zijn voeten. Hij heeft ze toch maar mooi op de situatie veroverd. Zijn moeder zou trots op hem zijn.

Niet aan zijn moeder denken nu. Beter van niet.

Haar handen, die vaak hard zijn maar soms ook zacht, bijvoorbeeld wanneer ze zich rond zijn achterhoofd vouwen.

Slechte gedachten. Domme gedachten. Hij haat zijn tranen.

Het was zaak om onopvallend steeds een beetje dichterbij te komen, zodat het leek of je nooit was weggeweest. Als je te plotseling opdook, herinnerden ze zich waarom je ook alweer was achtergebleven; iemand kon zeggen: 'Hier met die schoenen, kleine dief!' en ze van hem afpakken. Maar ze keken niet op of om, en zagen de korte versnellingen niet waarmee de jongen telkens ietsje dichterbij kwam. Hij probeerde de uitdrukking van hun donkere ruggen te lezen; waren ze gespannen en agressief of juist gelaten?

Als Vitaly ze van hem zou willen afpakken, zou hij hem op zijn wond slaan, erin bijten. Ja, bijten was het best – door de stof van zijn trui heen zijn tanden in die smerige wond zetten, het gillen zou oorverdovend zijn. Wraak voor de klappen, de beledigingen, de keren dat hij zijn portie heeft opgegeten – Vitaly, de laagste van alle mensen. Ja, laat hem maar proberen zijn schoenen af te pakken. Het geschreeuw zal als muziek zijn.

Tegen de andere mannen was hij weerloos, al had hij van de stroper niet zoveel te vrezen, die was neutraal als een dode. Van de man uit Asjchabad kon hij niet op aan, die had zijn buien. Meestal kon niks hem iets schelen, en dan opeens was het mis. Hij was sterk, zijn polsen waren dik. Toen ze vertrokken, was hij een zware man geweest, hij had een ronde buik. Hij zuchtte voortdurend zoals dikke mensen doen. De steppe had hem zijn buik afgenomen. Nu was hij net zo mager als de rest. Zijn huid lag in plooien rond zijn geraamte gedrapeerd, als een kleed.

Weer hadden ze geen vuur. De strikken bleven leeg, ze woelden de aarde om en om zonder iets te vinden. Het was de zoveelste dag zonder eten, ze waren afgunstig op de doden. Die hadden hun zorgen niet.

De vrouw, haar gezicht in de schaduwen, zei: 'Hij zat daar maar over hem heen gebogen. Het was iets afschuwelijks, alsof hij zijn bloed wilde drinken.'

'Dat doen ze. Onze lichamen ontheiligen.' De man uit Asjchabad.

'De hel is het laatste wat hij heeft gezien,' zei Vitaly.

'Verschrikkelijk,' verzuchtte de vrouw.

De stroper kwam uit de schemering tevoorschijn. Hij had konijnenholen gevonden. En hij had Afrika gezien, zei hij. Hij lag vlakbij.

Zacht klonk het gejammer van de vrouw.

'Waar?' vroeg de man uit Asjchabad.

De stroper wees. 'Hij zag me. Ik liep door.'

'Probeerde hij iets?' vroeg Vitaly.

'Wat bedoel je, man?'

Maar ze wisten het allemaal. Hoe hij zich met de doden had gevoed, en met één enkele aanraking Vitaly's arm tot een dorre tak had gemaakt. Slechter en slechter was het ze gegaan. Almaar beter was het hem gegaan. Ze zagen het helder voor zich, de cirkel van toverkracht. De zwarte trok hem langzaam dicht, als een net.

HOOFDSTUK 21

Lea

De rabbijn had hem gevraagd uit welk district zijn familie kwam. Oblast Grünewald, antwoordde Beg. De familie van zijn moeder kwam uit Brstice, daar hadden ze naar zijn weten altijd gewoond. De rabbijn knikte, van Brstice had hij gehoord, hij zou de rabbijn daar schrijven met een verzoek om meer informatie over de familie Medved. Misschien bracht dat het definitieve bewijs tevoorschijn.

'Als het zo is, dan moet het er zijn,' zei hij raadselachtig.

Beg was licht van geluk, om redenen die hij zelf niet goed begreep.

Wanneer was hij het laatst zo vol hoop en verwachting? Die vraag bracht hem ver terug in de tijd. Brigadier Beg – hij had vlug carrière gemaakt. Trots droeg hij de versierselen op zijn bordeauxrode epauletten. Hij wandelde hand in hand met het meisje met wie alles begon. Er waren anderen zoals zij op de promenade maar het toneellicht scheen alleen op hen. Beneden langs de kade snelde de donkere rivier naar zee. Er waren trage, glazige kolkingen in het water, alsof zich direct onder de oppervlakte een groot dier omwentelde. Bij een café in de openlucht speelde een kwintet, de noten van de klarinettist klonken als het geluk van een zwerm mussen. De warmte van de vroege zomer had iedereen onbezorgd en gelukkig gemaakt. Ze nam hem bij de hand en zei: 'Kom, Pontus, dansen.' Hij weigerde. Die paar danslessen op de academie hadden hem geen goede danseur gemaakt. Ze nam het glas uit zijn hand en zei eenvoudig 'kom'. Ze voerde hem mee onder de lichtjes in de platanen. De beer danste, er was niets wat ze hem niet kon laten doen.

Ze bracht haar hand achter haar rug en maakte zijn greep wat losser.

'Sorry,' zei Beg.

'Doe je ogen dicht,' zei ze, 'er zijn geen anderen.'

Hij sloot zijn ogen. Achter zijn oogleden gleden de lampen voorbij in een rode gloed.

Ze had mijnbouw gestudeerd, in Moermansk had ze een deel van haar studietijd doorgebracht in een fabriekslaboratorium. Het mineraal apatiet werd er in superfosfaat omgezet. Zoals ze die woorden uitsprak – mooiere muziek had Beg van zijn levensdagen nog niet gehoord.

Haar vader was voorzitter van het regionale partijcomité en gaf leiding aan een staalfabriek langs de Wolga. De nieuwe adelklasse, ontstaan na de instorting van het ancien régime en de herverdeling van alle middelen.

Ach, de verliefde die meent dat deze bekoring zijn eigenlijke, zijn natuurlijke staat is; wat een onrecht dat ze hem meestentijds onthouden wordt! Hoe heb je zonder kunnen leven? Nu zijn de schellen hem dan van de ogen gevallen. Nu hij weet hoe het eigenlijk is, zal hij niet meer loslaten, dit zal voortaan zijn leven zijn. In deze gloed, in deze bedwelming zal hij verdergaan.

De glimlach rond de mond van de verliefde laat weten dat hij een belangrijk geheim heeft doorgrond, hij is een ingewijde nu, het opiaat van de liefde heeft hem achter de grauwsluier van de dagelijksheid laten kijken. Dit is de tijd van verwachtingen. Dezelfde etensluchten komen nog altijd onder zijn deur door, kinderen schreeuwen op de gang, boven zijn hoofd luistert zijn buurman luide marsmuziek, terwijl hij nog veel te jong is om veteraan te zijn, maar al deze dingen zijn nu al anders. Ergert het hem niet al veel minder dan tevoren? Lijken de geluiden niet al veel minder hard en is de stank van geroosterd vlees en kruiden van de Tadzjiekse ballingen naast hem niet al veel minder indringend dan voorheen?

Achtentwintig jaar later – een ander huis, een andere stad – zit Pontus Beg aan tafel in zijn woonkamer en staart naar zijn spiegelbeeld in de donkere ramen. Hij denkt dat een gelukkig leven altijd in het teken staat van een zekere verwachting, wat Chinese wijzen ook leren over leegte en verwachtingloosheid. Onder ruisend bamboe langs de vlietende rivier is het gemakkelijker om onthechte gedachten te hebben dan op vijfhoog bij de gorgelende verwarmingsbuizen en het spoelwater in de valpijpen. De stoelgang van zijn buren. Onder tafel schuiven zijn kousenvoeten over het kleed. Zijn enige herinneringen aan een zekere levenshonger staan in het teken van verwachting en verlangen. De verrukking over weer een dag. Ook hij is daartoe in staat geweest. Niemand die het zich kan voorstellen, maar ook hij heeft liefdesliedjes gezongen wanneer hij dacht dat niemand hem hoorde en wel eens een raar sprongetje gemaakt in een lege straat.

Zulke dingen zijn lang geleden gebeurd, hij kan ze zich zelf ook nauwelijks meer voorstellen. Nadat hij eenmaal uit het paradijs verstoten is – geleidelijk, hij heeft het nauwelijks gemerkt toen het gebeurde –, heeft hij zijn bestaan ingericht op het bestrijden van pijn en ongemak. De chaos bedwingen:

borden wassen, orde handhaven. Wat geeft het dat de ene dag zoveel op de andere lijkt dat hij zich geen ervan afzonderlijk herinnert; hij houdt het midden aan, even ver verwijderd van de bodem als van de top, al is hij soms jaloers op de alcoholisten en de junks met hun trampolineleven, van laag naar hoog, van hoog naar laag, net zo lang tot ze geen tand meer in hun mond hebben en een langzame, ellendige dood sterven. Hij beschermt de burgerij tegen hen. (Hij houdt van het woord 'burgerij', het suggereert een wereld waarin alles zijn vaste plaats heeft, als de sterren aan het firmament.) De radelozen stelen huizen en winkels leeg en zetten voorbijgangers een mes op de keel op afgelegen plekken; ze verstoren de orde met hun extase en hun wanhoop. Hij, Pontus Beg, verdedigt het recht op een ongestoord leven in het midden zo goed en zo kwaad als dat gaat. De wereld is gek, de mensen jagen gewetenloos hun eigen belang na, alleen het midden biedt een garantie voor een minimum aan rust en orde.

Heeft hij haar brieven nog? Natuurlijk heeft hij haar brieven nog. Vier glazen op een avond drinkt hij, meer niet. Hij wil niet door de kamer rondstampen op een koude en een warme voet, brieven openen, foto's kijken. Zuchten onder de valse herinnering van de melancholie. De alcoholist-uit-weemoed. Dat zijn de ergsten, zegt ook Poesjkin.

Er waren andere vrouwen geweest vóór haar. Soms was hij verliefd. Geen van hen hield zijn aandacht lang vast. De een had een bedorven adem, de ander lachte als een hyena. Hij herinnerde zich bittere spijt en teleurstelling over het onvolmaakte. Het luisterde allemaal zo nauw.

Van de ene op de andere dag hield hij dan zijn mond. Alleen het hoognodige kwam er nog uit.

Wanneer hij zweeg, praatten zij. O, die vragen!

Waar denk je aan?

Waarom zeg je niks?

Wat ben je stil?

De teleurgestelde witte gezichtjes. De onzekerheid die aan ze vrat. Maar hij zweeg. Het was te pijnlijk. Ze moesten hun eigen conclusies maar trekken. Volgde een resttijd van redeneringen en schijnbewegingen, dan was het voorbij. Hij was gelukkig weer alleen.

Lea had geen bedorven adem. Ze lachte niet als een hyena. Niks ergerde hem. Het was volmaakt. Ze was welbespraakt en goed opgevoed, maar had een zekere wildheid behouden, een spontaniteit die hen naar de donkere oever van de rivier leidde om de liefde te bedrijven. 's Nachts luisterden ze naar Radio Free Europe. Het was illegaal en opwindend, hij wist dat hij in overtreding was, maar hoe kon dit verrukkelijke meisje iets verkeerds doen?

Het is zomer geworden, ze geeft hem *Jevgeni Onegin* en *Eerste liefde*, hij leest voor het eerst literatuur.

Hij is opgegroeid op het land, zijn vader is in dienst van de kolchoz, in de namiddag en vroege avond bewerken ze hun eigen grond. Die kwart hectare, daar eten ze van.

Pontus gaat het land in met een voorhamer en slaat weidepalen in de grond voor alle boeren in de buurt. Zijn schouders zijn breed geworden, zijn borstkas is gewelfd.

Als hij het erf van zijn vader op loopt, rennen de kuikens naar hun moeder en verdwijnen roetsj-roetsj onder haar;

zacht tokkelend schudt de hen haar verenkleed en zinkt door haar poten. Ze volgt hem met korte, hoekige kopbewegingen. Al die kuikens bevinden zich onder haar, grotere geborgenheid kan de jonge Pontus zich niet voorstellen.

In de winter slacht hij de hen, in de cloaca ziet hij eieren in verschillende stadia van wording. Het laatste is alleen nog maar een dooier. Alles verdwijnt in de koekenpan, niets eetbaars gaat verloren.

Ach, Lea. Hij schurkte zijn onderlichaam tegen haar billen, ze draaide haar gezicht naar hem toe en fluisterde: 'Niet zo hard knijpen.'

Hij ontspande de omklemming van zijn armen rond haar bovenlichaam, de greep van een drenkeling rond een stuk hout. Hij kon zichzelf niet begrijpen.

'Geeft niet,' zei ze toen hij zich nogmaals verontschuldigde, 'als je maar loslaat.'

Hij was weer alleen met zijn gedachten, haar adem werd weer diep en kalm.

Als ze maar niet vond dat hij een bedorven adem had, of klonk als een hyena! Hij probeerde zwijgzaam te zijn om zijn gebrek aan ontwikkeling te camoufleren. Maar als ze dronken, vergat hij zwijgzaam te zijn, en juist dan lachte ze veel om hem. Ze vond hem grappig, zei ze, en hij kon zich niks beters voorstellen dan dit meisje aan het lachen te maken.

'Ik denk dat humor een hoge vorm van intelligentie is,' zei ze.

'Er zijn slimme humorloze mensen,' zei hij.

'Mijn vader!'

Hij kent haar vader niet, ze heeft hem nog niet aan haar ouders voorgesteld. Ze lijkt ook niet van plan dit vlug te gaan doen.

'En domme mensen mét humor, bestaan die?' vroeg ze.

Hij dacht aan de meesten van zijn collega's, die soms veel plezier leken te hebben met elkaar. Hij haalde zijn schouders op. Een ander soort humor misschien.

'Een ander soort humor... Ja, dat kan natuurlijk. Maar jij bent gelukkig heel grappig.'

Als zij vond dat hij grappig was, volgde daaruit dat ze hem misschien ook intelligent vond. Hij trok die conclusie aarzelend. Zo had hij nog nooit over zichzelf gedacht. Op de politieacademie was hij gemakkelijk tot de officiersopleiding doorgedrongen, er werden wel intellectuele vaardigheden getoetst maar het kwam toch voornamelijk neer op beoordelingsvermogen en handelingssnelheid. Daarin hoorde hij bij de besten, maar intelligentie dichtte hij toe aan de biochemici in hun laboratoria en de raketgeleerden in hun bases. Niet aan een brigadier tweede klasse met zes dienstjaren.

In januari, in het derde seizoen van hun liefde, werd ze zwijgzaam. 'Het zijn die winters,' zei ze. 'Ze duren zo lang. Ik word er somber van.'

Ze beantwoordde vaak de telefoon niet. Soms nam ze na lange tijd op en zei: 'Ik ging je net terugbellen.'

Hij verlangde naar het voorjaar, als zijn ijskoningin weer ontdooid zou zijn en ze verder konden gaan waar ze gebleven waren. Haar ogen zouden weer glanzen als ze naar hem keek. Ze zou weer lachen, want hoeveel grapjes hij ook maakte, haar grote lach was verdwenen. Een spijtige kleine glimlach was ervoor in de plaats gekomen. Vaak bleef ze liever alleen thuis. 'Ik voel me niet zo lekker, Pontus, laat me maar een avondje. Morgen gaat het misschien beter.'

Als ze niet alleen was, had ze afspraken met vriendinnen wier namen hij nog nooit had gehoord.

'Morgen' werd het middelpunt van hun verhouding, vergelijkbaar met de grapjas die 'morgen gratis wodka' had geschreven op de muur achter de bar van de academie. Morgen gratis wodka, jaja.

Hij voorvoelde nu dat hij haar ging verliezen, maar de zeldzame nachten dat ze nog samen waren gaven hem de illusie dat alles nog goed kon komen. Als die rottige winter maar eenmaal voorbij was. Als de lente maar weer eens begon. Morgen. Morgen gratis wodka.

Hij zei 'wat ben je stil' en 'waar denk je aan', en wist dat ze niet meer zou ontdooien. Nog voor het ijs op de rivier gesmolten was, zou ze zich van hem ontdaan hebben.

Toen ze hem uiteindelijk door de telefoon vertelde dat ze er genoeg van had (eigenlijk zei ze: 'Ik kan niet meer', alsof ze een zware fysieke inspanning had geleverd), vatte hij dat op als niet meer dan een formaliteit, en wist dat hij nooit meer zo gelukkig zou zijn.

HOOFDSTUK 22

Aarde

Diep in de nacht werd de jongen wakker van een wolkbreuk boven het veld. De regen siste. Hij keek even onder het plastic uit maar zag nog niet de lichte gloed die de dag aankondigde. Vlug trok hij zijn hoofd terug onder het zeil. Het lekte op een paar plaatsen, hij probeerde zo te liggen dat hij niet nat werd. Dikke druppels roffelden op het plastic. De kou was diep in zijn botten getrokken, hij kreeg het nooit meer warm. Het leek of er geen grens was aan wat ze konden verdragen. Alleen de dood kon ze ervan weerhouden om elke dag opnieuw nutteloos door de onmetelijke ruimte te dwalen.

Hij denkt aan de lange man, maar de herinnering aan zijn obscene naaktheid vervaagt al. Het zand heeft hem al bijna toegedekt.

De jongen rolt zich op tot een bal en wacht met open ogen de morgen af.

De zwarte man kwam telkens een beetje dichterbij. Hij voegde zichzelf beetje bij beetje toe aan de groep, eerst een arm en dan een been.

Maar zijn nadering verliep niet onopgemerkt. De vrouw keek vaak achterom. Ze bleef dicht in de buurt van de man uit Asjchabad.

Regen, almaar regen. Niemand had nog een droge draad

aan zijn lijf. De jongen zag de gebogen silhouetten achter zich – dat waren de geesten van gestorvenen, ontwaakt uit hun slaap sinds de oertijd.

De donkere, schuifelende gestalten keerden in zijn angstdromen terug.

Hoe ver kun je lopen zonder ooit een weg of een dorp tegen te komen? Het lijkt of ze aan hun tweede rondgang over de aarde begonnen zijn. Misschien is de wereld vergaan zonder dat zij er iets van hebben gemerkt. Zijn er nog mensen? vraagt de jongen zich af. Waar verschuilen ze zich? Alleen al de vondst van een geit of een koe zou een groot wonder betekenen! De vreugde! Eerst zouden ze de koe overladen met kussen en zegeningen, dan zouden ze haar slachten en in haar geheel verslinden. Een koe, ach, vonden ze maar een koe. Als hij haar als eerste vond, zou hij op haar rug gaan zitten en erop wegrijden. Hij zou de anderen achterlaten en alleen de nieuwe wereld binnen gaan op de rug van zijn koe. De straten hingen vol slingers, mensen kwamen uit hun huizen om de overlevende van de vlakte toe te juichen – de rug van de koe werd behangen met koekjes en bankbiljetten, zoete lekkernijen en slingers. De koe stopte voor het huis van de vrouw met de glanzende haren, daar hoorde ze thuis. De vrouw baadde hem, hulde hem in zacht linnen en dekte hem toe in het zachtste bed waarin hij ooit gelegen had.

Zeven dagen en zeven nachten zou hij slapen...

Ongemerkt was hij ver voorop geraakt. Hij keek achterom. De man uit Asjchabad maakte brede armgebaren, de stok van de lange man in zijn hand. Een nieuw gevecht? Waren ze ooit te uitgeput voor ruzie? Iemand maakte zich los van het groepje en liep alleen verder. De stroper. De vrouw volgde, toen de andere twee. De jongen kneep zijn ogen tot spleetjes – op enige afstand van de anderen zag hij beweging. De zwarte man. Hij gaf niet op. Zinloze achtervolging. Hij zou nooit meer bij hen horen, de angst had kracht van wet gekregen. Ze zouden hem doodslaan als hij te dicht in hun buurt kwam.

Het regenwater bleef in poelen staan. Met zijn linkerhand steunde de jongen op de grond, met zijn rechter maakte hij een kommetje waarmee hij water naar zijn mond bracht. Na elke slok keek hij even op, en dronk dan verder. Een stem, daar waren de anderen. Hij zag de hologige schedelkoppen opdoemen uit de grijze regen, hun haren sliertig rond hun hoofd. Zwijgend liepen ze hem voorbij.

De jongen liep een eindje achter de vrouw, alleen met zijn gedachten.

Soms stond de vrouw stil. Ze boog voorover en raapte iets op. Ze bracht het naar haar mond. Toen ze zich opnieuw vooroverboog, was de jongen met een sprong bij haar. 'Wat heb je daar?! Wat eet je?!'

Tot zijn stomme verbazing zag hij dat ze een hand vochtige aarde had opgeschept en die leeg at. Zand kleefde aan haar lippen. Ze slikte moeizaam door en nam een nieuwe hap. De jongen pakte haar bij de schouder, zijn gezicht vertrokken van walging. 'Hou op!'

Ze lette niet op hem.

'Je moet geen zand eten! Mensen eten geen zand!'

De vrouw veegde langs haar mond.

Hij praatte op haar in. Waarom at ze zand? Het was slecht voor haar, ze moest ermee ophouden. Wilde ze soms dood?

Ze glimlachte kleintjes en keek naar hem zonder hem te zien. 'Laat me maar,' zei ze. 'Het komt goed. Als God het wil.'

Wolken van inkt rolden in en uit elkaar boven hun hoofd. De jongen liep weer alleen, zwaar van somberheid. Ze waren ten dode opgeschreven. Er was geen hoop meer voor ze.

En toch, en toch.

Er was een vreemde zekerheid in hem dat hij zou overleven. Hij zou bij de geredden horen.

Maar de vrouw schepte zand. Zij was verloren. Je moet geen zand eten. Het is een nederlaag.

In zijn dorp wonen een paar families. Al sinds mensenheugenis bouwen ze terrassen tegen de berghellingen, stenen muren op borsthoogte, met aarde gevuld. Zonder die bekkens van gestapelde stenen wordt de grond onmiddellijk van de roestige hellingen weggespoeld. Omdat op die hoogte geen vruchtbare aarde te vinden is, nemen ze grond mee uit het dal. Ze laden de vruchtbare aarde van beneden op ezelsruggen, in laadbakken van pick-ups en kleine vrachtwagens, ze stoppen zelfs hun zakken vol voordat ze aan de lange kronkelweg naar boven beginnen. Beetje bij beetje dragen ze hun land de bergen in. Alles wat ze aan grond bezitten, hebben ze zelf naar boven gedragen. Niets is kostbaarder voor hen dan die donkere aarde die schrale kolen, pompoenen, aardappelen en uien voortbrengt.

Jongens houden de wacht op houten stellages. De verdorde maïsbladeren ritselen, met een katapult schieten ze steentjes naar kraaien. Als ze er een raken, hangen ze hem ondersteboven aan een stok als waarschuwing voor zijn vrienden.

En als iemand ze vraagt waarom ze dat doen, waarom ze op een plaats wonen die eigenlijk alleen geschikt is voor bergkraaien en lammergieren, een plek die *overwonnen* moet worden, dan halen ze hun schouders op en zeggen dat ze dat al doen zolang ze zich kunnen herinneren.

De bergen brengen kromme, harde mensen voort, ze leven en sterven nog altijd op de manier van hun voorouders terwijl in het dal de nieuwe eeuw is begonnen. Slechts mondjesmaat dringt de nieuwe tijd daarboven door, hij bereikt ze in vreemde, vervormde hapjes, los van de omgeving die hem verklaart en hem zijn logische aanzien geeft. Hij wekt angst maar ook verwachting – ze hoeven toch niet tot in de eeuwen der eeuwen jutezakken grond omhoog te tillen om de grond aan te vullen die door winderosie en uitspoeling verloren is gegaan?

Een familie rust een pionier uit voor de reis naar de verre wereld. Een andere volgt. Nooit eerder hebben jonge mensen het dorp verlaten om aan zo'n lange reis te beginnen, voor zoveel ongewisheid.

De achterblijvers bidden en wachten; gespannen wachten ze de eerste berichten van overvloed af.

Ver weg baant een jongen zich een weg door de wereld. De verbondenheid met de aarde heeft hij verruild voor een zwervend bestaan, de wind blaast hem over de vlakte. Vandaag heeft hij een vrouw gezien die aarde at. Zoveel aarde heeft hij op zijn rug naar boven gedragen, maar haar *eten*? Dat nooit. Het is smerig, het hoort niet, het kan niet anders dan zondig zijn. En hij heeft onderweg bijna alle denkbare zondes gezien, het zijn er zoveel meer dan hij zich ooit heeft kunnen voorstellen!

Hij weet dat hij nooit meer naar huis terug kan. Hij is door het sleutelgat naar buiten gekropen en kan nooit meer terug naar binnen.

'Godverdomme,' zei de man uit Asjchabad 's avonds. Verbaasd keek hij naar de tand die hij tussen duim en wijsvinger hield. Er was een gat gevallen in zijn met goud beklede bovengebit. Voorzichtig voelde hij aan de rest. 'Ik trek ze d'r zo uit,' zei hij treurig.

Vitaly ging liggen en rolde zich in plastic en vodden. Hij trok zich steeds verder in zichzelf terug. Hij had de hele dag geen woord gezegd, de pijn had hem eronder gekregen. Zijn wezen concentreerde zich rond de brandende smet, hij krulde zich eromheen en had geen andere gedachten meer; de pijn was ondeelbaar en eenzaam.

Niet ver bij hen vandaan was een geluid. Ze stonden op. In de verte zagen ze de zwarte man, een waas van regen tussen hen in. 'Godverdomme,' zei de man uit Asjchabad opnieuw. Hij hield de stok omklemd. 'Afrika!' schreeuwde hij. Hij kreeg geen antwoord. Hij zette zijn handen als een toeter aan zijn mond. 'Hé, Afrika!'

De zwarte man spreidde het plastic uit en verdween onder de horizon van gras.

'Wat moet je van ons?!' gilde de man uit Asjchabad.

De vlakte suisde.

De stroper en de man uit Asjchabad zetten een paar stappen in zijn richting maar er was geen kracht in hun bewegingen. De vrouw en de jongen keken naar hun besluiteloze ruggen.

'Maak hem af,' klonk de stem van Vitaly vanonder het plastic. 'Maak hem in godsnaam af.'

De man uit Asjchabad draaide zich om. 'Hou je bek, stadsrat. Kom hier en doe het zelf.'

'Schijtlaars,' klonk het vanuit de donkere bult.

Een hartstochtelijk verlangen welde in de jongen op – dat de man uit Asjchabad met zijn stok op de bult zou inslaan om aan die stroom vuile, godslasterlijke woorden een einde te maken. Het bloed eronderuit zien stromen, het zou eindelijk stil zijn.

De stroper staarde naar de plaats waar de zwarte man in het gras verdwenen was. Hij stond daar maar en niemand die ooit wist wat er in hem omging. Zo onbeweeglijk als een ezel was hij. Misschien had hij dezelfde gedachten.

HOOFDSTUK 23

Een theologisch debat

'Begint u nou eerst eens met lezen,' zei rabbijn Eder geërgerd. Er kwam geen einde aan de vragen van zijn gast. Beg kreeg een stapel boeken mee uit de synagoge. Aan de tafel in de woonkamer begon hij te lezen. Al vlug begonnen zijn benen te wiebelen. Hij kreeg jeuk op zijn hoofdhuid. De rabbijn had verzuimd hem enige richting te geven, hij las zonder systeem, net zo lang tot hij er duizelig van werd. Een vierduizend jaar oude geschiedenis was in die boeken neergelegd, met al het volkse bijgeloof, de moraalvertellingen en rabbinale adviezen. Soms vond hij iets grappigs. Zo wist hij nu dat je een maagd kon herkennen door haar met haar kont op een wijnvat te zetten en dan aan haar mond te ruiken – als het wijn was wat je rook, was ze geen maagd meer. Zo deden ze dat, die oude rabbijnen.

Op theologisch niveau raakte hij verstrikt in de kakofonie aan zienswijzen, interpretaties en commentaren op commentaren; over niet één onderwerp dachten ze hetzelfde, op geen enkele vraag kwam een eenduidig antwoord. Het leek wel een bazaar. Hij kwam er niet achter of je Gods naam nu wel of niet mocht noemen, en was het nu G'd, JHWH of Hasjem? Ze gebruikten alles door elkaar heen, het was een zootje.

Het was hem niet duidelijk hoe ze aan de Thora gekomen waren.

De een schreef dat ze door God waren uitverkoren, de ander dat Hij hun gedwongen had Zijn heilige boek te aanvaarden. Hij dreigde een berg op ze te laten vallen als ze weigerden, en onder druk gingen ze akkoord. Maar bij de mysticus Juda Halevi las hij weer dat het volk van Israël van meet af aan Zijn bijzondere voorkeur had.

Hij beleefde plezier aan Halevi's boek *Kuzari*, een samenspraak tussen een joodse wijze en de koning der Chazaren, die met zijn volk tot het jodendom overging. Maar voordat de koning zich bekeerde, vroeg hij de joodse wijze het hemd van het lijf. Hij was even onwetend als Beg zelf, zijn dialoog met de joodse wijze was spitsvondig en grappig. Toen de koning de wijze voor de voeten wierp dat de Joden een gouden kalf hadden aanbeden, antwoordde de wijze dat juist uit Gods woede hierover bleek hoe belangrijk zij voor hem waren.

Zo lust ik er nog wel een paar, zei de koning. De aanbidding van het kalf is toch de zwaarst denkbare zonde?

Geduld, antwoordde de wijze, dan zal ik aantonen waarom God het volk van Israël heeft uitgekozen als Zijn volk.

> Elke goj die zich volkomen met ons verbindt zal delen in onze vreugde, ook al wordt hij nooit helemaal gelijk aan ons. De joden zijn niet gebonden aan de Thora omdat God ons heeft geschapen, maar de Thora is ons gegeven omdat God ons uit Egypte heeft gevoerd, omdat Hij zich met ons heeft verbonden en omdat wij zijn uitverkoren. Als dat niet zo was, zouden ook blanken en zwarten gelijk zijn, omdat God alle mensen heeft geschapen.

Beg las die redenering nog eens over en concludeerde dat het het oude liedje was: wie zichzelf probeerde te definiëren, deed dat principieel ten koste van de ander.

> Men kan niet tot het jodendom toetreden door een simpele verklaring, maar alleen door werkelijke zelfopoffering, zuiverheid, kennis, besnijdenis en vele andere rituelen. Een proseliet moet de joodse levenswijze volledig aannemen. De besnijdenis is door God ingesteld om aan te geven dat wij onze begeerten moeten beteugelen, opdat wat we verwekken de band met het goddelijke waardig mag zijn. God staat hem en zijn nageslacht toe Hem zeer dicht te naderen. Toch krijgen zij die tot het jodendom toetreden, niet dezelfde status als geboren Israëlieten; alleen dezen kunnen het niveau van de profetie bereiken, terwijl proselieten hooguit vrome of geleerde joden kunnen worden.

Het was lang geleden dat hij zo studeerde op teksten, Beg las tot de letters dansten voor zijn ogen. Hij zonk achterover in zijn stoel en blies rook naar het plafond. Tot dit wonderlijke gezelschap was hij toegetreden; de exclusiviteit streelde en ergerde hem. Christen kon je worden, moslim net zo, joods niet. Nooit helemaal. En voor het overige deel lieten ze je verdomd hard werken. Net zo lang tot je vroom of geleerd was, en dan hielden ze dat begeerde laatste beetje voor zichzelf. Daarin stak het onrecht, maar hij baadde in het warme licht van uitverkorenheid. Hij was onder een Joods hart gedragen, hij was deel van de familie zonder dat hij er iets voor had gedaan. Uit de ertslagen van zijn geheugen was een zilveren luchtbel opgestegen, ze barstte aan de oppervlakte, zijn oren hadden het liedje opgevangen dat eruit was ontsnapt.

Zoveel was er bij hem teruggekomen sinds hij een koude voet had. In dromen en mijmeringen had hij episodes en plaatsen herbeleefd. Er was geen direct verband tussen zijn koude voet en zijn herinneringen, al kon je ook zeggen: het begon met een koude voet en nu zat hij achter een stapel boeken het jodendom te bestuderen.

Het was na middernacht. De radio was niet aan geweest.

De Polanenstraat raakte gewend aan de witte Lada op de stoep. Ook de Aziaten keken niet meer op van de politieman in de steeg. Met een plastic tasje in zijn hand wachtte Beg onder aan de traptreden naar de synagoge. Hij bracht vaak thee en koekjes mee voor de oude man. Dat leek hem het juiste om te doen. Geloofszaken besprak je met zoete koekjes en geurige zwarte thee uit Krasnodar.

Hij wilde van de rabbijn weten waarom een bekeerling nooit helemaal joods kon worden, maar altijd tweederangs zou blijven.

'Daar wordt verschillend over gedacht,' zei de rabbijn, toen ze eenmaal aan de keukentafel zaten.

'Dat dacht ik al wel,' zei Beg mismoedig.

'Over het algemeen zult u die gedachte eerder aantreffen in de orthodoxie.'

'Ik heb het boek van Halevi gelezen.'

'De grote Halevi.'

'Ik had het vannacht uit.'

'Een belangrijk werk.'

'Hij zegt dat.'

'Ik ben het met hem eens,' zei de rabbijn. 'De proseliet is een 99 procent-jood. Er ontbreekt iets aan.'

'Een profetisch element, noemt hij dat.'

'Dat in ons overgeleverd is door de aartsvaderen. Van Adam op Seth, van Lamech op Noach, van Abraham op Isaak en van Isaak op Jakob. Van Jakob op zijn zonen. Mozes en Aäron droegen het licht veertig jaar door de woestijn en gaven het weer door aan hun opvolgers. Hoe zou een goj dit licht kunnen hebben? Hij is immers niet aan de aartsvaderen verwant.' Hij keek op. 'Tweederangs, zegt u. Daarmee brengt u de polemiek in de discussie. Ik zeg alleen dat het een eigenschap is die alleen erfelijk kan worden doorgegeven, zoals rood haar in sommige families voorkomt en in andere helemaal nooit.'

Beg sloot zijn ogen, hij moest diep nadenken. 'U zegt eigenlijk... Er blijft een afstand. De profeten zijn joods, ze staan dicht bij God, Hij geeft ze hun visioenen. De proseliet bezit die gevoeligheid niet, hij kan dichtbij komen maar het nooit helemaal worden. Dat ene procent, dat is de afstand die God bewaart tussen zichzelf en de niet-jood. En die is onoverbrugbaar.'

'God staat dicht bij ons, dat geldt dus ook andersom. De goj kan de brug oversteken maar de overkant nooit bereiken. Rabbi Halevi in Andalusië en reb Eder in Michailopol denken daar hetzelfde over. Nog thee? U brengt altijd thee mee, ik denk dat u veel thee wilt drinken?'

Beg knikte.

'Ziet u het niet?' zei de rabbijn. 'Juist dat is voor anderen zo slecht te verdragen. God die zich over ons ontfermt en rampen stuurt naar Egypte, die ons tijdens de vlucht voorgaat in een wolk en een vuurzuil, en zich met ons onderhoudt op de berg Sinaï – wat een verbond! Wat een uitspraak!'

Hij schonk heet water bij in de kopjes. Bij de fijne bewegingen trilden zijn handen het ergst.

'Als een vader een favoriete zoon heeft,' zei hij met zijn rug naar Beg toe, 'dan zal er altijd jaloezie in huis zijn. Jakob hield het meest van Jozef – zijn broers wilden hem ombrengen. Jaloezie! Ook Jozef had de dromen van een profeet, hij droomde de waarheid die nog moest komen. In hem was het profetische element doorgegeven, en ook al werd hij vervolgd, zulk licht is niet gemakkelijk te doven. Zijn licht straalde vanuit de kerker tot in de vertrekken van de farao...'

Beg herinnerde zich de verhalen uit het Oude Testament die zijn moeder hem en zijn zuster had voorgelezen – het meeste was samengeklonterd tot een sfeer, een paar namen, halve geschiedenissen, maar het verhaal van Jozef in de put herinnerde hij zich, en de graanschuren die hij in dienst van de farao liet bouwen voor de magere jaren die kwamen.

'U moet nu eerst de Thora lezen,' zei de rabbijn. Zijn adem klonk zwaar. 'Daar staat alles in. De rest is interpretatie.'

Hete thee gutste over zijn vingers toen hij het glas op tafel zette. 'Mozes heeft het Heilige Land nooit betreden, maar Jozefs gebeente is er begraven. Hij liet de kinderen Israëls zweren zijn beenderen niet achter te laten op de dag dat ze zouden terugkeren. Veertig jaar hebben ze die door de woestijn met zich meegedragen, tot ze het Heilige Land binnen gingen. Ons geheugen brengt ook onze trouw voort. Maar de meesten van ons... ze zullen het Heilige Land nooit bereiken, niet tot de Laatste Dag. U hebt gezien dat ik een beetje zand uitstrooide boven het graf van rabbijn Herz? Zand uit Israël, ten teken van ons verbond. Onze beenderen zijn uitgestrooid over de wereld, zoals Ezechiël het in zijn droom heeft gezien.

> "Mensenkind, deze beenderen zijn het volk van Israël. Het zegt: 'Onze botten zijn verdord, onze hoop is vervlogen, onze levensdraad is afgesneden.' Profeteer daarom en zeg tegen hen: 'Dit zegt God, de HEER: Mijn volk, ik zal jullie graven openen, ik laat jullie uit je graven komen en ik zal jullie naar het land van Israël terugbrengen. Jullie zijn mijn volk, en jullie zullen beseffen dat ik de HEER ben als ik je graven open en jullie uit je graven laat komen. Ik zal jullie mijn adem geven zodat jullie weer tot leven komen, ik zal jullie terugbrengen naar je land, en jullie zullen beseffen dat ik de HEER ben. Wat ik gezegd heb, zal ik doen – zo spreekt de HEER.'"

En zie,' fluisterde de rabbijn, 'zij vormen een onafzienbare menigte.'

Hij vouwde zijn kromme vingers rond zijn glas en zei met dikke stem: 'Ik zal jullie terugbrengen naar je land... Wat ik gezegd heb, zal ik doen...'

HOOFDSTUK 24

Toen waren er nog vijf

De lange man leek een insect, hij stapte op reuzenbenen door de wereld – honderdduizendmaal vergroot, zijn benen staken tot in de hemel. Heel hoog daarboven zag je zijn gezicht, het droeve afhangende gezicht, in afwachting van de teleurstellingen die het leven hem bereidde. Zijn voetstappen lieten kraters achter die zich vulden met water. Een voor een verdronken ze in zijn voetstappen, spartelend, zinkend, tot ze de bodem bereikten. Wuivend gras.

Met die droom was de jongen wakker geworden, op de van water verzadigde aarde, in de regen die vlagerig over de aarde woei. Hij stond op. Zweet stond op zijn voorhoofd; tollend op zijn benen wachtte hij tot de duizelingen waren weggetrokken.

Hij stak zijn neus in de lucht als een dier. Zijn zintuigen waren verscherpt in de vlakte, een nerveuze gevoeligheid, versterkt door honger en uitputting. Hij verliet de kring van slapenden en liep naar een verhoging in het landschap verderop, een zandverstuiving. Zand zakte onder zijn voeten weg toen hij erop klom. Hij keek rond. Aan de randen van zijn blikveld was de aarde onvast, een vloeiende overgang tussen hemel en aarde, als de mistige uitlopers van een ver gebergte.

Toen sprong hij naar beneden en speurde tussen het gras

naar iets eetbaars. Zo had hij eens het kadaver van een haas gevonden. Hij had de gedroogde resten afgekloven.

In steeds kleinere cirkels dwaalde hij rond het kamp, toen hij de wal van gras zag waarin de zwarte man zich 's nachts verschanste. Hij bleef staan. De afstand tussen hen was in korte tijd onoverbrugbaar geworden. Niet lang geleden had hij zijn handen nog aan hetzelfde vuur gewarmd.

'Hé!' riep hij gedempt.

'Hé, Afrika!' riep hij even later opnieuw, harder nu.

De jongen raapte een steentje op en gooide dat naar hem. Het viel naast hem neer. Hij zonk op zijn knieën en tastte op de grond naar meer steentjes, zijn ogen vast op het slapende lichaam gericht. Angst en opwinding schoten door zijn lijf wanneer hij raak gooide. Maar hij sliep vast en bewoog niet. De jongen zette een paar voorzichtige stappen in zijn richting. 'Hé, Afrika!' Nog een paar stappen. Zijn bovenlichaam was onbedekt. De jongen schreeuwde, maar de schreeuw kwam niet voorbij zijn lippen. In het zand lag een dode. Een oogkas was volgelopen met bloed, het andere oog was gebarsten en leeggelopen. De jongen vergat te ademen. Achter de gescheurde lippen zag hij de versplinterde tanden. Het bloed was geronnen, maar diep in de wonden was het vlees rood als dat van hemzelf.

Dit waren de gegevens van één oogopslag. Toen viel hij neer in het zand. In zijn ooghoek zag hij een brok steen, het zwart uitgeslagen bloed. Hij probeerde op te krabbelen maar de aarde werd als een kleed onder hem vandaan getrokken.

Naar adem snakkend kroop hij bij de dode vandaan. Zijn hartslag dreunde in zijn oren. Ze hadden hem te pakken gehad, Afrika! Luid zong het woord in zijn innerlijk rond –

het was of hij het voor de eerste keer hoorde. Niemand had zo'n lange weg afgelegd als hij! Zijn hoofd was verpletterd met een steen. Het daglicht had de misdaad aan het licht gebracht.

Uitgerekend hij had hem gevonden. Niemand anders dan hij. Weer die geheimzinnige uitverkorenheid!

De anderen waren opgestaan en maakten zich klaar om weer op weg te gaan. De jongen dook uit het vedergras op en kwam bij hen staan. Hij maakte zich breed, met zijn laagste stem zei hij: 'Afrika is dood.' Hij wees over zijn schouder. 'Iemand heeft 'm te grazen gehad.'

De stroper en de man uit Asjchabad keken beurtelings naar hem en naar elkaar, de vrouw zonk op haar knieën en jubelde 'godlof!'

Vitaly zat klappertandend op de grond. Zijn voorhoofd glom. Hij bewoog zijn bovenlichaam langzaam heen en weer, alsof hij naar verre muziek luisterde.

'Hoorde je hem niet?' zei de vrouw tegen hem. 'De zwarte is dood.'

Vitaly wreef zand tussen zijn duim en wijsvinger.

'God zegene de handen die hem doodden!' riep de vrouw.

Vitaly's ogen schoten nerveus heen en weer. Hij likte zijn lippen met zijn witte tong. Hij was ergens waar niemand hem meer kon volgen. De jongen minachtte hem in zijn zwakte nog sterker dan tevoren.

Hij ging de mannen voor naar de plaats waar hij Afrika had gevonden. De vliegen waren wakker, de verkenners in hun glanzend kuras. Ze kropen in zijn oogkas en liepen over de gescheurde oogbol; je kreeg er jeuk van. Niet lang meer en de zwarte man was bedekt met een zoemend tapijt van vliegen. De man uit Asjchabad pakte de steen op en keek ernaar. Geen van hen sprak een woord. Ze lieten het lijk ongemoeid. Dit was een ander soort dood.

De vrouw was hen achteropgekomen. De jongen hoorde haar snuiven. Ze spuugde op het dode lichaam, witte fluimen uit haar met aarde besmeurde mond. Ze schopte naar hem, zijn lichaam schudde. 'Aap!' hijgde ze terwijl ze bleef trappen. 'Vuile aap!'

Dit is de eerste keer dat ze hem aanraakt, dacht de jongen.

De stroper trok haar weg, ze bleef in het luchtledige schoppen. 'Genoeg!' zei de stroper. 'Hij kan geen kwaad meer doen!'

Ze bleef stil in zijn greep. 'Verbrand hem,' zei ze. 'Zorg dat hij nooit meer terugkomt.'

De stroper gaf haar een duw in de richting waaruit ze gekomen was. 'Waarmee? Met zand en gras? Waar zit je verstand, mens?'

De man uit Asjchabad werd niet afgeleid door het rumoer. Hij keek onafgebroken naar de dode. Zijn ogen dwaalden over de rafelige lompen, de doffe zwarte huid – ze volgden het spoor van littekens op zijn armen en zijn borst, gingen langs de dorre hals en de stofbaard naar zijn vernielde aangezicht.

O weerzinwekkende vliegen. Hij krabde rode voren in zijn nek, op zijn borstbeen. Zijn leven lang sloeg hij vliegen weg van zijn gezicht, zijn handen, zijn enkels, maar dan, op een dag, eigenden ze zich eindelijk het lichaam toe waarvan ze al zo lang hadden voorgeproefd. Hij zonk op zijn hurken en legde de steen naast zich neer. Langzaam bracht hij zijn hand naar de borst van de zwarte man en trok het halskoordje onder zijn hemd vandaan. Hij haalde het kruisje tevoorschijn dat in zijn oksel was gegleden en liet het bungelen tussen duim en wijsvinger. De dwarsbalk was in het midden bevestigd. Lichaamsvet had het hout geolied. Het was bewerkt, als je goed keek zag je het patroon van een soort vlechtwerk, vrijwel weggesleten door de wrijving van huid en kleren.

Eens had hij hem het kruis zien kussen. Hij had een godsdienstige aap gezien. Hij was erdoor beledigd. God was er niet voor ezels en honden en apen.

Van zijn weerzin was weinig over. Met zijn duim streek hij over het geribbelde hout. Zoals hij zijn stok had, droeg de zwarte zijn kruis, dat hij tegen het onheil ophield.

Wat waren ook alweer de verschillen tussen hen? Hij kon het zich niet herinneren. Het moest er zijn, dat afgrondelijke verschil, maar zijn handen grepen lucht. Nu de waanvoorstellingen waren opgetrokken, zag hij alleen nog maar hoe gelijk ze waren geweest in hun lijden en hun wanhoop.

Hij legde het kruis terug op zijn borst. Wat moest je met zulke gedachten waar je geen ervaring mee had. Hij steunde op zijn armen toen hij overeind kwam. De jongen had hem al die tijd aangestaard. Misschien begreep hij zijn gedachten. Misschien kon hij hem vertellen wat ze te betekenen hadden.

Ze trokken verder in de dag die nooit licht werd, ieder met zijn eigen gedachten aan de zwarte man die ze in de vlakte achterlieten. Een van hen had hem de schedel ingeslagen. De anderen stelden zich voor hoe dat was gebeurd. Hoe hij op de buitenkant van zijn voeten door het gras sloop om geen gerucht te maken, de steen in zijn hand, zijn arm ophief.

Zich opofferde. Hen verloste.

De volgende achterblijver kondigde zich al aan. Zacht gejammer in hun rug, soms onderbroken door felle monologen. Vitaly werd door zijn demonen bezocht. Diep in hem spoorde een oerkracht hem aan om de anderen nog te volgen, maar de schimmen rondom hem waren al begonnen hem terug te slepen zijn verleden in. Steeds sterker werd hun greep, steeds verder raakte hij bij zijn reisgenoten vandaan. Ze liepen er geen stap minder vlug om. Vitaly had nooit aanleiding gegeven tot medeleven; een daad van naastenliefde zou hij niet hebben verstaan. Ze zouden hem achterlaten en hem zo vlug mogelijk vergeten.

De wind roerde zich, en er viel ook wat regen. De vrouw propte haar mond vol aarde. Traag maalden haar kaken. De jongen liep zo ver mogelijk bij haar vandaan om niet te hoeven zien hoe ze hap na hap de aarde verzwolg, haar ogen leeg als van een blinde.

Ver weg, waar honinggeel licht vanachter de wolken viel, dansten stepperollers over het aardoppervlak; doorschijnende bollen velddistel en loogkruid, voortbewogen door de wind. De huizenhoge wielen rolden langzaam over de steppe, vertraagd, droomverschijningen. Het hart van de reizigers veerde op als er één een eindje opsprong en dan verder werd gejaagd. Ze strekten hun handen ernaar uit, maar een voor een verdwenen de rollers uit het zicht en lieten een zeurend verlangen bij ze achter. Waarheen rolden die wielen dan zo luchthartig, zo ver weg in dat gele licht?

Maar nog voor de avond hebben de reizigers hun hoofd weer naar de aarde gebogen. De eeuwige herhaling van hetzelfde heeft ze weer in slaap gewiegd. Het lichte dansen van de stepperollers is vergeten. Alles is vergeten.

WINTER

HOOFDSTUK 25

Honger

De melding was vroeg in de avond binnengekomen. Een vrouw klaagde over zwervers die vuilnisbakken omgooiden in de straat. Tegen achten volgde de tweede melding: opnieuw een vrouw, ze huilde, het groepje zwervers dat ze was tegengekomen had haar panische angst bezorgd. 'Het zijn de doden,' zei ze.

Wagen 37 beantwoordde de oproep, om kwart over acht reed agent Ivan Budnik de straat in. Klotezwervers, dacht hij. Er af en toe een paar stevig afrossen, meer kon je niet doen.

Halverwege de straat, tussen flats waar de straatverlichting zwak was, ving hij ze in het licht van zijn koplampen. Het schijnsel van het zwaailicht weerkaatste op hen. Zijn hersenen begrepen niet wat zijn ogen zagen. Schaduwen, van hun lichamen gescheiden. Hij wilde ze een order toeblaffen door de megafoon, maar de adem stokte hem in de keel. Het leek of hij tranen zag glinsteren op hun vuile wangen. Huilende geestverschijningen. Grote god. Huid, strak aangesnoerd rond hun gebeente, gemummificeerd bijna. Zwarte oogkassen.

In tot op de draad versleten lompen waren ze uit de duisternis van voorbije eeuwen tevoorschijn gekomen. Twee van hen zaten op de grond en doorzochten met langzame, robotachtige bewegingen de vuilniszakken voor zich. Hun kaken vermaalden bevroren etensresten. Damppluimen rond hun hoofden. Omdat zijn hersenen op slot zaten, begon Budnik te classificeren wat hij zag – het begin van begrip. Hij zag een kind, vermoedelijk een jongen, hij zag twee mannen en een vrouw. Hij zag dat ze niet reageerden op zijn aanwezigheid. Uit de bosjes kwam er nog een. Een man, een uitgeteerde heilige, met een baard tot op zijn borst. Hij keek met betraande ogen in het licht van de koplampen – toen begonnen ook zijn handen een vuilniszak door te woelen.

Waarom huilden ze? Welk verdriet? Of was het iets anders? Budnik peinsde er niet over om de auto te verlaten. Hij riep de centrale op.

'Ik versta je niet, wagen 37,' zei de vrouw in de meldkamer.

'*Versterking, verdomme!*' fluisterde hij.

Terwijl hij wachtte, bleef de situatie in hoofdlijnen gelijk. Ze leegden vuilnisemmers en scheurden de zakken open. De weg lag bezaaid met afval. De enkeling die passeerde aan de overkant van de straat, maakte zich haastig uit de voeten.

Om negen uur reed een tweede wagen de straat in. Hij parkeerde naast hem. Agent Toth stapte uit. Nu pas verliet Budnik zijn auto, zijn Makarov-pistool in de hand.

'Heilige moeder van God,' stamelde zijn collega. 'Wie zijn dat?'

Uit Budniks hoofdknikken bleek zijn vertrouwdheid met de situatie. Dat hij hier al een tijdje was, gaf hem een voorsprong. Dit overwicht gaf hem recht op de leiding – als hij maar wist wat hij moest doen.

Ze stonden op een paar meter van het tafereel in het licht van hun koplampen. 'Wie zijn jullie?' riep Budnik. Bevroren plastic kraakte. Soms de haperende inademing van iemand die huilde.

'Niet van hier,' zei Budnik zacht.

'Ik denk... arresteren,' zei zijn collega.

'Ja, ja,' zei Budnik gedachteloos. Hij keek opzij. 'Waarom eigenlijk?'

Het afgrijzen bij het vooruitzicht de havelozen te moeten aanraken. In de auto dezelfde zuurstof als zij te gebruiken. Ja, waarom eigenlijk? Die paar vuilnisbakken. Je kon wel aan de gang blijven. Hij probeerde na te denken. Een risico-inschatting te maken. Wat lieten ze na waarvoor ze later verantwoordelijk gehouden konden worden?

'Waarom huilen ze?' fluisterde Toth.

Budnik trok met zijn schouders. Hij verstevigde de greep rond de kolf van zijn dienstwapen. Besluiteloosheid was zwakte. Capitulatie kon voor wijsheid doorgaan. Hij deed een stap achteruit, de stap waarmee de terugtrekking begint.

'Kom,' zei hij, 'we gaan naar Tina's.'

In de dagen die volgden werden ze her en der gezien. Hun aanwezigheid veroorzaakte een huiverend soort opwinding. De onaanraakbaren werden een hardnekkig gerucht, in gangen van de bazaar en in de straten van de stad sprong het als een virus van de ene mond op de andere over. Zo levendig waren de beschrijvingen dat het leek of iedereen ze met eigen ogen had gezien. Niemand wist wie ze waren of waar ze vandaan kwamen; algemeen werd aangenomen dat ze uit de steppe waren opgedoken. Het leek of er pestlijders in de stad waren. Hun aantal varieerde van vijf tot vijftien. Het leek of ze overal tegelijk waren. In de collectieve verbeelding marcheerden de legers van de ondoden door de bevroren straten van Michailopol. Ze werden aangestaard en nagekeken, en niemand die ze durfde aan te spreken.

Er werden diefstallen gemeld. Kippen verdwenen uit hun hokken, ganzen werden achter afrasteringen vandaan geplukt. 's Nachts daalde de temperatuur tot twintig graden onder nul, het was onbekend waar ze zich dan ophielden. In de bazaar deden de slotenverkopers goede zaken. Het was half december, laag aan de ijsblauwe einder hing een koude zon. De telefoon rinkelde op het bureau van Pontus Beg. 'De burgemeester voor u,' zei Oksana.

Semjon Blok was bezig aan zijn tweede termijn als burgemeester van Michailopol. Hij had zijn imperium gebouwd op gokautomaten. Overal kwam je zijn kasten tegen. Hij was de politiek in gegaan om status te verwerven in de bovenwereld, de wereld van mensen die het Bolsjoi bezochten en zelden een gokkast zagen. Zijn bijnaam was Mister Cash, tijdens zijn campagne betaalde hij zijn medewerkers uit in rollen kleingeld. Als Mister Cash werd hij met ruime meerderheid gekozen, het harde materialisme dat hij belichaamde was een voorbeeld voor de man in de straat. Of hij toegang had gekregen tot de kringen die het Bolsjoi bezochten, was onzeker.

'Pontus, ik hoor dingen,' zei hij.

'Ik luister,' zei Beg.

'Zwervers, Pontus. Een groep – hoe zal ik het zeggen... Hongerlijders. Ik krijg berichten over ze. Ze lopen te stelen. Mensen zeggen dat ze nog nooit zoiets hebben gezien. Wie zijn dat, snap je? Wat doen ze hier? Dat moeten we weten, Pontus. We kennen ze niet, dat kan niet. We *moeten* weten wie wie is hier. Transparantie, Pontus, dat is mijn credo. Pak ze op, doe iets, weet ik veel.'

Net als ataman Chiop had Blok de vervelende gewoonte om hem uitsluitend bij zijn voornaam te noemen. Zoals je een puppy op zijn kop pist om hem aan je te onderwerpen. Kon je iemand vragen daarmee op te houden? Schriftelijk misschien, hij wist het niet.

'De meldingen zijn hier ook binnengekomen,' zei hij. 'We hebben ze in het vizier.'

Een diepe zucht. 'Wat zitten jullie te doen daar. Oppakken die lui. Van de straat af.'

Beg wist dat de burgemeester er het liefst een paar jongens uit zijn eigen gevolg op af zou sturen. Grote kans dat hij ze inderdaad eerder te pakken had. Het zakenleven is zoveel effectiever dan de ambtenarij.

Hij zei dat hij de zaak prioriteit zou geven en hing op.

In Tina's Bazooka Bar hadden Budnik en Toth hun ontmoeting beschreven – een spookverhaal. 'Zo'n honger,' zei Budnik, 'zoiets heb je nog nooit gezien.'

'Dat ze zo huilden,' zei Toth, 'vond ik nog het meest... Het was echt huilen. Zo huil je als... nou ja.'

De toehoorders keken voor zich uit. 'Zulke dingen gebeuren,' zei er een, de anderen zwegen omdat ze niet wisten wat ze moesten zeggen; twee van hen waren getuige geweest van iets wat ze niet konden bevatten, ze waren ervoor weggelopen. Ze beschreven een verlorenheid die niet van deze wereld leek. De indruk van verschrikkingen die niet konden worden verteld.

Dingen boven hun macht.

'Tina!'

Tina kwam en schonk allen bij uit de fles.

'Kop op, jongens,' zei ze. 'Zo erg kan het niet zijn.'

Budnik en Toth glimlachten kleintjes, en wisten dat er troost school in de aanblik van haar boezem. En ook, als ze heen en weer liep achter de toog, in de strakke leren rok waarin ze haar vlees had geperst. Ze waren te jong om haar gekend te hebben in haar hoedanigheid van publieke vrouw, maar hun verbeelding was in de loop der tijd op hol gebracht door de verhalen die collega's vertelden – verhalen die hun bloed verhitten en ze treurig stemden om een achterstand die nooit kon worden ingehaald.

De razzia begon op bevel van hogerhand – in de hele stad werden zwervers opgepakt. De cellen in de kelder waren overvol. Er braken vechtpartijen uit. Een werd er in zijn nek gestoken met een pen die door de bewakers over het hoofd was gezien. Bijna elke zwerver in de stad werd van de straat geveegd, maar degenen die ze zochten waren er niet bij. Ze leken van de aardbodem verdwenen. De meldingen die over ze binnenkwamen waren te uiteenlopend om allemaal waar te kunnen zijn.

Misschien, zo redeneerden Beg en Koller tijdens een bespreking, waren ze verder getrokken en probeerden ze de grens over te komen.

'Dan horen we wel weer van ze,' zei Koller.

De grens zat potdicht. Elke auto, elke vrachtwagen en elke trein werd een paar keer doorgelicht – eerst aan deze kant en daarna aan de andere. De technologie van de overzijde behoorde tot het domein van sciencefiction. Ze bezaten hartslagdetectoren, kooldioxidemeters die een mens verrieden door zijn adem, infraroodcamera's en nachtkijkers – al hun technologische vernuft werd ingezet om illegale migranten op te sporen. Visa werden slechts bij hoge uitzondering verstrekt, wie naar de overkant wilde nam zijn toevlucht tot de illegaliteit. Tallozen strandden aan de grens. Michailopol huisvestte er velen die waren opgepakt en teruggestuurd. Ze bleven vaak hangen, en keerden niet naar huis terug.

Hoewel hij een voorkeur had voor problemen die zichzelf oplosten, bekroop Beg een gevoel van spijt bij de gedachte dat hij misschien nooit zou weten wie de uitgeteerde zwervers waren geweest. Het verslag dat Budnik uitbracht had hem nieuwsgierig gemaakt.

'Alsof ze aan het graf van hun moeder stonden, zo huilden ze,' had de agent gezegd.

Beg vroeg waarom.

'Nergens om. Ik prakkeseerde me suf maar ik zag niks waar het van kwam.'

'Geen pijn, geen zichtbaar letsel?'

'Pijn, ja. Maar niet van iemand die de lange lat op z'n rug krijgt. Anders.'

'Beschrijf me eens hoe ze eruitzagen?' Beg vouwde zijn handen onder zijn kin en sloot zijn ogen om het heen en weer zwaaiende bovenlichaam van de agent niet te hoeven zien.

'Als de Joden van het kamp, meneer de commissaris. Zo zagen ze eruit. Ik kan niet anders zeggen.'

Beg opende zijn ogen. 'Hoe zagen die er dan uit, volgens jou?'

Hij zag de man – eigenlijk een grote jongen nog – woorden zoeken bij de beelden in zijn hoofd.

'Gewoon, verschrikkelijk,' zei hij toen.

'Waar kom je vandaan, agent?'

'Barsan, meneer.'

'Oblast Grünewald is dat toch, of vergis ik me?'

De agent lachte verlegen. 'Jazeker ja, Grünewald ja. Twintig kilometer van Brstice. Kent u het?'

Maar Beg trok de hand die hij hem had toegestoken terug en zei dat hij kon gaan. De jongeman salueerde en verdween. Eigenlijk had Beg hem willen berispen om zijn nalatigheid die avond op straat, maar zijn hart was verzacht door het dialect van zijn geboortestreek.

Hij zou Koller vragen het te doen. Aan bange surveillanten had je niets.

HOOFDSTUK 26

De ondoden

Uit een bijgebouw van het oude station steeg de grijze rook van houtvuur op. Door het raam was een metalen pijp gestoken, de rook steeg recht omhoog tot boven het dak en verwaaide daar. De oudijzerhandelaar Lev Krasnik zette zijn brommer met aanhanger tegen de muur en liep naar de opslagplaats. Nieuwsgierig drukte hij zijn neus tegen de ruit. Het glas was vuil, er was aan de binnenkant iets tegenaan gezet – hij zag er niets door. Krasnik liep naar de deur en duwde er een beetje tegen. Hij duwde harder, achter de deur verschoof iets. De kier was nu wijd genoeg om erdoorheen te kunnen kijken. Een schemerige, diepe ruimte. Het stonk daarbinnen.

'Hallo?' zei hij. 'Volk?'

Hij zette zijn hele gewicht tegen de deur en stond nu binnen. De dikke lucht van rotting, uitwerpselen en rook benam hem de adem. Bij het raam stond een provisorische potkachel, het flakkerende schijnsel van het vuur in de buik van de kachel verlichtte de doodskisten die iemand hier had opgeslagen. Voor de kachel lagen twee langwerpige bundels – hij spande zijn ogen in. Mensen, daar lagen mensen. Ook in twee open kisten op de grond ontwaarde hij menselijke gestalten. Hij wilde vluchten maar stond als bevroren in het halfdonker. Toen zag hij de ogen die hem aankeken terzijde van de kachel – ze behoorden toe aan een man die op de grond zat. In dekens gewikkeld zat hij onbewogen naar hem te kijken. ‘Heilige Maria,’ fluisterde Krasnik, en sloeg een kruis.

De man strekte zijn bovenlichaam en veegde spaanders bijeen op de vloer. Die wierp hij in het vuur. Vlammen laaiden op. Krasnik zag overal op de betonvloer versplinterd hout liggen, ze hadden kisten aan stukken gehakt om op te stoken.

De mond van de man bij het vuur vormde woorden die hij niet verstond. Een oude stem, als gebarsten vaatwerk. Krasnik slikte taai speeksel weg en zei: ‘Sorry, ik verstond u niet.’

‘Doe de deur dicht,’ zei de man. ‘Het is koud.’

‘Ja, natuurlijk ja. Sorry.’

Hij maakte van de gelegenheid gebruik om schielijk de ruimte te verlaten. Met trillende handen trok hij buiten de deur dicht, maar het slot was geforceerd zodat hij telkens weer een eindje openging. Krasnik zette een stap naar binnen en raapte een spaander van de vloer.

‘Sorry,’ zei hij, gebogen in het schemerdonker kijkend, ‘maar hij blijft niet zitten.’

Hij stond opnieuw buiten en stak de spaander tussen de deur en de drempel. Nu bleef hij op zijn plaats.

Op zijn brommer, waar de modder van de herfst op vastgevroren zat, reed hij zo hard hij kon naar het hoofdbureau van politie. Onderweg probeerde hij te begrijpen waarom hij zo vaak sorry had gezegd. Blijkbaar nam je automatisch een verontschuldigende houding aan tegenover wezens van het tweeduister.

Er arriveerden vijf politiewagens bij het oude station, de een wat later dan de ander, maar toch, vijf in totaal, wat de inzittenden een zeldzaam gevoel van urgentie gaf. Brigadier Koller had de leiding. Hij was die morgen met een zeurende lage rugpijn naar zijn werk gegaan, hij wilde er later op de dag een fysiotherapeut naar laten kijken, maar voordat hij het bureau kon verlaten werd hij onaangenaam verrast door de melding dat de zwervers vermoedelijk waren gevonden.

Het hoofdbureau was een bijenkorf, voortdurend zoemden er grote en kleine verhalen rond – Koller wist dat hij op het punt stond om een hoofdrol te spelen in een van de belangrijkste verhalen van het moment, dat weliswaar met smakelijke sensatie werd verteld maar dat niet vrij was van een bijgelovig soort bezorgdheid.

Vanuit de auto keek hij naar de rook die opsteeg tot boven het gebouw. Actie, dacht hij, maar hem bekroop slechts een afgrondelijk gevoel van vermoeidheid bij dat woord. Even overwoog hij een traangasgranaat naar binnen te laten schieten, maar er was niets wat de inzet van zo'n paardenmiddel rechtvaardigde.

Even later stormden zes mannen de loods binnen. De lichtbundels van staaflantaarns zwiepten door de halfduistere ruimte. Als laatste kwam Koller binnen. Hij zette de lichtschakelaar naast de deur om. Een tl ging aan.

Een agent stond met zijn wapen te zwaaien en schreeuwde in waanzinnige angst tegen een vrouw in een doodskist. 'Eruit, verdomme!'

Vijf in totaal. De mannen werden geboeid, de vrouw en een jongen werden uit de doodskisten gesleurd en tegen de grond gewerkt. Ze hadden hun slaapplaats met stro en lappen bedekt.

'Man, wat een lucht hier,' zei een agent. Koller knikte. Er hing een doodse geur in de ruimte.

De jongen had polsen als stokjes. Een wolvenjong was het, hij spartelde en ze kregen hem nauwelijks in bedwang. Hij spuugde en vloekte.

'Aftapen,' zei Koller.

De mond van de jongen verdween achter een strook tape.

De anderen ondergingen hun arrestatie lijdzaam. Geen van hen zei een woord. Het enige wat ze hoorden waren de keelgeluiden van de jongen achter de tape. Koller schudde zijn hoofd, waar ging het heen met de wereld als kinderen zich al zo gedroegen.

Nog luider dan anders klonk die middag het zoemen in de bijenkorf. Iedereen wilde ze zien, de cellen werden druk bezocht. Het was niet de staat van verwaarlozing die hen schokte, die kenden ze van het menselijk afval dat hier aanspoelde, het was het gezicht van de honger.

Toen iedereen geweest was, daalde Beg naar de kelder af. Zijn voetstappen weerkaatsten tegen de muren van het trappenhuis. Er waren stukken uit de treden gebroken, je moest uitkijken waar je liep. Naast de cellen was de schietbaan. De schoten waren door de muren heen te horen. Het rode alarmlicht boven de deur was defect, het diende te branden als de baan in gebruik was.

De deur van het cellencomplex ging met een klikje van het slot toen hij aanbelde.

'Nou, laat maar 's zien dan,' zei hij tegen de bewaarder.

Die nam zijn gehoorbeschermer af. 'Wat?'

'De zwervers.'

De bewaarder ging voor hem uit. Hij draaide zich om naar Beg. 'Hier heb ik er twee zitten. Nou ja, kijk zelf maar.'

De deur zwaaide open.

'Godschristus, wat een lucht,' mompelde Beg.

'Ik mocht ze niet schoonspuiten van meneer Koller. Niet voordat u ze had gezien, zei-ie.'

De vergelijking van agent Budnik met de Joden van het kamp was accuraat. De mannen leefden, daar was alles mee gezegd. Een van hen tilde zijn hoofd een eindje van de brits toen zij binnenkwamen en keek naar hem, zijn oogleden rood en ontstoken. De ander bleef bewegingloos. Schedelhoofden. Uit hun baarden staken scherpe jukbeenderen.

'En hij?' vroeg Beg.

'Die? Die ligt maar zo'n beetje te liggen.'

'Hebben ze gegeten?'

'Ze liggen zoals ze zijn binnengebracht. Niks aan veranderd.'

'Ze hebben nog niets gegeten?'

De bewaarder keek op zijn horloge. 'Ze zijn net een paar uur binnen.'

Beg nam ze in zich op. Twee, drie broeken waren met touwen vastgesnoerd rond hun magere lendenen. Rond hun ingevallen nekken zag hij de boorden van talloze T-shirts en truien. Rafels, scheuren, slijtgaten. Maar ze hadden de kou overleefd.

Er sloeg een bittere stank van ze af.

Op de schietbaan ratelde een machinepistool. Geërgerd draaide Beg zich om. 'Laat ze ophouden met dat lawaai.'

Zijn ogen zwierven over de lompen, hun vuile handen en gezichten, de bezienswaardigheden van hun schoenen. De schoenen, met ijzerdraad en touw bijeengehouden, waren bijna vergaan aan hun voeten. De schoenen vertelden hem dat ze andere ontberingen hadden gekend dan de zwervers uit de stad, ontberingen die zich in de wildernis hadden afgespeeld. Had de kou ze naar de stad gedreven? Waren ze familie? Wat bond hen?

'Wie zijn jullie?' zei hij binnensmonds.

Het mitrailleurvuur hield op. De mannen waren ziek, ze hadden koorts, hij hoorde hun hijgende ademhaling.

De bewaarder kwam terug, Beg verliet de cel. Hij keek door het kijkglaasje van de cel ernaast. 'Dat meen je niet,' zei hij.

De bewaarder keek op.

'Ik dacht dat die al naar huis was,' zei Beg.

'Die? Nee hoor, meneer zit rustig op z'n post.'

Beg keek weer naar de man daarbinnen. Hij lag op zijn brits met zijn handen onder zijn hoofd gevouwen.

'Da's niet zo mooi,' zei Beg.

'Had-ie weg gemoeten? Ik heb er geen papieren van gezien.'

'Hij kan gaan,' zei Beg. 'Dan is hij voor de kerst thuis.'

'Op blote voeten dan. Ze hebben hem z'n schoenen afgestolen.'

'Wie?'

'Met die zwervers hier toch. Ze staken 'm een pen in z'n nek en jatten z'n schoenen.'

Tot zijn eigen verbazing herinnerde Beg zich die schoenen. Fatterige witte gymschoenen. Een wild gevoel van irritatie bracht hem bijna van zijn voornemen af om hem op vrije voeten te stellen. Hij ademde diep in. 'Hij kan gaan,' zei hij. 'Zorg dat hij genoeg geld heeft voor een buskaartje naar huis.'

In de volgende cel zat een jongen op zijn brits. Hij deelde de cel met een slapende man.

'Zo, jongeman,' zei Beg.

De ogen van het vervuilde joch spuwden vuur. Er zat ontegenzeggelijk meer leven in hem dan in de anderen. Zijn haar stond rechtop; een broodmager leeuwtje.

'Ik heet Pontus. Wie ben jij?'

De jongen haalde zijn neus op en keek naar zijn tenen.

'Je zult wel honger hebben,' zei Beg. 'Ik laat je wat te eten brengen. Waar heb je zin in?'

De ogen van de jongen lichtten op. Meteen daarop sloeg hij beschaamd zijn armen rond zijn knieën en onttrok zijn opengesperde, verraderlijke ogen aan het zicht door zijn kin op zijn borst te laten zakken.

De ander in de cel had messcherpe gelaatstrekken onder zijn vale baard. Hij klappertandde.

Op de gang zei Beg: 'Breng ze dekens en eten. En waar blijft die dokter?'

'Moest-ie komen dan? Wist ik niks van.'

'Waar zit je verstand, man?!'

Achter de laatste deur zat een vrouw. 'Help me,' zei ze.

Ze hield haar onderarmen rond haar buik geslagen. Beg was opgelucht dat ten minste één van hen een paar woorden sprak. 'Waarmee kunnen we je helpen?' vroeg hij overdreven hoffelijk.

Ze zat ineengedoken, tranen trokken sporen over haar beroete wangen. 'Help me.'

Beg draaide zich half om. 'Wat is er met haar?'

De bewaarder haalde zijn schouders op. 'Ze zegt dat ze zwanger is. Maar dat lijkt me toch sterk. Zeg nou zelf...'

HOOFDSTUK 27

Stromend en barstend komt alles tevoorschijn

'Dat is nou 's goed nieuws, Pontus,' zei Semjon Blok aan de telefoon. Hij was onderwijl iets anders aan het doen, iets inspannends, waarbij hij de telefoon tussen kin en schouder klemde zodat de rest van zijn lichaam kon doorgaan waarmee het bezig was. 'Daar betaal ik je voor, voor goed nieuws.'

Beg kon hem nog niet vertellen wie ze waren of waar ze vandaan kwamen, ze hadden nog nauwelijks een woord gezegd.

'Dus ze zeggen niks? Bedoel je dat, Pontus? Buitenlanders, jongen, ze verstáán je niet. Dat is het probleem met die lui. In hun eigen taal zijn ze misschien best nuttig, dan kun je ze nog 's een opdrachtje geven, maar daarbuiten... Paprika's plukken, dat gaat nog net.'

Op de achtergrond lachte een man. Met macht, dacht Beg, heb je altijd de lachers op je hand. Koller en Oksana lachten vaak om dingen die hij niet grappig bedoeld had.

'Je lijkt me niet zo'n prater, wel, Pontus? Misschien moeten we eens gaan vliegvissen, jij en ik, elkaar een beetje beter leren kennen. Wat denk je?'

'Ik ben niet zo'n visser.'

'Het gaat niet alleen om het vissen, maar om de dingen eromheen,' zei de burgemeester. 'Ik ken de beste plekjes. Forellen, jongen, zo krijg je ze nergens. Je zou me 's moeten zien, de een na de ander trek ik eruit. Daar zijn sportvissers amateurs bij, ik zeg het eerlijk. Of ben je meer een jager? Van het zwaardere geschut? Dan gaan we een beer schieten. Heb je wel eens een beer geschoten, Pontus?'

Beg vroeg zich af wat hij ondertussen aan het doen was. Stond hij daar met één arm hout te hakken?

'Ik heb nog nooit een beer geschoten,' zei hij.

'Ach, man, ik heb zoveel beren geschoten, ik ben de tel kwijt. Ik ben misschien wel de beste berenjager die je ooit bent tegengekomen. Ik kan *denken* als een beer, weet je. Je moet voorzichtig zijn. Wachten. Wachten. En dan nog langer wachten. Je hebt één schot. Een gewonde beer is nog veel gevaarlijker. Waar denk je dat je 'm moet raken, in z'n hart of tussen z'n ogen?'

'In z'n hart, zou ik zeggen.'

'Ja, goed, maar wáár moet je 'm dan raken, weet je dat ook?'

'Ik weet niks van beren.'

'Oké, maar waar dénk je dat je 'm moet raken?'

Beg zweeg. Hij keek naar buiten, naar de smalle doorgang tussen twee gebouwen. Eén stap, zo lang duurde een voorbijganger.

'Nou, Pontus? Wat is het eerste wat in je opkomt? Gewoon zeggen.'

'Het leven van de mens tussen hemel en aarde is als een lichtstraal die door een opening in de muur valt: een ogenblik en het is voorbij.'

'Wat zeg je?'

'Stromend en barstend komt alles tevoorschijn; glijdend en vloeiend gaat alles weer naar binnen. Een verandering en hij leeft; nog een verandering en hij is dood.'

'Heb je gedronken, Pontus? Ik vraag je waar je een beer zou raken.'

Beg keek even naar de hoorn. 'Ik zou hem recht van voren raken. In zijn borst.'

'Fout!' juichte Blok. 'Dat zegt iedereen die nog nooit een beer heeft geschoten! Recht van voren heb je maar een kans van vijftien tot dertig procent dat je 'm in één keer omlegt. Dan ben je in de problemen, jongen. Op z'n schouder mikken, boven de voorpoot. Links of rechts maakt niet uit. De borstholte – hart, longen, alles tegelijk. Bam, weer een!'

Semjon Blok was zijn eigen applaus, dacht Beg toen ze hadden opgehangen. Hij produceerde het in oorverdovende hoeveelheden. Eén oor om zijn triomf door naar binnen te bulderen, meer had hij niet nodig om gelukkig te zijn. Het was een uiterst onaangename gedachte om te moeten gaan jagen of vissen met deze man, 'die de beste plekjes kende'. En wat bedoelde hij met 'de dingen eromheen'? Het leek verdomme wel een flikker.

Er viel een beetje sneeuw; licht, monotoon grijs. Oksana kwam binnen met zijn lunch. Noedels en vlees, een glas *kvas*. 'Geen varken,' zei ze. Ze had deze kleine spijswet geaccepteerd als een van zijn eigenaardigheden. Ten teken dat hij haar gehoord had, keek Beg even op van de blocnote waarop hij een briefje schreef.

Aan de burgemeester, de geachte heer Blok,
Naar aanleiding van ons telefoongesprek ~~over beren en vliegvissen~~ van zo-even, wil ik u verzoeken ~~mijn voornaam ongenoemd te laten~~ mij niet meer bij mijn

voornaam te noemen. Het is een ~~hinderlijke gewoonte die u~~ goede gewoonte onder vrienden en familieleden om elkaar bij de voornaam te noemen, ~~maar naar mijn weten zijn wij geen van beide van elkaar~~ maar voor vrienden kennen wij elkaar niet goed genoeg.

Ik stel prijs op een zeker formalisme in onze omgang, zodat de scheiding der machten ook voor onze ondergeschikten duidelijk zichtbaar zal blijven.

Etc. Etc.

Laat die middag, de conceptbrief nog onaf op zijn bureau, daalde hij opnieuw naar de cellen af. Ze hadden gegeten, zei de bewaarder. ‘Als wolven.’

In de badruimte kleedde de eerste arrestant zich uit. ‘Kleren in de zak,’ zei de bewaarder. Hij trok dunne plastic handschoenen aan. Ze waren te klein voor zijn dikke vingers, hij blies erin om ze op te rekken. De arrestant zat naakt op een kruk, boven zijn hoofd rilde de tondeuse. Het gezoem kaatste tussen de betonnen muren. De scherpe tanden van het apparaat trokken rode banen over de hoofdhuid; vuil, aaneengekoekt haar viel op de grond.

‘Kin omhoog.’

Het scheerapparaat bracht een ingevallen gezicht tevoorschijn, de tandeloze mond. Toen alle hoofd- en aangezichtshaar eraf was, wees de bewaarder hem de hoek waar hij moest gaan staan. Gebogen stond hij daar, het helwitte licht op zijn bleke, geplooide huid. Vel over been. De diepe deuk in het bekken, als een kom. De bewaarder wierp de handschoentjes in een prullenbak en zette de brandslang aan. Huiverend kroop de man verder ineen, zijn handen voor zijn geslachtsdelen geslagen. De kracht van de waterstraal duwde hem tegen de achtermuur.

'Omdraaien!'

Hij had geen achterste meer, alleen huidplooien.

De straal stopte.

'Inzepen, vriend. Daar is zeep.'

Met krachteloze hand zeepte de man zich in. Hij was zo stijf als een plank. De hand met het blok zeep reikte tot zijn knieen, dieper kon hij niet buigen, hij zou in twee stukken breken als hij dieper boog. De bewaarder zette de hendel om, de straal raakte hem op zijn ballen.

Toen het gedaan was, kreeg hij een handdoek toegeworpen. Zijn kniegewrichten waren dikker dan zijn bovenbenen. Pezen afgetekend onder de dunne huid.

Hij kreeg plunje van de bedeling, een kabeltrui en een vaal trainingspak. Op de rug van het jasje stond ENERGIE COTTBUS.

Alleen de vrouw werd vrijgesteld van de behandeling met de brandslang, de rest werd geschoren en schoongespoten. Beg wachtte de komst van de dokter af in het kantoortje. Hij las de krant en rookte een sigaret. Op tafel lag een advertentie waarin beveiligers werden gevraagd. Beveiliging was de toekomst. En die was al een tijdje bezig. Het verdiende beter, om te beginnen. Ze hadden minder bevoegdheden maar meer mogelijkheden. Er zouden er meer en meer van nodig zijn; van de politie hadden de rijken weinig te verwachten, ze moesten zichzelf beschermen. Er kwamen steeds meer rijken. In hun schaduw bloeide de bedrijfstak van mannen met oortjes en een groot kaliber Desert Eagle onder hun jasje. Hij was er veel jongens aan kwijtgeraakt. Soms dacht hij erover om zelf te deserteren, maar het bleef bij dagdromen. Gewoonte hield hem op zijn plaats. Het comfort van zijn positie.

De bewaarder kwam hem halen voordat hij de laatste onder handen nam. Ze keken naar het bleke lichaam vol tatoeages. Een bajesklant. Tussen zijn schouderbladen was een kerk afgebeeld. Op zijn kuit een swastika. Harten en prikkeldraad overal; de codetaal van het cachot. Beg wist dat elke koepel van de kerk op zijn rug een veroordeling betekende, maar de meeste afbeeldingen hadden een verborgen betekenis voor hem.

De dokter was een nieuweling, een vrouw. Beg had haar niet eerder gezien. Goed opgeleide vrouwen gaven hem over het algemeen een ongemakkelijk gevoel.

Ze kwam vrijwel meteen de cel van de vrouw weer uit en vroeg gejaagd: 'Latex handschoentjes, hebben jullie die?'

Foeterend kwam ze even later het kantoortje binnen. 'Ze is hoogzwanger! Ze hoort hier helemaal niet te zijn!' Ze probeerde haar woede eronder te houden, maar Beg herkende de signalen.

'Ze moet opgenomen worden. Hoe lang zit ze daar al?'

'Een paar uur,' zei Beg.

'Ik wil de anderen zien.'

Stil kwam ze later terug uit het cellenblok. 'Is er iets te drinken?' vroeg ze.

De bewaarder draaide de dop van een fles en schonk water in een mok.

'Wie zíjn die mensen?' vroeg ze.

Beg haalde zijn schouders op.

'De jongen moet ook worden opgenomen. Hij is ondervoed. Allemaal, maar hij en de vrouw moeten acuut intraveneus worden gevoed. De anderen kunnen onder voorwaarden hier blijven. Ze zijn ziek, ik heb ze alvast koortsremmers gegeven. Ze hebben aangepaste voeding nodig, het kan gevaarlijk zijn om ze zomaar alles te geven. Doet die telefoon het?'

Later die middag werden de jongen en de vrouw uit hun cellen gehaald en naar het psychiatrisch ziekenhuis gebracht, waar ze achter slot en grendel zouden blijven. De dokter gaf voedingsinstructies voor de anderen en zei dat ze de volgende dag zou terugkomen. Haar hakken galmden in het trappenhuis.

'Pittige tante,' zei de bewaarder.

Rond dezelfde tijd kwam het nieuws dat de bijenkorf in grote opwinding bracht. In de bagage van de zwervers was het hoofd van een man gevonden. Pas toen er een afgrijselijke stank door de kamers en gangen kroop, waren ze ertoe gekomen hun bezittingen te onderzoeken en hadden ze het ontdooide hoofd gevonden. Met een arm of een doek voor hun mond en neus geslagen keken ze naar het paarszwarte, verminkte ding. Het was stijf in plastic gewikkeld, toen ze het eraf hadden gepeuterd, bleven de neus en de lippen hun platgedrukte aanzien behouden. Een mondhoek was opgekruld en onthulde een paar gebroken gele tanden. De oogbollen waren gebarsten en leeggelopen. Een man gaf over.

Ze weken van de tafel terug toen de commissaris binnenkwam. Hij nam de handdoek die hem werd toegestoken. Het hoofd lag achterovergeheld. Wat je ook deed, hoe je je ook vermande, het wende nooit. Je kon er een houding tegenover aannemen, maar aan de innerlijke schok viel niet te ontsnappen.

Daar waar de hals van het lichaam gescheiden was, waren grove snijwonden te zien.

Alleen een hoofd, andere lichaamsdelen waren niet gevonden.

Een hoofd, verdomme, dacht Beg. Wie droeg er nou een los hoofd bij zich? Een pikzwart, kwaadaardig ding. Het zag eruit als kanker. Het stonk ook als kanker.

Was het een neger of was de kleur veroorzaakt door de ontbinding? Er kwamen weinig negers voor in dit deel van de wereld. De omstandigheden waren niet gunstig voor ze. Als er eens een in de stad was, werd hij om de haverklap in elkaar geslagen. Een dj van Club Tarot was neergestoken op straat. Negers hadden het niet gemakkelijk hier, ze bleven nooit lang.

Beg bracht het hoofd secuur in kaart. De wonden op zijn hoofd en wangen, de verbrijzelde wenkbrauwboog. De kou en het strak gebonden plastic hadden de ontbinding vertraagd – vanaf nu zou het vlug gaan. Pas op de gang nam hij de handdoek voor zijn neus weg.

HOOFDSTUK 28

Dit zal het verbondsteken zijn tussen Mij en jou

Beg was in slaap gevallen boven de voorschriften die de Eeuwige aan Zijn volk gegeven had. Hij had zich voorgenomen om alles te lezen wat je moest weten, en dan te bepalen of hij een religieuze jood zou worden of alleen maar een Jood van geboorte zou zijn. Hij had de naïeve hoop dat het antwoord als vanzelf uit al die boeken en geschriften tevoorschijn zou komen. Het was een titanenarbeid. Hij las langzaam, hij wilde niets overslaan, alles kon van belang zijn voor zijn uiteindelijke bestemming.

Nu was hij dan in slaap gevallen boven het derde boek van de Thora. Er steeg een geur van schimmel en wierook uit op. De levensbeschrijvingen van Abraham, Isaak en Jakob had hij met plezier gelezen. De zon van het Heilige Land brandde op zijn gezicht, hij hoorde het mekkeren van de offerbokjes en legde zijn hoofd op een steen te ruste.

Leviticus hield zijn aandacht niet lang vast. De Eeuwige was vrij gedetailleerd in Zijn voorschriften, Hij liet niets aan het toeval over. Zijn taaie precisie had Beg in slaap gewiegd. Een speekseldraad hing tussen zijn mond en het tafelblad. Moeizaam ging zijn adem in en uit, zodat hij uiteindelijk wakker werd van ongemak. Op de zwijgende televisie werd een man in travestie uitgelachen door een publiek met wijd open monden. O, hoe dol was iedereen tegenwoordig op de man in vrouwenkleren! In hoeveel programma's dook hij niet op? Dat eenmanscarnaval, die mislukte clown, luidruchtig en boers, het geboren slachtoffer. Hij was boksbal en zondebok, je kon hem slaan en beschimpen zoveel je wilde, hij krijste en kronkelde maar leek wezenlijk immuun voor het geweld dat hem werd aangedaan.

Het was na elven. Beg veegde met de rug van zijn hand langs zijn lippen. Hij liep naar de televisie. Zijn achillespezen deden steeds vaker zeer als hij opstond. Het leek of ze te kort waren geworden tijdens de slaap, hij was bang dat ze op een dag zouden afscheuren. Hij zette het geluid van de televisie aan, gelach spoelde door de kamer. De travestiet rende door de studio maar voordat hij de coulissen in kon vluchten had een bodybuilder in een bespottelijk gympakje hem al te pakken. Het aftuigen begon weer van voren af aan. 'Heren! Heren!' riep de presentator. En met een schuin oog naar de camera: 'Of moet ik heer en *dame* zeggen?!'

Opnieuw de lach die van de tribunes rolde.

Soms dacht Beg dat de behoefte aan wreedheden en leedvermaak hoorde bij een arm volk dat zelf veel te lijden had. De pijn van anderen was een afleiding van het eigen leed, de bestaanszorgen. Maar Koller had gezegd dat er in Japan nog veel wredere programma's op de televisie te zien waren, hij had er op internet voorbeelden van gezien – en de Japanners waren een beschaafd, welvarend volk. Nergens ter wereld, zei Koller, werd er zo hard gelachen om andermans pijn, en dat was het einde van Begs theorie, ingezakt als een pudding toen ze aan de werkelijkheid werd getoetst.

Hij poetste zijn tanden en bekeek zijn gezicht in de spiegel. Hij rolde met zijn ogen en opende zijn mond. Hij draaide zijn hoofd zo ver mogelijk naar links en naar rechts – alles deed het nog. Dat was alles wat hij erover kon zeggen: alles deed het nog.

Laat die middag was het bericht van de patholoog-anatoom binnengekomen: het gevonden hoofd was inderdaad dat van een neger. Vraatsporen wezen erop dat het enige tijd buiten gelegen had. Hoe lang viel niet met zekerheid te zeggen. Zeker was dat de man – daar kwam ze, dacht Beg, zijn favoriete formulering – door inwerking van geweld met een stomp voorwerp om het leven was gekomen.

Morgen zou hij er een of twee verhoren, hoe verzwakt ze ook waren. Ze waren opgepakt vanwege het publieke onbehagen, maar nu er een misdrijf bij was gekomen, was de temperatuur van het geval omhooggeschoten.

In bed waren zijn gedachten nog springerig en wakker. De misdaad had hen bijeengebracht, of gehouden. Ze hadden het bewijs, een hoofd, met zich meegedragen. Het herinnerde ze aan de misdaad. Waarom wilden ze daaraan herinnerd worden? Welk nut? Die vraag hield hem uit zijn slaap. Zijn ogen zwierven over het plafond – een bleke vlek, die evengoed een kilometer ver weg kon zijn als twee meter. Ze hadden kunnen weten dat het hoofd gevonden zou worden, eens, op een dag. Ze hadden de gevolgen voor lief genomen. De consequenties waren ondergeschikt aan een ander, groter belang. De betekenis van het hoofd. Het symboliseerde iets, het stond ergens voor.

In de loop der jaren was Beg misvormingen in alle soorten en maten tegengekomen. Altijd weer kwam er een moment dat iemand niet meer nadacht over de consequenties van zijn daden, de straf die hem wachtte, maar nog slechts zijn natuur volgde.

Vorige winter: twee zwervers hadden een hond opgegeten. Sommigen zagen een gezelschapsdier, anderen een lekker hapje – de grenzen waren niet voor iedereen hetzelfde. De eigenaar van de hond was het park in gegaan en had met een bijl de schedels van de zwervers ingeslagen. De eigenaar onderging zijn arrestatie gelaten, hij was bereid de prijs te betalen voor het volgen van zijn natuur. 'Laat ze met hun vuile rotpoten van m'n hond afblijven,' had hij gezegd, en iedereen op het bureau had begrepen wat hij bedoelde. Het was een harde wereld, kinderen en huisdieren vertegenwoordigden nog een soort laatste onschuld, daar bleef je af.

Beg was bezorgd over de algemene sympathie voor de bijlman. Je wist hoe dichtbij de chaos was als je instemde met iemand die anderen de kop insloeg omdat ze zijn hond hadden opgegeten. 'Houd duim en wijsvinger zo dat er nauwelijks meer licht tussendoor valt, dan weet je hoe dichtbij de chaos is,' had hij tegen zijn mensen gezegd. Zij waren er juist om dat beetje licht, dat minuscule kiertje, te bewaken – zo goed en zo kwaad als dat ging.

In steeds wijdere kringen dreven zijn gedachten, tot hij in slaap viel en dingen droomde die hij de volgende morgen weer vergeten zou zijn. Hij herinnerde zich zijn dromen nooit.

's Morgens nam hij een douche en piste in het putje. Alleen na het opstaan piste hij nog net zo krachtig als vroeger.

Hij zou zich, als hij zich bekeerde, moeten laten besnijden. Daar was geen twijfel over, de Eeuwige eiste dat.

> Dit is Mijn verbond tussen Mij en jullie en jullie nakomelingen, waaraan jullie je moeten houden: Besneden wordt bij jullie, al wat van het mannelijk geslacht is. Jullie moeten de voorhuid van jullie lichaam besnijden en dit zal het verbondsteken zijn tussen Mij en jou.

Abraham was negenennegentig jaar toen hem dit werd opgedragen. Hij besneed alle mannen onder zijn dak en daarna zichzelf. De Eeuwige wilde een merkteken aanbrengen op het lichaam van zijn volk, Hij verlangde bloed en pijn, het verbond was niet alleen geestelijk maar ook fysiek.

Wat zou Zita ervan vinden als zijn voorhuid opeens verdwenen was? Hij kon haar afkeuring nu al horen. Zoals ze ook niets begreep van de tafel vol boeken in de woonkamer.

'Kijk,' had hij gezegd, 'dit lees je niet van voor naar achter, maar zo... je begint achter in het boek.'

Ze keek alsof ze kennismaakte met een buitengewoon bedenkelijk soort nieuwlichterij.

De boeken dienden als voorbereiding op de mededeling dat er binnenkort geen varken meer gegeten zou worden in zijn huis, zoals die mededeling diende als voorbereiding op zijn eventuele besnijdenis. Hij had haar niet verteld over zijn ontmoetingen met de rabbijn, noch over het feit dat hij nu tot het joodse volk behoorde. Zoiets moest in kleine hapjes worden gebracht. Geleidelijkheid leek hem de beste strategie. De schoksgewijze manier kon ongewenste gevolgen hebben. Ze kon zeggen: 'Doe normaal, Pontus, ik ben katholiek, ik slaap toch niet met een jood! Dat had je toch kunnen weten?!'

Hij was er niet gerust op. Het meest vreesde hij haar dode moeder. Het secreet fluisterde haar dochter van gene zijde valse raad in. Het was een slechte zaak als de doden het hier voor het zeggen kregen. Laat de doden zich met de doden bemoeien en de levenden met de levenden.

Hij kon het zich niet permitteren Zita te verliezen. Er waren andere vrouwen die hij kon betalen, Morris zat er vol mee, maar ze zouden nooit zo vertrouwd raken als Zita. Ze zouden hinderlijke gewoontes hebben. Kauwgom. Sublieme lichamen. Woorden die hij niet kende.

Hij zou hun desinteresse niet verdragen.

Tina! Ja, Tina, maar die was uitgestapt. Die had zich bekwaamd in gehaktbrood.

Als Zita zijn huis binnen kwam, trok ze haar schoenen uit en verruilde die voor een paar sloffen dat ze in de gangkast bewaarde. In zijn keuken was ze thuis als in die van haarzelf. Ze nam het fornuis af en zette water op voor soep. De soep trok terwijl ze het huis deed, de soep en zij waren een paar uur later tegelijk klaar. Ze hadden geen van beiden haast.

Zijn uniformen hingen gesteven in de kast, ze naaide bretelknoopjes in de band van zijn broeken (hij droeg een riem én bretels, alsof hij er niet op vertrouwde dat zijn broek op zijn plaats zou blijven), en elke twee maanden verwisselde ze de lokdoosjes voor de motten.

Op de avonden dat ze blijft, komt de fles op tafel. De rest van de transactie verloopt in lichte beneveling. Ze luistert ademloos naar zijn verhalen over misdadigers en achtervolgingen, die hij allemaal al eens heeft verteld. Soms geeft hij een draai aan de omstandigheden, de omgeving of de gebeurtenissen waardoor het verhaal weer nieuw wordt. Het resultaat verbaast hem soms zelf. Dan kijken ze televisie tot het tijd is om naar bed te gaan.

Ze trekt zich terug in de badkamer en komt er even later uit tevoorschijn in een hardroze nachthemd dat tot op haar enkels valt. Ze gaat naar de wc en schuift onder de lakens. Hij volgt dezelfde route maar legt die eens zo vlug af. Geduldig ligt ze op hem te wachten.

Hij doet het licht uit.

Nu horen we alleen nog het ruisen van lakens. Positiebepalingen, het schuiven van lichamen die elkaar naderen. Haastige verkenningen in het donker, het 'wacht nog even, Pontus'. Hij voelt zich nog eens zo zwaar worden van verlangen, een kapseizend schip. Dan zijn lichaam op het hare, hun buiken die tegen elkaar klotsen. Geritsel, zijn stem die fluistert: 'Wat heb je toch allemaal aan, mens.'

De hare die zegt: 'Au! Je bent toch geen soldaat, Pontus?!'

Maar hij is wel een soldaat. Een soldaat die uit de oorlog terugkeert, hij heeft al zo lang geen vrouwenlichaam meer gevoeld. Hij is de minnaar van het tekort, zijn daden laten zich in luttele minuten beschrijven.

HOOFDSTUK 29

Rusteloze benen

De verhoorkamer bevindt zich op de tweede verdieping. De gietijzeren radiatoren gloeien. Op de dossierkaart van de eerste arrestant staat 'man, naamloos, leeftijd onbekend'.

De man is alleen in de kamer. Hij kan zijn benen niet stilhouden. Zijn benen zijn nog onderweg terwijl de rest van zijn lichaam tot stilstand is gekomen in een verhoorkamer. Zijn geboeide handen liggen in zijn schoot. De handen zijn rustig. Die gaan nergens meer naartoe.

Wanneer Beg de kamer binnen komt, houdt hij zijn benen even stil, maar voor de commissaris de tafel heeft bereikt is het gewiebel alweer begonnen.

Beg gaat zitten. Hij legt een map op tafel en haalt er papieren uit. Hij spreidt ze voor zich uit en kiest een pen uit zijn borstzak. Zwarte inkt. Hij heeft ook rood en blauw.

Met een klikje komt de punt tevoorschijn.

'Zo,' zegt hij, 'eerst maar 's een naam.' Hij kijkt op. 'Naam?'

De man kijkt en zwijgt.

'Geen naam,' zegt Beg. Hij haalt diep adem en leunt naar voren. 'Mijn naam is Beg,' zegt hij dan. 'Ik ben de commissaris hier.'

De man staart naar een punt achter hem. Zijn schouders zijn een kleerhanger voor het trainingsjasje dat hij draagt.

Het is moeilijk voor te stellen hoe hij eruit zou zien met vlees op zijn botten.

Beg heeft de verregende tatoeages op zijn lichaam gezien. De iconen van de bajesklant. En ook de littekens van de spuit. Daarom is hij als eerste aan de beurt. Met junks valt te onderhandelen.

'Dus,' zegt Beg, alsof hij een gesprek hervat dat even is onderbroken. De man verroert zich niet. Dat hij nog geen naam heeft is lastig. Met een naam kun je vleien en slaan, het is het begin van een verstandhouding. Met een naam begint het spel. De onderhandeling. Maar er zijn bij geen van hen identiteitsdocumenten gevonden.

'We hebben het hoofd gevonden,' zegt Beg. 'Wie van jullie had het bij zich?'

Stilte.

'Was dat jouw tas?' Hij knipt met zijn vingers. 'Hé, hallo!'

De ogen van de man komen even los van de muur, maar worden er meteen weer naar teruggetrokken.

'Daar hebben we een probleem,' hervat Beg. 'Wat jullie verder allemaal van plan waren kan ik niet beoordelen, maar het hoofd...'

De man zegt niks, soms vallen zijn ogen dicht. Het is of hij jaren niet geslapen heeft.

Beg herinnert zich een zin uit een handboek op de politieschool: 'Het slachtoffer is overleden als het hoofd duurzaam van de romp gescheiden is.'

Dat 'duurzaam', daar ging het om, daar hadden ze zo om gelachen.

Beg krabt met een nagel over een oneffenheid op het tafelblad. Ze zitten nu tien minuten tegenover elkaar. Hij maakt zich niet druk. Als er één ding is dat hij goed kan, dan is het zwijgen. Wachten en zwijgen. Hij heeft geen haast.

Tegenover hem, leerde Beg op de academie, zat een wezen dat aan zijn zonde dacht. Steeds luider echode daarbinnen de misdaad die hij beging. Ze zocht een opening om door naar buiten te kruipen, om uitgeschreeuwd te worden. Ook al zou de misdaad zich in het allerdiepste donker hebben voltrokken, hij zag haar nu voor zich in het helderste licht. Hij kon aan niets anders meer denken. Je kon haar bijna zien gebeuren achter zijn ogen. Zijn lichaam leek alles in het werk te stellen om de misdaad uit te drijven, om verlost te worden van de schuld, alleen de geest verzette zich nog. Maar zijn lichaam zou hem verraden. Het maakte de geest rijp voor capitulatie.

Beg kijkt naar de man tegenover zich en twijfelt. Het lijkt of de man niet aanwezig is, maar ergens ver van hier.

'Roken?' vraagt Beg.

Hij steekt zelf een sigaret op en schuift het pakje met de aansteker erbovenop naar de overkant van de tafel. Zelden heeft een junk maar één verslaving.

De man strekt zijn handen naar het pakje uit. Zijn handboeien zijn aan een ring op tafel bevestigd, hij kan er net bij. Hij mist twee vingers aan zijn rechterhand. Hij neemt een sigaret uit het pakje en steekt hem tussen zijn lippen. Het wieltje schraapt over het vuursteentje, dan de vlam, het zachte knetteren van papier en tabak. Hij houdt zijn ogen dicht als hij de rook in zijn longen zuigt. Het genot is in zijn leven teruggekeerd. Dankzij de man tegenover hem. Hij weet het nog niet, maar vanbinnen zijn dankbaarheid en afhankelijkheid een aarzelend verbond aangegaan – hij wordt rijp gemaakt voor een regime van straf en beloning. Hij zal dankbaar zijn voor beide, zowel de straf als de beloning heeft hij verdiend.

Het is een hard oneffenheidje op het tafelblad. Met zijn nagel krijgt Beg het niet weg.

Er is geen asbak, aan Begs sigaret hangt een askegel. Hij staat op en loopt naar de deur. Met zijn voet houdt hij de deur open en roept naar iemand daarachter dat hij een asbak moet brengen.

Halverwege zijn sigaret begint de man verschrikkelijk te hoesten. Het lijkt of hij stikt.

'Lang geleden zeker?' vraagt Beg als hij een beetje tot bedaren is gekomen.

De man knikt, zijn ogen vol tranen.

'Hoe lang?' vraagt Beg.

De man glimlacht en haalt zijn schouders op. Lang geleden.

'Een paar maanden? Een halfjaar?' vraagt Beg.

De glimlach wijkt. Een uitdrukking van oneindige droefheid komt ervoor in de plaats. Hij buigt voorover en drukt zijn sigaret uit in de asbak. Met de rook verwaait de vraag.

'Waar kom je vandaan? Is er iemand die we kunnen laten weten dat je hier bent? Vrouw, kinderen, familie? Iemand zal toch willen weten waar je bent?'

'Geen familie,' zegt de man. Een onvaste stem.

'En waar kom je vandaan?'

Hij schudt zijn hoofd. 'De haag... De haag der verschrikkingen.'

'Wat is dat?'

'De stroper zegt... hij zegt dat we daardoorheen moeten trekken, dat we dan thuiskomen.'

'Wie is de stroper?'

De man zweeg.

'Weet je waar je nu bent?'

Maar hij is weer in zichzelf afgedaald, waar Beg hem niet kan bereiken.

'Je bent hier omdat er een hoofd van een man in jullie bagage is gevonden,' zegt Beg. 'Jullie zijn allemaal verdachte, tenzij jij me vertelt wie hem zijn hoofd heeft ingeslagen. Dan loop je binnenkort weer vrij rond.'

De man zwijgt.

'Die haag, vertel eens, hoe ziet die eruit?'

Maar aan de overkant blijft het stil. Beg trommelt op tafel. De bovenramen zijn grijs als een televisiescherm. Het heeft weer gesneeuwd vannacht. Toen hij vanmorgen buitenkwam was het windstil en koud.

Het hoofd van de man is op zijn borst gezakt. Zijn ademhaling is diep. Slaapt hij weer?

Eerder die morgen, toen hij het bureau binnen kwam, had Oksana gezegd: 'De burgemeester is er.'

Slechter had zijn dag niet kunnen beginnen. Oksana rolde met haar ogen.

'Hij is in de kelder.'

Problemen, wist Beg als ze met haar ogen rolde.

Blok was met twee van zijn mannen binnengekomen en had zich naar beneden laten brengen. Toen Beg binnenkwam, had hij de gevangenen juist laten aantreden. Huiverend stonden ze voor hem.

'Pontus!' riep Blok.

De deur viel achter hem in het slot. Hij stond daar en keek.

Kijken vertraagde de gebeurtenis, je won tijd om te bedenken wat te doen.

'Wat een scharminkels, man,' zei Blok. 'En wat hoor ik, ze hadden een *hoofd* bij zich? Een *hoofd?* Pontus, even... Waarom bel je me niet bij zulke dingen? Eén telefoontje, hè?' Zijn duim en wijsvinger bootsten een telefoon na. Beg noteerde: druk, praterig. Rode ogen, pupillen als sleutelgaten.

Stakkerig stonden de arrestanten op een kluitje, hun geschoren hoofden gebogen. Geknakte zonnebloemen.

Met korte, ingehouden armbewegingen manoeuvreerde Beg de gevangenen terug hun cellen in.

'Hé, Pontus, wat maak je me nou, man, hé.'

Beg draaide zich om. Semjon Blok kwam dichterbij, hij leek van plan Beg aan de kant te duwen. Beg rook whisky. Ze hadden de hele nacht doorgehaald op drank en cocaïne. Toen hadden ze zin gekregen in een verzetje. Het feest moest altijd doorgaan.

'Iedereen eruit nu,' zei Beg. 'Het is hier geen modeshow.'

Blok zwaaide zijn wijsvinger voor zijn gezicht heen en weer. 'Nee, Pontus, dat doe jij helemaal verkeerd. Daar ga jij niet over.'

Beg bleef bewegingloos. Woede had de weg voor hem gebaand, nu kon hij niet meer terug. 'Hup,' zei hij, 'eruit nu.'

'Pontus, Pontus.' Semjon Blok schudde zijn hoofd, maar zijn daadkracht was verschrompeld, hij was opeens zo ongelofelijk moe. Kon hij niet even ergens gaan liggen hier?

'Je bent brutaal, Pontus,' zei hij. 'Heel brutaal.'

Hij wenkte zijn begeleiders. De bewaker drukte op de zoemer, de deur ging van het slot. Met een zwakke lach van ongeloof verliet Blok de ruimte, de nederlaag als een aap op zijn rug.

De bewaker kuchte. ‘U hebt ze in de verkeerde cellen gestopt, ben ik bang.’

Beg boorde zijn wijsvinger in de lucht. Alleen dat. De mond van de bewaker klapte dicht als de bek van een hond die naar een vlieg hapt.

Dit zal Blok hem niet vergeven. Ergens, op een onbewaakt moment, zal hij terugslaan, en Beg zal aan deze morgen terugdenken.

Het burgemeesterschap heeft Semjon Blok een bijna onbegrensde macht gegeven. Michailopol is zijn privébezit. Hij parkeert zijn zwarte Cadillac Escalade op de stoep, hij rijdt te hard, hij negeert elk stoplicht. Zijn grondbezit is tijdens zijn bewind verdubbeld. Niemand legt hem een strobreed in de weg, hij staat boven de wet.

Zelfbevoordeling, smeergeld, nepotisme – ze vormen weliswaar een systeem, maar het systeem is gebrekkig en kortzichtig. Beg heeft de laatste tien, vijftien jaar alles zien vertragen, het hele economische leven is onder de invloed van vriendjespolitiek en hebzucht gekomen, er wordt geen grond meer verkocht en geen huis meer gebouwd zonder dubieuze vergunningen en onderhandse betalingen – zodat er vaker nog helemaal niets meer wordt gebouwd. De verhoudingen zijn vastgelopen in de modder van corruptie; niemand kan een ander tot de orde roepen want iedereen heeft vuile handen. Niemand kijkt verder dan zijn eigenbelang. Geen bestuurder of overheidsfunctionaris die aan de lange termijn denkt. Het is een systeem dat je deelname eist; doe je het niet, dan plaats je jezelf buitenspel. Het corrumpeert uiteindelijk zelfs de zuiverste ziel. Zo verrot alles.

Hij heeft vanmorgen niet alleen de eer van Semjon Blok gekrenkt, maar ook het systeem onklaar gemaakt. Niet voor lang. Het zal zich wreken. Het zal hem uitsluiten, ergens, op enig moment, niet lang van nu. Zijn positie zal worden ondermijnd, hij zal het veld ruimen. Hij weet het, zo gaan die dingen. Het systeem beschermt je zolang je meewerkt.

Hij is er kalm onder, het moest er eens van komen. De openlijke vijandigheid tussen hem en Blok heeft hem in zekere zin opgelucht. Hij heeft een mespunt in het abces gestoken, de stinkende pus die eruit opwelde heeft hem herinnerd aan een waardigheid die hij lang geleden verloren heeft.

Later vandaag zal Blok zijn brief ontvangen.

Hij laat de gevangenen uit elkaar halen. In isolatie zullen ze eerder onder de vreemde toverkracht vandaan komen die hen bindt.

HOOFDSTUK 30

Astro Boy

Hij loopt in de schaduw van het psychiatrisch hospitaal naar de hoofdingang. Sneeuw knerpt onder zijn zolen. Het pleister op de muren schilfert, het gebouw lijdt aan psoriasis. De ramen zijn hoog en gebogen, bij de ingang waken twee zandstenen ridders in uitsparingen in de muur, bijna hun hele gezicht bedekt door een helm. Het besef dat de invloed van Wenen eens helemaal tot aan Michailopol reikte, verbaast Beg telkens weer.

De jongen ligt in een lichte, hoge kamer. Een infuus druppelt calorierijke voeding in zijn aderen. Hij heeft de donkere huidskleur van een zigeuner of een Arabier. Hij ligt achterover in de kussens, hij slaapt. De verpleegsters hebben hem verwend, ze hebben snoepjes gegeven en suikerharten gebracht. Op het nachtkastje staat een fles Coca-Cola, echte, geen namaak. Hij had nog nooit Coca-Cola gedronken, zei de zuster. Aan de muur hebben ze kleurplaten van herten en zeerovers gehangen, al lijkt hij daar een beetje te oud voor. Zijn geschiedenis heeft hun doenerige verpleegstersharten geraakt. Ze weten dat hij uit vuilnisbakken heeft gegeten. Ook het nieuws van het afgesneden hoofd heeft het hospitaal bereikt, maar ze kunnen zich niet voorstellen dat de jongen – hun vogeltje – kwaad heeft gedaan. De zwangere vrouw verderop in de gang zien ze daar evenmin voor aan. En bovendien, ze waren toch in het gezelschap van mannen? Mannen zijn het kwaad van de wereld.

Beg kijkt door het raampje in de deur naar de jongen. Opeens beginnen achter de deuren een paar gekken tegelijk te schreeuwen – een dierentuin. De jongen fronst zijn voorhoofd in zijn slaap. De zinloze alarmkreten gaan door merg en been.

Het lijkt of de jongen zal gaan sterven aan een ziekte van vroeger, zo mager is hij. Doorschijnend haast.

'Praat-ie?' vraagt Beg aan de verpleegster.

Ze knikt. 'Soms.'

'Zijn naam? Heeft hij die gezegd?'

'Dat niet. Andere dingen wel. We hebben ze opgeschreven, zoals ons is gevraagd. Niet zoveel bijzonders, hoor. Dat dit het zachtste bed is waar hij ooit in heeft geslapen. En dat hij een broer heeft. Hij komt uit een boerenfamilie. 't Is een goed joch.'

Ze draait de deur van het slot en gaat hem voor de kamer in. 'Bezoek voor je.' De jongen kijkt met grote ogen naar Beg. De verpleegster controleert het infuus en verlaat dan de kamer.

Beg heeft een paar stripblaadjes voor hem meegenomen, hij legt ze op bed. 'Je zult je wel vervelen hier,' zegt hij. Het zijn Japanse strips, ze gaan over Astro Boy, een robotjongen met een hart. Hij heeft er een doorgebladerd; Astro Boy vecht op aarde en in de kosmos tegen het kwaad, als hij vliegt worden zijn onderbenen weergegeven als de vlam uit de naverbrander van een gevechtsvliegtuig. De jongen grist de strips weg en steekt ze onder de dekens.

Schaarste, denkt Beg.

Hij zet een stoel naast het bed maar gaat er niet op zitten. Door het tralieraam kijkt hij naar buiten, zijn handen op zijn rug. Een park, schitterend wit. De noordkant van de bomen is met fijne sneeuw bestoven. Misschien wordt hij wel tuinman als zijn tijd bij de politie erop zit. Een man met een kruiwagen en een schoffel. Hij weet het een en ander van gewassen en seizoenen. Zijn bloembedden zullen de patiënten een troost zijn.

'Het heeft gesneeuwd,' zegt hij. 'Er komt nog meer aan. Jullie waren net op tijd binnen.'

Hij draait zich om, loopt naar het bed en gaat zitten. De neutrale kilte in de blik van de jongen vindt hij onaangenaam. Kinderen geven hem soms een minderwaardig gevoel, alsof hij verraad heeft gepleegd door volwassen te worden. Weer die lichte herinnering aan die jongen bij de sluis, het magere, *effectieve* lichaam, nog zonder vet en zonder herinneringen, vastgepind tussen afsprong en neerkomen; zo kijkt een drieënvijftigjarige man naar een jongen van dertien, van een afstand die even groot als klein is.

Deze dingen kan hij de jongen in het bed niet vertellen, hij zou het niet geloven. In zijn wereld zijn volwassenen altijd geweest zoals ze nu zijn, eerdere manifestaties zijn ongeloofwaardig.

'Hoe heet je?' vraagt hij.

Geen antwoord.

'Waar komen jullie vandaan?'

Een beetje tot zijn verbazing hoort hij de jongen zeggen: 'Dat weet ik niet.'

Een hoge heldere stem, als van een meisje bijna.

Beg leunt naar voren, zijn onderarmen rusten op zijn benen. 'Hoezo weet je dat niet? Je weet toch waar je vandaan komt?'

De jongen haalt zijn magere schouders op. Vogelbotjes. Dan zegt hij: 'Ik heb jou gezien toen die man mijn haar afschoor.'

'Dat klopt,' zegt Beg. 'Ik ben de baas van het politiebureau.'

De jongen strijkt met zijn vrije hand over zijn geschoren hoofd.

'Je hebt er geen idee van hoe vies het was,' zegt Beg. 'Hoe lang had je je haar al niet gewassen?'

'We hadden toch geen zeep,' zegt de jongen verongelijkt.

'Dat is waar,' zegt Beg. Hij schraapt zijn keel. 'Maar nou weet ik nog altijd niet wie je bent en waar jullie vandaan komen.'

'Je was er niet bij,' zegt de jongen. 'Dan hoef je het ook niet te weten.'

Beg grinnikt. 'Ik zou je graag gelijk geven, maar in jullie bagage hebben we een mensenhoofd gevonden. Wist je daarvan?'

De jongen blijft bewegingloos.

'Iemand van jullie heeft die man zijn schedel ingeslagen,' zegt Beg, 'en toen het hoofd afgesneden. Daarmee komen jullie op mijn terrein, het terrein van de misdaad. Ik wil alles weten over wie het gedaan heeft, en waarom. Dan kan de rest naar huis.'

Een floers is neergedaald over de ogen van de jongen. 'Je was er niet bij,' herhaalt hij zwak.

'Daarom moet jij me juist vertellen wat er is gebeurd, omdat ik er niet bij was. Des te eerder ben je hier weg. Je wilt hier toch niet blijven?'

De jongen schudt zijn hoofd. Zijn ogen dwalen over de muur.

'Je wilt toch naar huis?' vraagt Beg.

De jongen tuit zijn lippen en schudt bijna onzichtbaar zijn hoofd. Ergens begint een gek te schreeuwen. 'Bek! Dicht! Bek! Dicht! Bek! Dicht!' gilt een ander.

'Ze schreeuwen dag en nacht,' zegt de jongen zacht. 'Waarom schreeuwen ze?'

'Dat doen gekken nu eenmaal. Niemand weet waarom.'

De jongen schuift met zijn voeten onder de deken.

'Hoe heet je?' vraagt Beg. 'Dat kun je me toch wel vertellen?'

'Niemand hoeft dat te weten.'

'Ik wel. Ik moet dat weten. Zonder naam ga ik hier niet weg.'

'Nacer Gül,' zegt de jongen.

'Dus je heet Nacer Gül,' zegt Beg langzaam. 'En waar kom je vandaan, Nacer Gül?'

'Je zou weggaan.'

'Ho, let op, ik zei dat ik niet zou weggaan zónder naam, niet dat ik zou weggaan mét een naam.'

Hij ziet geamuseerde verbazing bij de jongen. Het woordspel bevalt hem.

'Wanneer ga je dan wel?'

'Als ik alles weet.'

Een zucht. 'Dan pas?'

'Dan pas.'

'Het gaat niemand wat aan. Alleen die erbij waren. Ik kan het niet uitleggen. Jij was er niet bij.' Hij kijkt Beg aan. 'Dan kun je het niet begrijpen.'

Aan het voeteneinde schuiven twee bulten heen en weer.

'Je moet me niet onderschatten,' zegt Beg. 'Ik kan heel veel begrijpen. Ook dingen waar ik niet bij was. Ik ben vierendertig jaar bij de politie, ik heb heel wat dingen gezien. Hele erge dingen, maar ook hele grappige. Misschien kan ik juist wel te veel begrijpen.'

'Wat is dan het ergste wat je hebt gezien?'

'Er is geen hiërarchie, er zijn alleen dingen die je vergeet en andere waar je aan terugdenkt.'

Het is even stil, dan zegt hij: 'Ik denk vaak terug aan een bepaald meisje. Wat we denken, wat je zo'n beetje kon opmaken uit wat ze bij zich had, is dat ze aan het liften was. Het was zomer, ze droeg zomerkleren. Ze werd gevonden in een greppel langs de weg. Ze heeft daar de hele winter gelegen. In haar tas zaten een dagboek, foto's, kaartjes voor een rockconcert. Gewoon een meisje, misschien iets meer een durfal dan andere meisjes... Ze heeft net een beetje te veel risico genomen, denk ik. Maar wie ze is... We zullen het waarschijnlijk nooit weten.'

Hij denkt even na en zegt dan: 'Dat had niet mogen gebeuren, snap je?'

Hij weet niet precies wat hem in dat verhaal aangrijpt. De verloren onschuld, het onvoltooide misschien...

'Haar vader en moeder weten niet waar ze is?'

Beg knikt. 'Ze wachten nog altijd op haar. Iemand die niet thuiskomt, is niet dood. De deur blijft op een kier.'

'Ja,' zegt de jongen.

'Ja,' zegt ook Beg. Hij duwt tegen zijn neus, zodat die een beetje scheef komt te staan. 'En jij?' vraagt hij dan. 'Er wacht ook iemand op jou. Je hebt een broer, hoorde ik. Je ouders – leven die nog?'

De jongen knikt.

'Ze zullen willen weten waar je bent. Ik kan ze laten weten dat je veilig bent.'

'Wie zegt dat ik veilig ben?'

'Ik. Ik zeg dat. Je mag het misschien niet leuk vinden hier, maar veilig ben je wel. Duizend keer veiliger dan daarbuiten.'

'Ik haat het hier.'

'Dat kan ik me voorstellen.'

''s Nachts schreeuwen ze nog erger. Ik weet niet waarom ik hier ben. Ik heb niks gedaan.'

'Dat is goed nieuws, dan hoef ik alleen nog maar te weten wie dan wel wat heeft gedaan. Als je me dat vertelt, dan help ik je om hier zo vlug mogelijk weg te komen. Als je een beetje bent opgeknapt. Als je bent aangesterkt.'

'Ik heb niks gedaan,' zegt de jongen wrokkig. 'Waarom moet ik hier dan toch blijven?'

'Dat is een beetje technisch,' antwoordt Beg, 'maar ik kan het je wel vertellen. Jullie wilden de grens over, toch? Zonder paspoort of wat ook. Illegale grensoverschrijding is een misdrijf. Het is strafbaar.'

De kaakspieren van de jongen trekken samen.

'Maar dat is het ergste niet, daarvoor zou ik je niet lang vasthouden, er zijn er zoveel die het proberen. Het hoofd van de neger, daar gaat het om, dat weegt veel zwaarder. Daarmee kan ik je niet matsen.'

Rusteloos schuiven de voeten onder de deken.

Beg zegt: 'Er zijn dingen gebeurd die je me niet durft te vertellen omdat je bang bent voor de anderen, ja of nee?'

Hij ziet niets wat op een bevestiging lijkt.

'Je bent veilig hier, je hoeft niet bang te zijn. De anderen zullen je niks doen.'

De jongen schudt zijn hoofd.

'Wat?'

'Het is anders,' zegt hij zacht.

'Wat is anders?'

'Niks. Laat maar.'

Beg herhaalt zijn vraag, maar de jongen zwijgt.

'Dan blijf je hier,' zegt Beg terwijl hij opstaat. 'Ik kan pas wat voor je doen als je meewerkt.'

Hij gaat weer bij het raam staan en vouwt zijn handen op zijn rug. Uit de bomen valt soms een pakketje glinsterende sneeuw. Verder is het park bewegingloos. Verse sneeuw – de wereld van de zevende dag.

Achter hem klinkt de diepe adem van de slaap.

Wanneer in zijn oren het eentonige fluiten opsteekt, verlaat hij de kamer en trekt de deur zacht achter zich dicht. De verpleegster komt overeind van haar stoel in de gang en loopt op krakende gummizolen op hem toe. Het gerinkel van haar sleutelbos galmt in zijn oren. Ze draait de deur in het slot. Metaal op metaal, veelvoudig versterkt.

HOOFDSTUK 31

Onthoud wat Amalek gedaan heeft

'Schaakt u?' had de rabbijn hem eens gevraagd, en sindsdien schaakten ze soms als afleiding van spirituele zaken. De uren met rabbijn Eder waren Beg dierbaar, ze betekenden de enige fysieke band met het jodendom voor hem. Ze dronken zwarte thee uit Krasnodar, aten zoete koekjes en dachten na over de volgende zetten. De peertjes aan het plafond bezaten weinig kracht, het verschil tussen de objecten en hun schaduwen was niet goed te zien.

De rabbijn offerde een paard.

Hij schudt het bord op, dacht Beg, die nog nooit van hem had gewonnen. Eén remise had hij eruit gesleept, dat was alles. Nu hij er voor de verandering eens goed voor stond, gebeurde er weer zoiets onverwachts. Teleurgesteld nam hij een slok van zijn thee.

'Rare zet,' mompelde hij.

'Dan begrijpt u het wezen van het spel niet,' zei de rabbijn.

Na een lange tussenpoos vroeg Beg: 'Wat is dan dat wezen?'

'Het wezen bestaat erin dat je je tegenstander een donker bos binnen leidt, het bos waar twee plus twee vijf is – en het pad waarlangs je het bos verlaat is slechts breed genoeg voor één van beiden. Zo zei grootmeester Tal het.'

'Ach zo.'

Ook dit potje ging verloren. De rabbijn had het bos verlaten, Beg dwaalde er nog altijd rond.

Ze zetten de stukken op het bord. 'U lijkt er niet helemaal bij met uw hoofd,' zei de rabbijn. 'Gewoonlijk biedt u meer tegenstand.'

Beg vertelde over het gesprek met de vrouw dat hij die middag gevoerd had, nadat hij bij de jongen was. Langzaam kreeg zijn reconstructie vorm.

'Stelt u zich voor,' zei hij, 'ze hebben een godsvermogen betaald om de grens over te steken. Urenlang zitten ze in een donkere oplegger, tot ze bij de grens komen. Honden, grenswachten, ze doen het in hun broek. Als ze weer rijden, willen ze het wel uitschreeuwen van angst en vreugde. Het is nacht als ze worden uitgeladen. De chauffeur wijst ze de richting die ze uit moeten, daar zullen ze een stad tegenkomen. Het wordt dag, ze lopen en lopen maar komen nooit bij een stad aan. Er is twijfel en onenigheid. Alles wat ze zien is steppe, niks anders. De groep splitst zich, een paar gaan terug, de meerderheid trekt verder. Almaar naar het westen. Maar ze komen nooit ergens aan. Er is geen bewoonde wereld meer, ze zijn in de wildernis terechtgekomen. Zonder water en eten. Ze hebben niets om hun hoofd te bedekken tegen de zon overdag en hun lichaam tegen de kou 's nachts. Er gaan mensen dood. Zo zei de vrouw dat: de een na de ander ging dood en ieder van ons kon de volgende zijn. Er blijven er uiteindelijk vijf over. Ze hebben maanden over de vlakte gezworven.'

Beg schudde zijn hoofd.

'Zelfs de winter hebben ze doorstaan. Het is een wonder dat ze het hebben overleefd.'

De herinnering aan de vrouw, haar krachteloze stem die monotoon als de steppe zelf de reis voor hem beschreef. Onder de deken zwoegde haar zwangere buik, een afschuwelijke misvorming aan haar uitgeteerde lichaam. Op de vraag wie de vader was, gaf ze geen antwoord. Ze zweeg star over het hoofd van de zwarte man. Dat hij er van het begin af bij was, was het enige wat ze over hem had losgelaten.

'Ik begrijp het niet,' zei de rabbijn. 'Ze waren de grens overgestoken, zei u.'

Beg schoof zijn stoel naar achteren en rechtte zijn bovenlichaam. 'Wat ik u nu ga vertellen... Het is nauwelijks voorstelbaar.' Hij stond op en liep door de keuken. 'Een grens, jazeker. De vrouw zegt dat ze hem zijn gepasseerd, de jongen heeft barakken, grenswachten, slagbomen en honden gezien. Hij heeft de anderen beschreven wat hij zag. En de anderen hebben het gehoord, mannen en honden, geen twijfel mogelijk. En toch waren ze nergens. Al die tijd hebben ze door een niemandsland gezworven, onder omstandigheden die voor ons niet voor te stellen zijn.'

Hij stond voor de rabbijn. Hij rook de oude man. Een vochtige matras, een jasje dat te lang gedragen was. 'En dan bereiken ze de bewoonde wereld,' zei hij. 'Huizen, auto's, mensen – en hun ergste dromen komen uit: ze zijn helemaal nooit een grens gepasseerd... Er is geen nieuw land, ze zijn al die tijd *gewoon hier* geweest!'

'Hoe zit het dan met die grens?' vroeg de rabbijn ongeduldig.

'De grens?! Er was helemaal nooit een grens! Er was alleen maar het product van een boosaardige verbeelding: een kopie van een grens, een nagebootste grens. Een grens door mensenhandelaren nagebouwd. De echte grens, daar moet je mensen omkopen, geluk hebben – risico's.'

'De mens...' mompelde de rabbijn.

'Het genie van zoiets! Een grens nabootsen. Iemand heeft dat *bedacht*.'

'Het klinkt alsof u het bewondert.'

'Nee, helemaal niet. Of ja, afschuw én bewondering.'

'Het is pervers om zoiets te bewonderen.'

'Om de verbeelding, nergens anders om. Zoals ik ook uw keuze om een paard te offeren bewonderde. Maar dit... Het kwaad is kunstzinnig, ben ik bang.'

'U maakt het kwaad te mooi. Daarmee gaat u buiten de omheining van de Thora.'

'Met permissie, maar de hoeveelheid misdaad in de Thora...'

'Misdaad én straf. De misdaad wordt afgebeeld zodat de Eeuwige Zijn strafmaat kan bepalen. Via de misdaad legt Hij Zijn wetten op. Zonder het kwaad kunnen we het goede niet kennen.'

'U kent de mens,' zei Beg. 'U weet dat er duizenden manieren zijn om het verbod te omzeilen. Hij vindt altijd een uitweg.'

'Zo gaat hij tegen de wet in. Uw aardse wet en mijn wet, die van de hemel is. De mens is een geboren overtreder. Onze wetten zijn bedoeld om hem in het gareel te houden.'

Hoe machteloos staan wij met onze starre wetten tegenover de grenzeloze verbeelding van de overtreding, dacht Beg. Hij ging zitten en legde zijn handen op tafel. 'Ik heb moordenaars en kinderverkrachters in de ogen gekeken,' zei hij, 'en het rare is dat je er nooit wat aan afziet. Er zijn geen bijzondere eigenschappen. Ze zijn nergens aan te herkennen. Het is misschien alleen dat je soms merkt dat er iets ontbreekt. Dat je in een leegte kijkt. Hoe moet je de leegte in een mens herkennen? Hoe meet je die?'

'Over Rabba bar bar Channa wordt verteld dat hij een reis maakte aan boord van een schip,' zei de rabbijn. 'Toen de opvarenden een vogel zagen die met zijn enkels in het water stond en met zijn hoofd tot in de hemel reikte, dachten ze dat het water ondiep was en geschikt om zich te verkoelen – tot ze een stem uit de hemel hoorden die zei dat ze het water niet moesten in gaan, want zeven jaar eerder had een meubelmaker hier zijn bijl in het water laten vallen, en die had de bodem nog altijd niet bereikt! Zo bodemloos is ook de gewetenloze mens, die u beter kent dan ik.'

'En dan zijn er nog de omstandigheden,' zei Beg. 'De drank, de hitte, de man die zichzelf verliest. Hij heeft zijn menselijkheid voor even opgeschort, hij hangt het beest eruit, zoals een collega van mij het noemt. Later kijkt hij er verbaasd en beschaamd op terug en denkt: ik was het niet, het was het beest.'

Hij dacht even na. 'Maar persoonlijk, wat mij betreft... een nieuw hoogtepunt, of beter: dieptepunt, is het imiteren van een grens. En ze dan de steppe in sturen, wetend dat ze zullen creperen. Zoiets...' Hij schudde zijn hoofd. 'Nee, dat had ik niet voor mogelijk gehouden.'

De rabbijn boog zich over tafel. 'Dan bent u vergeten wat Amalek gedaan heeft...'

'Nou?' vroeg Beg.

De rabbijn reciteerde de regels uit de Thora.

> Denk er steeds aan wat Amalek je heeft aangedaan
> toen je op weg was nadat je uit Egypte was gegaan.

> Hoe hij je onderweg onverwachts overviel en omdat hij geen ontzag voor God had alle zwakken in je achterhoede afsneed, terwijl jij moe en afgemat was.

Hij haalde adem en vervolgde:

> Als de Eeuwige, je God, je in de toekomst in het land dat de Eeuwige, je God, je als erfelijk bezit zal geven, rust zal hebben geschonken van al je vijanden in het rond, dan moet je de herinnering aan Amalek wegvagen. Vergeet dat niet.

'Amalek viel ons aan toen we op ons zwakst waren,' zei hij. 'Zijn naam is een vloek.'

Voor de rabbijn bestond het verleden niet, dacht Beg. Het was even levend voor hem als het heden; de lage daad van een stamhoofd in de woestijn werd weerspiegeld in het bedrog van de mensenhandelaren dat hij nu had ontmoet. Eergisteren of drieduizend jaar geleden maakte geen verschil voor hem.

Deze geheimzinnige tijdloosheid ging ook over op hem, Pontus Beg, wanneer hij las over de levens van Mozes, Aäron en Jozua in de woestijn, en zich daar op een mystieke manier mee verbonden wist. Hij was niet meer zo alleen. Hij werd voorafgegaan, zoals er ook weer anderen na hem zouden komen. Of hij elke morgen de gebedsriemen rond zijn arm zou binden, wist hij niet, maar met elk woord dat hij las en met elk bezoek aan de rabbijn voelde hij – met een zekerheid die hem ontroerde – dat hij zijn bestemming naderde.

Hij wist niet of het wel mocht, maar meer nog dan naar de Eeuwige verlangde hij soms naar onderdompeling in het mikwe, de stenen nis diep in de aarde, waar het levende water zijn ziel zou vernieuwen.

HOOFDSTUK 32

Akmuhammet Kurbankiliev

Toen ze de rand van de stad bereikten en begrepen waar ze waren, begon de stroper te huilen. Hij kon niet ophouden. De vrouw kon zijn verdriet niet aanzien, ook over haar wangen biggelden dikke tranen. Het leek een besmettelijke ziekte, ze staken elkaar aan, ze huilden nu allemaal, hun tranen bleven stromen. Alles was voor niets geweest. Alles. Ze waren de woestenij overgestoken naar een nieuw land, om daar te ontdekken dat er geen nieuw land was, alleen de nachtmerrie van een eeuwige wederkeer.

Meteen na zijn bezoek aan de jongen in het psychiatrisch hospitaal, bezocht Beg daar ook de zwangere vrouw. Hij zat op een stoel naast haar bed. Drie namen werden hem verteld.

De naam van de jongen was Saïd Mirza.

'Tegen mij zei hij dat hij Nacer Gül heette,' mompelde Beg.

Nacer Gül, zei de vrouw, was de man die hen bijna de dood in had gejaagd. Nacer Gül met zijn witte BMW en zijn zonnebril die hij ook in het donker droeg. Nacer Gül – de verrader, de trouweloze.

De namen van Vitaly en de jongen kende ze, die van de anderen niet. Er was geen reden voor namen.

'Je was zwanger toen je vertrok?' vroeg Beg.

Een korte, felle blik. Ze schudde haar hoofd.

'Wie is de vader van je kind?'

Ze hield haar ogen neergeslagen.

'Je weet niet wie de vader is?'

Op haar aanhoudend zwijgen blies hij schamperend lucht uit zijn neusgaten. 'Dan zie ik... drie mogelijkheden, klopt dat?'

Maar waar ze hem alles vertelde over de nagebootste grens, zweeg Samira Uygun over twee dingen: het leven in haar buik en de dood van de zwarte man.

Beg kocht sigaretten, een pakje kauwgom en een paar flesjes energiedrank. Met het tasje boodschappen ging hij het hoofdbureau van politie binnen. Hij nam de trap naar de tweede etage, de lift deed eeuwen over zijn reis tussen de verdiepingen. Met een hand op de leuning ging Beg omhoog. Hij moest iets aan zijn conditie doen, dacht hij niet voor het eerst. Er was een fitnessruimte op de eerste verdieping. Langzaam hoopten zich daar doorgezakte bureaustoelen en lege frisdrankkratjes op.

In de verhoorkamer stalde hij de artikelen voor zich uit. De kauwgom stak hij in zijn binnenzak. Hij schoof met de sigaretten en de flesjes tot het naar zijn zin was. Het was nog niet gemakkelijk om de dingen zo neer te zetten dat het leek of er niet over nagedacht was.

De man zonder tanden werd binnengebracht. Beg probeerde zijn leeftijd te schatten, maar hij kon net zo goed veertig als vijfenvijftig zijn. De man boog zijn bovenlichaam voorover zodat hij met zijn handen bij zijn borst kon om zich te krabben. Fanatiek groeven zijn vingers in de stof van de trui. De handboeien rammelden. Verbaasd keek Beg toe hoe hij erin opging, zijn ogen op halfzeven, in een soort trance.

Na een tijdje leek hij bevredigd en zonk achterwaarts tegen de rugleuning van zijn stoel.

'Klaar?' vroeg Beg.

De man knikte. Beg zocht de blauwe pen uit. 'Wat is je naam?' vroeg hij.

'Akmuhammet Kurbankiliev.'

De penpunt hing boven het papier. 'Dat moet je nog een keer zeggen,' zei Beg.

'Akmuhammet Kurbankiliev.'

'Schrijf het anders zelf even op.' Hij schoof pen en papier over de tafel naar hem toe. De hand van de man trilde toen hij zijn naam opschreef.

'Waar kom je vandaan?'

'Asjchabad.'

'Turkmenië helemaal.'

'Dat gekkenhuis.'

'Je bent een eind van huis, vriend.'

'Hoe verder, hoe beter.'

Met zijn linkerhand krabde de man zijn rechterschouder. Man, wat had die kerel een last.

'Vlooien?' vroeg Beg.

De man schudde zijn hoofd. 'Huidprobleem.'

'Ah.'

Met zijn onderarmen kruislings voor zich schrobde hij zijn bovenlichaam af. Beg probeerde het niet te zien maar het was onmogelijk om je ogen ervoor te sluiten. De handen groeven als uitgehongerde dieren in de stof van de trui.

'Kun je daarmee ophouden?' vroeg Beg.

De man schudde zijn hoofd. 'Als ik kon...'

'Maar?'

‘Het was een tijdje weg...’ Hij sloot zijn ogen als om zich iets te herinneren. ‘Ik ging uit die open inrichting weg om ervan te genezen. Hoe verder weg ik was, hoe beter het ging. De hele reis – niks geen last.’

‘En toen?’

De man schudde zijn hoofd. ‘Dit. Hier.’

‘Wat?’

‘Dat uniform alleen al. Jeuk.’

‘Je krijgt jeuk van mijn uniform?’

Kurbankiliev knikte. ‘Dit, de muren, jullie. Alles.’

‘Daar kan ik je helaas niet mee helpen.’

‘Dat dacht ik al wel.’

‘Ik kan m’n jasje uitdoen, als dat helpt.’

‘Nee, laat maar.’

‘We gaan praten over het hoofd,’ zei Beg. ‘Het is in jullie bagage aangetroffen. Wat kun je me daarover vertellen?’

De man trok zijn schouders op. ‘Niks.’

‘Iemand van jullie heeft hem gedood. Iemand heeft zijn hoofd eraf gesneden. Wat kun je me erover vertellen?’

‘Ik was er niet bij.’

‘Dit is je enige kans om je vrij te pleiten, als je onschuldig bent.’

‘Ik wil mijn tanden terug.’

‘Je tanden terug?’

‘In mijn broekzak zaten ze. Ik had ze bewaard.’

‘Ik ben bang... Jullie kleren.’ Beg schudde zijn hoofd.

‘Wat?’

‘Alles weggegooid. Zo smerig.’

‘We zijn uitgekleed, toen heeft-ie m’n tanden gejat.’

‘Waarom zou iemand jouw tanden willen hebben?’

'Goud, wat denk je.'

'Ik zal ernaar laten informeren.'

'Ik wil ze eerst terug, man. Het zijn mijn tanden. Hij moet met z'n poten van mijn tanden afblijven.'

'Wie bedoel je met "hij"?'

'Die bewaker, die dikke.'

'Ogenblik,' zei Beg.

Hij ging de gang op. In een van de kamers vond hij een telefoon en belde naar beneden.

Het duurde tien minuten voordat de liftdeuren opengingen en de bewaarder uitstapte. In zijn hand had hij een pakketje van krantenpapier. Dat gaf hij aan zijn meerdere. Beg vouwde de strook papier open en zag daarin bijna het hele gebit van Akmuhammet Kurbankiliev liggen, de kiezen van goud en de tanden in een gouden raamwerk vervat.

'Dat zijn ze,' zei de bewaarder, zijn hoofd schuin als een kip.

'Wat dacht je...'

De ander haalde zijn schouders op. 'Ik bewaarde ze voor 'm.'

Beg keek hem aan, de bewaarder draaide zijn vingers in elkaar.

'Permissie,' zei Beg, en opgelucht verdween de man in de lift.

In de verhoorkamer legde Beg het pakketje op tafel en schoof het naar de overkant. De man boog voorover en vouwde het open. Met een vingertop schoof hij tussen zijn tanden en kiezen door. Hij keek op. 'Dit zijn ze.'

'Je mag er even naar kijken,' zei Beg.

De man knikte. Hij leek blij zijn gebit weer te zien. Beg wendde zijn ogen af van de bruine tandwortels. Hij stak een sigaret op en wreef over zijn onderkaak. De stoppels op zijn kin knisterden. ‘Zo,’ zei hij, ‘aan het werk.’

Voorzichtig vouwde de man het papier dicht. Zo bleef het liggen.

‘Waar word ik eigenlijk van verdacht?’ vroeg Kurbankiliev.

Beg leunde achterover en vouwde zijn handen op zijn buik. ‘Poging tot illegale grensoverschrijding en moord. En lijkschennis. Maar omdat je hier niet vandaan komt, vervalt dat eerste waarschijnlijk.’

‘Dat is mooi.’

‘Maar verwaarloosbaar. De andere twee aanklachten, daar zou ik me op concentreren als ik jou was. Er is je een advocaat toegewezen. Daar heb je recht op. Alleen: hij komt niet. Ze konden hem niet bereiken.’

‘Wanneer komt hij dan?’

‘Ooit.’

Kurbankiliev knikte gelaten.

‘Het hoofd,’ zei Beg.

‘Ik weet niet wie het gedaan heeft.’

‘Dat is onmogelijk, jullie zijn maanden samen onderweg geweest.’

‘Het spijt me.’

‘Van wie is het hoofd?’

‘Afrika. De Ethiopiër.’

‘Waarom moest hij dood?’

‘Weet ik veel. Daarom.’

‘Misverstand,’ zei Beg. ‘Je doet er beter aan mij niet te onderschatten.’

Weer dat gewiebel. Als Kurbankiliev zich niet krabde, schudde hij met z’n benen.

'Ethiopië,' zei Beg.

'Alleen dat-ie daarvandaan kwam, dat verstonden we. Verder heeft bijna niemand ooit met hem gepraat, geloof ik. Alleen de lange wel, een tijdje.'

'Wie is dat?'

'Ik ken hem niet. We wisten bijna niks van elkaar. Hij heeft z'n naam wel een keer gezegd, geloof ik...'

'Waar is die "lange" nu?'

'Dood toch. Als een pier.'

'Hoe?'

Een meewarige blik. 'Allemaal de honger. Onze natuurlijke dood.'

'Met hoeveel waren jullie?'

'Veertien, vijftien man in het begin. Twee zijn er meteen teruggelopen. Die waren snugger, die hadden ze op een rijtje. Wij niet. Wij liepen precies de verkeerde kant op.' Hij knikte. 'Met veertien waren we, geen vijftien.'

Beg schreef het getal veertien op, en trok de cijfers nog eens over. Toen zette hij er een cirkel omheen. Hij vroeg: 'Waarom is de Ethiopiër dood?'

'Dat moet je mij niet vragen.'

'Ik vraag het nog één keer.'

Beg tikte met de penpunt op tafel en keek vanonder zijn wenkbrauwen naar hem. 'Waarom is hij dood?'

'Man, weet ik veel. Ik heb er niets mee te maken.'

'Godverdomme,' zei Beg kalm. Hij schoof zijn stoel naar achteren, stond op en verliet de kamer. Even later kwam hij terug met een klauwhamer in zijn hand. Die legde hij voor zich neer.

De hamer was nu het brandende middelpunt van de kamer, daarbuiten was er niets.

'Zo,' zei Beg, 'nog maar 's.'

'Wat wil je nou?' zei Kurbankiliev. 'Ik weet er niks van.'

Er was iets schrils in zijn stem.

Beg boog over de tafel en haalde het pakketje met tanden naar zich toe. Hij vouwde het open en zonderde een voortand af van de rest. Er zat een raamwerk van goud omheen. De wortel was bruin uitgeslagen. Hij nam de hamer in zijn hand.

'Nog één keer: wie deed het, en waarom?'

'Ik weet het echt niet, man,' zei Kurbankiliev. Hij fronste diep. 'Wat wil je, dat ik wat verzin of zo?'

Met een klap daalde de hamer op de tafel neer en verbrijzelde de voortand van Akmuhammet Kurbankiliev.

'O, godverdomme!' schreeuwde hij. Hij sprong op maar werd door de boeien rond zijn polsen weer neergetrokken. 'Waarom doe je dat?! Godverdomme!'

De tand was een hoopje gouddooraderd gruis. Voorzichtig legde Beg de hamer op tafel. Hij vouwde het papier rond de tanden en kiezen dicht en stak het pakketje in de lucht. 'Dit,' zei hij, 'en dan zou jij me vertellen hoe het zat. Maar ik hoor alleen maar gelul.'

'M'n tand, man,' jammerde Kurbankiliev. 'Ach, verdomme.'

'Jij moet je afspraken nakomen. Dan gebeuren zulke dingen niet. Sigaret?'

Hij schoof het pakje naar de overkant. Kurbankiliev nam er een uit en stak hem aan. Hij klapte dubbel van het hoesten. Met rood betraande ogen kwam hij even later overeind en nam nog een trek. Hij bedwong de volgende hoestbui.

'Smaakt-ie?'

Hij knikte. 'Lekker,' zei hij met geknepen stem.

Beg keek op het pakje. 'Marlboro. Vrijheid.' Hij draaide het om en las de achterkant. 'Zou het echt zo slecht zijn als ze zeggen?'

Kurbankiliev zoog aan zijn sigaret en zweeg.

'Wat een vrijheid,' zei Beg, 'als je eraan doodgaat.'

Het hoofd aan de overkant was gehuld in een kolom van rook. Zo had de Eeuwige met Mozes gesproken op de Horeb, verscholen in een wolk. Hij verlangde soms naar Hem, een plotselinge, extatische hunkering die hij niet begreep en die hem schrik aanjoeg. Dit was het beeld: een schip dat zich van de kade losmaakte, en daar kwam hij aanrennen, Pontus Beg, zwaaiend met zijn armen omdat hij zijn bestemming bijna misliep; de afstand tussen het schip en de kade verwijdde zich – hij schreeuwt, hij springt.

Misschien betekent het dat Hij hem roept. Dat hij op de goede weg is. Dat hij bijna klaar is voor de onderdompeling in het mikwe, het water dat op hem wacht, de donkere nis waarin hij zich zal laten zakken tot het levende water zich boven zijn hoofd zal sluiten.

Maar misschien ook niet.

Hij legde het pakje op tafel. 'Grappige overeenkomst,' zei hij, 'dat je vrijheid wilde en er bijna aan doodging. Net als met die sigaretjes.'

Boven de asbak kneep Kurbankiliev de sigaret uit tussen duim en wijsvinger. Hij rook aan zijn vingers.

'Alles was beter dan daar,' zei hij toen. Hij knikte naar de achtermuur met de bovenramen erin. 'Alles.'

'Zelfs de dood?'

Kurbankiliev krabde zijn borst. 'Ik denk het wel, ja.'

'En voor de Ethiopiër gold hetzelfde?' vroeg Beg.

'Ik weet niet waarom hij onderweg was.'

‘Hij is niet aan zijn verlangen naar vrijheid gestorven,’ zei Beg.

‘Daar weet ik niks van.’

Beg keek naar het pakketje tanden.

‘Vitaly heeft het hoofd al die tijd bij zich gehad,’ zei Kurbankiliev. ‘Hij was de drager.’

‘Waarom hij?’

‘Hij was aangewezen.’

‘Door wie?’

‘De zwarte. Die heeft hem aangewezen.’

‘Dat begrijp ik niet. De Ethiopiër heeft gezegd wie na zijn dood zijn hoofd moest dragen?’

‘Toen hij nog leefde, ja. Toen heeft hij hem aangewezen. Op de heuvel. Hij heeft de waarheid in hem gebrand.’

‘Toen zei hij: “Jij draagt mijn hoofd als ik dood ben”?! Maak het nou.’

De man zat achterovergebogen, zijn ogen dwaalden over het plafond.

‘Hé!’ zei Beg. Hij knipte met zijn vingers. ‘Ik vroeg je wat.’

‘Ik hoorde het.’

‘Antwoord graag.’

‘Hij heeft hem aangewezen. Met zijn vinger. Hij heeft zo’n gat in zijn poot gebrand. Je kunt het nog altijd zien. Zo is het gegaan. Meer kan ik er niet over zeggen.’

‘En wie heeft hem zijn schedel ingeslagen?’

‘Het was noodzakelijk.’

‘Waarom?’

‘Het kon niet anders.’

‘Waarom niet?’

Stilte.

'Waarom niet?' herhaalde Beg.

'Hij moest weg zodat wij verder konden.'

'Dat vond jij? En toen heb je hem vermoord?'

'Nee.'

'Wie dan? Kom op, hé!'

Het langzame hoofdschudden, meewarig bijna. 'Ik heb het niet gedaan.' Een bittere lach. 'We hebben het allemaal gedaan.'

HOOFDSTUK 33

Wij zijn de doden

Toen Beg op de ochtend voor het laatste verhoor werd gebeld door inspecteur Matuszak, fronste hij zijn wenkbrauwen. Omdat het om mensensmokkel ging, waren de vluchtelingen aangemeld bij de Nationale Recherche; Matuszak liet er geen gras over groeien. Beg had zoveel voortvarendheid niet verwacht.

De inspecteur wilde alles weten over de nagebootste grenspost. Er bestonden al langer vermoedens – er waren lichamen gevonden in de steppe, sommigen staken geknield in het zand, anderen hieven hun armen smekend naar de hemel op, gebeeldhouwd in de dood. Dit was de eerste keer dat er overlevenden waren gevonden.

'Ik meld ze aan voor overdracht,' zei Matuszak, 'dan bent u ervanaf.'

Beg zei dat de vrouw moest bevallen. De anderen waren ziek en ondervoed.

'Wanneer denkt u uw onderzoek klaar te hebben?' vroeg Matuszak.

'Dat ligt eraan,' zei Beg.

Hij vertelde over het hoofd, waar hij nog maar zo weinig van wist. 'Ze hebben afgesproken er niks over te zeggen,' zei hij.

Hij wist hoe er aan de andere kant van de lijn over hem gedacht werd: arme provinciale lul, kun je dan helemaal niks?

Het kon hem niet schelen, hij wilde alleen maar zijn werk afmaken. Zijn leven was met de vluchtelingen verbonden geraakt, en met de weg die ze hadden afgelegd. Als de Joden hadden ze door de woestijn gereisd, en als de Joden hadden ook zij het gebeente van een van hen meegedragen op hun reis – Begs verstand stond stil bij de schitterende analogie. Ze hadden een hoofd bij zich zoals de Joden drieduizend jaar geleden het gebeente van Jozef met zich hadden meegedragen – Jozef die in Egypte stierf, en toen werd gebalsemd en in een kist gelegd.

> Zeker zal God jullie eens gedenken en dan moeten jullie mijn gebeente van hier met je meenemen.

Honderden jaren verstreken, maar de belofte werd niet vergeten. Een bewijs van trouw, had de rabbijn het genoemd.

Neem mijn gebeente mee van hier – zo was de geschiedenis van Begs voorvaderen verknoopt met die van een groep verdwaalden in de steppe.

Eergisteren of drieduizend jaar geleden, wat was het verschil?

De rabbijn had gezegd dat elke Jood, waar en wanneer hij ook ter wereld was, zichzelf moest beschouwen als een vluchteling uit Egypte, een zwerver in de woestijn, zo belangrijk waren de vlucht en de veertig zwerfjaren voor het volk van Israël. Elke voetstap van een Jood herinnerde aan de uittocht en voerde hem terug tot de geboorte van een volk in de woestijn. Daar had God hem Zijn voorschriften gegeven en had het geloof in Hem vaste vorm gekregen.

De verhoren brachten de exodus op een geheimzinnige manier dichterbij voor Beg, de geschiedenis werd voor zijn ogen geprojecteerd – hij had soms zelfs het gevoel dat het verhaal van de vluchtelingen zich speciaal voor hem had afgespeeld. Zo dichtbij was de Eeuwige dan, dat een geluksgevoel bezit van hem nam.

Maar wat wist inspecteur Matuszak van deze dingen af? Die deed alleen zijn werk en kon de betekenis van deze dingen niet begrijpen.

'Over een week of drie, vier,' zei Beg, 'dan zijn ze sterk genoeg om vervoerd te worden. Dan is ook mijn onderzoek klaar.'

'Vandaag over... twee weken, op 22 december, worden ze opgehaald.'

'Met alle respect, inspecteur Matuszak, maar de termijn was niet bedoeld om over te onderhandelen. Op 1 januari zijn ze van u.'

'U hebt de bevoegdheid niet om het tegen te houden.'

'U zou ze moeten zien. Dan begrijpt u waarom. Iemand hier omschreef ze als "de Joden van het kamp". Hun conditie laat het niet toe.'

Voordat ze ophingen, zei Matuszak dat hij over een paar dagen weer zou bellen. Zo eindigde hun eerste confrontatie in remise.

Beg zat in de verhoorkamer en legde zijn armen over elkaar op zijn buik. Na het middagmaal zou de laatste arrestant worden gebracht. Zijn ogen zakten dicht.

Pas nu, in rust, werd hij zich bewust van de geluiden van het gebouw. Hij hoorde de liftkabels mauwen in hun schacht en het gorgelen van lucht en water in de leidingen. Ergens een geroffel dat hij niet thuis kon brengen. Slaande deuren, stemmen die door de gangen dreven. Al bijna twintig jaar liep hij in dit gebouw rond en nooit eerder had hij gehoord dat het klonk als een naar adem snakkend organisme.

Toen de laatste arrestant werd binnengebracht, schrok Beg rechtop uit een hazenslaapje. Hij keek toe hoe de man werd vastgelegd aan de metalen ring en draaide de dop van een flesje energiedrank. Hij dronk het achter elkaar leeg. De agent verliet de kamer, de twee mannen bleven achter.

'U bent de laatste van de groep die ik spreek,' zei Beg. 'Ik weet al veel, maar misschien nog niet alles. Dit is uw kans om uw kant van het verhaal te vertellen.'

Toen de ander zweeg, draaide hij langzaam de dop op het lege flesje en zei: 'Begrijpt u wat ik zeg?'

De man knikte.

'Goed zo,' zei Beg. 'Uw naam, leeftijd en beroep alstublieft.'

Alexander Haç had zijn gehucht in de Oeral verlaten om ergens anders een beter leven te vinden. Voor een slager is overal emplooi, had hij gedacht. Hij was zevenenveertig jaar oud.

'U wordt verdacht van een poging tot illegale grensoverschrijding,' zei Beg, 'maar omdat u zelfs nooit in de buurt van een grens bent geweest, stel ik me voor dat van die aanklacht weinig overblijft. Wat blijft staan is het hoofd van een man dat in jullie bagage gevonden is. Moord, denk ik dat de aanklager zal zeggen. En lijkschennis als hij kwaad wil.'

De man trok zijn schouders op. 'U weet wat ze zeggen. Dat de wet een slang is die alleen mensen zonder schoenen bijt.'

'Dat zal, maar u gaat voorbij aan het hoofd. Daarvoor zult u aangeklaagd worden.' Hij krabde aan het oneffenheidje op het tafelblad. Het leek opgedroogde lijm. Hij keek op. 'Tenzij u me vertelt dat het anders was.'

'Dat kan ik niet,' zei Haç. 'Ik ben schuldig. Net zoals de anderen.'

'Waaraan bent u schuldig?'

'Waar ik voor word aangeklaagd.'

'Het accepteren van de aanklacht is iets anders dan de misdaad zelf,' zei Beg. 'Waarin bestaat uw schuld precies?'

Maar Haç hield zijn lippen op elkaar. De haren op zijn onderarmen stonden rechtovereind. De kamer was veel te warm maar hij had kippenvel. Hij was nog slechts vel en botten, elk spoortje warmte vloeide direct uit hem weg.

'Weet u,' zei Beg, 'ik sta bekend als een geduldig mens. Ik verhoor doorgaans volgens de zachte weg. Collega's lachen me daarom uit. Geweld is immers zoveel... effectiever. U gaat binnenkort op transport, u zult door de Nationale Recherche worden verhoord. Daar weten ze wat pijn is. Ze hebben ervoor doorgeleerd. U zult zich de trouwdatum van uw grootouders herinneren als zij dat willen. En dan zult u wensen dat u mij antwoord had gegeven in plaats van het erop aan te laten komen.' Hij zonk achterover in zijn stoel en legde een arm op tafel. 'Waarom lacht u?' Met zijn knokkels roffelde hij het begin van de vlooienmars.

'U zegt dat ik de laatste ben die u spreekt,' zei Alexander Haç. 'Hoe is het mogelijk dat u nog altijd niet weet met wie u te maken hebt?'

'Met wie heb ik dan te maken?' vroeg Beg geërgerd.

'Hoe vaak zijn wij niet ingeslapen in de overtuiging dat er geen morgen zou zijn? Wij zijn doden. U kunt ons niet raken.'

Beg boerde binnensmonds. De zoete kauwgomsmaak van het energiedrankje spoelde door zijn mond. 'Zal ik eens iets geks zeggen,' zei hij, 'het maakt me eigenlijk niet eens zoveel uit wie hem vermoord heeft en wie zijn hoofd eraf heeft gesneden en zo. Daar komen ze ginds wel achter. Het gaat mij erom... dat ik wil weten...' Hij zweeg even. 'Misschien eerst dit,' zei hij toen. 'Gelooft u? In een god?'

De ogen van de man verduisterden. Hij trok zijn schouders op.

'Ikzelf,' zei Beg, '...ik ben pas sinds kort op de weg van de Eeuwige gekomen. Veel is nog onduidelijk, maar ik zou kunnen zeggen dat ik... ja, een geloof heb omarmd. Het is een lang verhaal, alles is nog een beetje nieuw voor me, maar waar het me om gaat is dit...'

Hij vertelde over de uittocht. Hoe de Israëlieten overdag door een wolk en 's nachts door een vuurzuil werden geleid. De zee had zich geopend om hen door te laten. Veertig jaar lang regende het voedsel, telkens genoeg voor een dag. 'We kennen dat verhaal allemaal,' zei Beg, 'maar wat ik niet wist, is dat ze al die tijd het gebeente van een van hun voorvaderen bij zich droegen. Van Jozef, die ze had laten zweren dat hij in het beloofde land begraven zou worden... Honderden jaren later, en ze wisten het nog... Zulke trouw, zulke adembenemende trouw...'

Hij voelde zijn ogen branden.

'En?' vroeg de man. 'Hebben ze hem thuis begraven?'

Beg knikte. 'Hij is het beloofde land binnen gegaan. Hij wel... Mozes niet, die er het meeste recht op had. Maar waarom ik dit vertel... De Ethiopiër. Waarom was het noodzakelijk dat hij stierf, waarom was het noodzakelijk dat jullie hem bij je hielden? Hij was belangrijk voor jullie, anders doe je zoiets niet. Vertel me welk belang hij voor jullie heeft. Alleen dat.'

Haç zat bewegingloos. Het leek of hij niet ademde.

'We hebben tussen wonderen geleefd,' zei hij toen langzaam. 'Toen ze eenmaal begonnen waren, hebben we niet meer getwijfeld aan ons behoud. Deze dingen zijn niet na te vertellen. Ze hebben alleen belang voor hen die erbij waren. Die door de haag der verschrikkingen zijn getrokken.'

'Wat is die haag?'

'U vraagt en vraagt alsof er op alles een antwoord is.'

'U noemt de haag der verschrikkingen, ik vraag wat ze betekent.'

Maar tegenover hem was de man in gedachten verzonken. Hij leek tussen zijn herinneringen te dwalen, een beetje verbaasd over wat hij daar allemaal zag.

Begs vermoeden van een baälsdienst nam steeds vastere vormen aan – iets waarover zij niet konden praten, omdat elk geloof bibbert en krimpt onder het koude lamplicht der inspectie.

'Toen we hem gedood hadden,' zei de man opeens, 'zijn de dromen van de jongen begonnen. Hij droomde de weg voor ons. De vrouw zei dat ze van hem kwamen. Zij kon ze lezen. De jongen vertelde ze en zij begreep ze.'

'Van wie kwamen die dromen, zeg je?'

De man grimaste. 'Van Afrika. Van wie anders. Hij stuurde ze, zodat wij de weg wisten. Ik zweer het, we liepen er recht op af.'

'Waarop af?'

'De vrouw zei dat we nu naar het zuiden moesten. Al die tijd waren we naar het westen gelopen, nu moesten we opeens de andere kant op. Ik wilde niet, als je een richting kiest moet je die blijven volgen, anders word je knettergek. Maar ze waren zo zeker van hun zaak. Ik dacht... wat nu als het waar is... Dat hij het ze vertelt... Wie ben ik dan om... Toen vonden we het dorp. Onze redding.'

'Je zegt: de neger stuurde die dromen.'

'Ze begonnen toen hij dood was.'

'Waarom moest hij dood, als wat hij deed goed was?'

'Je begrijpt het niet. Hij was niet altijd zo. Eerst was hij in dienst van het kwaad. Hij deed slechte dingen. Hij heeft van het lichaam van de lange gegeten. Die zat onder de zweren door hem. Wij hebben dat allemaal gezien. En waar hij Vitaly had aangeraakt viel zijn arm er bijna af. Het rotte er zo doorheen. Als je terugdenkt, die hele reis...'

'Hij heeft van een ander *gegeten*?' vroeg Beg. Hij probeerde het afgrijzen eronder te houden. Het fundamentele onbegrip.

'Hij zette zijn tanden erin, o ja.'

'Dat hebben jullie gezien, dat hij dat deed?'

'Menseneters toch, zwarten. Van vroeger uit al. Dat zit erin.'

Af en toe werd Beg een blik vergund op de haag der verschrikkingen. Flitsen, alweer voorbij voor hij de wanhoop kon navoelen. Hij zei: 'Vertel me over het dorp.'

HOOFDSTUK 34

De haan

Drie van de vier waren voor geweest, alleen hij, de stroper, was tegen. Vitaly telde niet meer mee, die had de bliksem in zijn kop gehad. Voor het eerst in weken bogen ze af van hun route en liepen naar het zuiden. Ze gingen op een droom af, een visioen van verlossing – als ze geen redding vonden, zouden de mannen de vrouw en de jongen doden. De winter was begonnen, 's morgens waren hun lichamen bedekt met rijp.

In de avondschemering van de vijfde dag zagen ze boomsingels opdoemen in de vlakte. De hoge stammen van populieren. De beschaving van bomen. Iemand had ze geplant, het water uit irrigatiekanalen had hun wortels bevloeid. Zo stonden ze daar, de buitenste ring van bescherming tegen de wind en het zand van de vlakte.

Maar de bomen waren dood.

Daarachter vonden ze verlaten boerenhuizen. Ze dwaalden door de straten van het gehucht, de wind blies door de ramen en deuropeningen. Nergens was licht, er was geen levende ziel te bekennen. Tegen de muren hadden zich zandverstuivingen opgehoopt, gras en struikgewas waren tot in de straten opgerukt.

Ze maakten een vuur op de lemen vloer van een huis. Ze strekten hun handen ernaar uit. Waarom hadden de bewoners hun huizen verlaten? Welke ramp had ze op de vlucht gejaagd? Waar waren ze gebleven?

Hun schaduwen flakkerden op de muren. Ze hadden niets te eten gevonden maar zouden vannacht niet doodvriezen.

Het was nog donker, in de as smeulden de laatste kooltjes. Ze spitsten hun oren in hun slaap. Dat geluid.

Een haan. Ergens kraaide een haan. En nog eens. Het geruis van een lichaam dat overeind kwam. De anderen bewogen onrustig op de vloer.

Ze hadden een haan gehoord. De allerlaatste haan ter wereld.

'Godverdomme,' zei de stroper in het donker.

Steunend kwam hij in de benen en verliet het huis. De vrouw legde hout in het vuur en blies de kooltjes aan. Een voor een kwamen ze overeind, geradbraakt, stijf; het ondervoede lichaam kannibaliseert zichzelf, het eet zijn eigen spieren op.

Groezelig licht viel door de vuile ramen, daarbuiten klonk soms het kraaien van de haan. Op de vliering brak de man uit Asjchabad planken los voor het vuur. Het was zwaar werk, beneden zaten de anderen in een wolk van zwart, kleverig stof dat hun luchtwegen verstopte. Het vuur laaide op. Vitaly ijlde.

De stroper kwam binnen, koud zweet op zijn voorhoofd.

In de verte kraaide de haan.

'Ik krijg 'm niet te pakken,' hijgde hij. Hij rustte uit met zijn handen op zijn bovenbenen. 'Het moet met z'n tweeën. Dat kreng is fit.'

Hij schoof aan bij het vuur, vergramd in zijn nederlaag.

Na een tijd nam de jongen het woord. Hij vroeg: 'Wie zorgt er eigenlijk voor die haan?'

De koude splinter tussen hun ogen – het besef dat het kippenvolk de winter niet alléén overleefde, dat er iemand was die ze voerde en 's nachts het hok achter ze sloot tegen de roofdieren. Ze lieten Vitaly achter bij het vuur en doorzochten de huizen en schuren. Ze aten zich zat aan half bevroren, rottend fruit dat ze aan de voet van een paar verwilderde bomen vonden. De jongen gooide appeltjes naar beneden die aan de takken waren blijven hangen. Ze waren licht in hun hoofd van het gistende fruit.

Ze verzamelden hout, de jongen vond een riek met twee tanden. Ze kamden elk huis en elk bijgebouwtje uit. Het was niet te zeggen of de bewoners haastig waren vertrokken of kalm, een voor een, in een uittocht van jaren.

Ze bevroren toen ze op het bleekveld buiten het dorp een toom kippen zagen wroeten in de aarde. Een tafereel van overvloed. Euforie. Ze wisten niet goed waar te beginnen, het was te veel ineens.

'Oh-oh-oh,' zei de man uit Asjchabad.

Ze tolden op hun benen, ze zouden nooit snel genoeg zijn om ze te vangen. In het midden van zijn harem scharrelde de haan, een winnaar van een haan, hoog op de poten en met een vuurrode kam. Hier zou zijn leven eindigen; hun tanden jeukten.

Toen zagen ze het huis.

Het stond een eindje buiten het dorp en lag half verscholen tegen een talud. Er stonden een paar schrale populieren omheen.

Uit de schoorsteen stak een pluimpje rook.

In geen van hun voorstellingen had hun redding er uitgezien als een sprookje.

Schoorvoetend gingen ze erop af, bang dat het voor hun ogen zou oplossen en verdwijnen zodra ze dichterbij kwamen. De lemen muren waren eens wit geweest, op de luiken en kozijnen was het blauw van boerenhuizen nog te zien. De deuren en ramen stonden scheef, alsof het huis verschoven was en langzaam in de aarde wegzonk.

Besluiteloos stonden ze voor de deur.

'Volk!' riep de stroper.

Hij duwde tegen de deur en ging naar binnen. De anderen volgden. Ze stonden onder een laag plafond in een schemerige ruimte. De kachelpijp lekte rook, de muren waren met roet beslagen. Het leek of ze het binnenste van een oude, gebutste ketel waren binnen gegaan. Achterin, bij de pomp, stond een oude vrouw. Ze had vlechtjes in haar haren. Haar tandeloze mond was opengevallen.

'Eten,' zei een van de geesten die haar huis waren binnen gedrongen.

'Eten,' zeiden nu ook de anderen.

De vrouw stond met haar achterste tegen de spoelbak. Aan de elastiekjes in haar haren zaten rode houten kersjes.

'Eten! Eten!' riepen de geesten nu door elkaar. Ze bewogen hun handen naar hun mond. Ze rukten conservenblikken uit haar kasten, scheurden ze open en schepten de inhoud er met hun handen uit. Goulash. Bonen. Pilav. Ze dronken zoetere melk dan ze ooit hadden geproefd. Ze schrokten en schrokten tot ze kronkelend en kermend van pijn in hun eigen braaksel op de vloer lagen, hun handen voor hun buik geslagen.

De oude vrouw had al die tijd niet bewogen. Toen sloeg ze een doek om en stapte over de lichamen op de grond heen naar buiten. Ze schepte graan uit een ton en riep *kiepkiepkiep-*

kiepkiepkiepkiep! Kiepkiepkiepkiepkiepkiepkiep! Amechtig tokkend kwamen de kippen aangerend en pikten in het graan aan haar voeten.

Een voor een verlieten de geesten haar huis. Ze keek ze na terwijl ze het talud op klommen en naar de huizen verderop liepen, hun armen vol conservenblikken en pakken gepasteuriseerde melk. Haar wintervoorraad.

Het vuur was uit. Vitaly was verdwenen. Ze pookten het vuur op en borgen de buit weg in hun plunjezakken.

Vitaly had zijn plunjebaal laten liggen. Het ding lag tussen hen in, een klontering van talloze over elkaar getrokken tassen, bemodderd, besmeurd; een walgelijke huid waaruit het dier zelf was weggevlucht. De jongen trok het naar zich toe en frunnikte aan het touw waarmee de opening was dichtgebonden. Hij rukte het los en keerde de baal om op de grond. Er viel iets zwaars uit, met een dof geluid viel het op de vloer.

Met een gesmoorde kreet deinsde hij achteruit: tussen zijn benen lag het hoofd van de zwarte man. Op handen en voeten duwde hij zich erbij vandaan. Het dode gezicht keek hem aan, het ongeschonden ooglid halfopen.

De vrouw sloeg haar handen voor haar gezicht.

'Godverdomme,' zei de stroper de tweede keer die dag. Hij greep het ontdooide hoofd bij de haren, liep naar de deur en slingerde het de straat op.

De vrouw kwam overeind. Ze wrong zich langs hem door de deuropening en kwam met het hoofd het huis in.

'Ben je vergeten,' hijgde ze, 'hoe hij ons hier heeft gebracht? Is dat je dank? Voor dit? Een dak boven ons hoofd, het vuur, het eten in je maag?'

Ze hield het hoofd naar hen op. Dun, kleurloos vocht droop uit de halswond. 'Hij heeft Vitaly's hand geleid om zijn hoofd af te snijden, zodat hij bij ons kon zijn. Ook in de dood heeft hij ons niet verlaten.'

De jongen haalde adem om iets te zeggen, maar slikte zijn woorden in. De stroper staarde in het vuur.

'Er zit wel iets in,' zei de man uit Asjchabad aarzelend. 'Het is niet normaal hoeveel geluk we hebben gehad sinds we naar het zuiden gingen.'

'Dat is geen toeval,' zei de vrouw.

De jongen keek naar de stroper, hij wilde weten wat hij dacht.

De vrouw wees naar de jongen.

'En zijn jullie zijn dromen vergeten?'

Ze waren zijn dromen niet vergeten.

De stroper zei: 'Ik geef toe dat ik tegen was, maar het is duidelijk dat we de goede richting op zijn gewezen.'

De anderen knikten, ze vonden troost en geborgenheid in die gedachte.

De vrouw nam het woord, zij verklaarde de verschijnselen voor hen. Sinds de dood van de zwarte en de eerste dromen van de jongen had de tijd zich gedragen als een kameraad; de omstandigheden waren opeens in hun voordeel geweest. De doem die van meet af aan boven hun hoofd meereisde was opgelost en weggeblazen. De beklemming, de steen op hun borst, was verdwenen. Wie wist er een andere oorzaak dan de dood van de zwarte? Zij vond er geen, het was zijn dood die hen had verlost. Hij die de beklemming had veroorzaakt, had haar ook weer weggenomen.

'Ik snap het niet helemaal,' zei de man uit Asjchabad. 'En toch zie ik niet hoe het anders kan zijn.'

'Je hoeft niet alles te begrijpen,' zei de vrouw. 'Het is genoeg dat het gebeurd is. Je kunt onmogelijk alles begrijpen. We hoeven alleen maar dankbaar te zijn.'

'Dat wij...' mompelde de stroper, 'net wij... zoiets meemaken. Dat is toch...'

De anderen knikten, ja, ze waren uitverkorenen. De jongen keek met grote ogen rond en zag hoe een gemeenschappelijke overtuiging bezit nam van de anderen, hoe ze zich verenigden rond het hoofd van de zwarte man. Zijn dood verenigde de tegendelen. Een gevoel van euforie nam bezit van hem. Alles had noodzakelijkerwijs tot deze uitkomst geleid, alles was gebeurd zodat hij het had kunnen zien gebeuren, zodat hij er later over kon vertellen.

De stroper schudde zijn hoofd. 'Wie had zoiets voor mogelijk gehouden.' Hij pookte in het vuur en zei: 'En wat nu? Wat wordt er nu van ons verwacht?'

'Dat we hem volgen,' zei de vrouw, 'en niet twijfelen.'

Ze zei dat het hoofd hen zou leiden; ze moesten het vrezen en eren en niet vergeten wat ze was overkomen.

In het hart van hun kleine gemeenschap herschiepen ze zijn beeltenis; vloeiend en dubbelzinnig. Zijn wreedheid en zijn genade.

Hoe hij zich met de doden had gevoed.

Plots zei de jongen met overslaande stem: 'Eerst kon ik het niet geloven, maar toen ik er langer over nadacht... wat kon het anders zijn?'

De vrouw knikte. 'Hij voedde zich met ons.'

'Daarom bleef hij achter!' riep de jongen.

'Het was hij of wij,' zei de man uit Asjchabad.

Zijn dood was onafwendbaar, zoals het zaad op de aarde

moest vallen en sterven om in het voorjaar weer vrucht te dragen. De stroper, de vrouw en de jongen komen uit boerenfamilies, zij weten hoe zulke dingen gaan. Zij kennen de eeuwige kringloop. Hoe uit de dood nieuw leven kiemt.

Ze zitten rond het vuur en vertellen elkaar wat ze zich herinneren. Boven op de grafheuvel had hij Vitaly aangewezen, met zijn vinger had hij zijn teken in zijn arm gebrand. De bijtende schurft op het lichaam van de lange man. Hoe hij uit het niets voedsel tevoorschijn getoverd had, toen ze de lange man voor dood hadden achtergelaten. De angst en de verdeeldheid die hij onder hen had gezaaid.

Wat een geluk dat ze hem hebben gedood! Wat een wijsheid! Bij leven had hij ze te gronde gericht, in de dood heeft hij ze verlost. Met dankbaarheid en afschuw kijken ze naar het hoofd bij de deurpost, dat walgelijke, wetende ding.

Vitaly? Waar is Vitaly?!

Ze gaan hem zoeken, ze mogen hem nu niet verliezen, nu ze weten dat hij de drager is, dat ze gered zijn.

De stroper vindt hem pas als het al donker is, op de begraafplaats buiten het dorp. Tussen de scheve stenen heeft hij een ondiepe kuil uitgehakt in de koude grond. Met gesloten ogen en zijn handen voor zijn borst gevouwen ligt hij te wachten op de dood. Die zou hem zeker gevonden hebben als de stroper hem niet uit zijn graf had gejaagd voor de nacht inviel.

Nu zit hij gebogen bij het vuur. Soms steekt hij zijn hand in een blik bonen en likt zijn vingers af. Hij is de honger voorbij. Op hun vragen antwoordt hij niet.

HOOFDSTUK 35

We willen hem terug

'De stroper liegt,' zei de jongen tegen Beg. 'Hij heeft het zelf gedaan. Nadat we waren teruggegaan.'

'Waarheen?'

'Naar Afrika.'

'Waarom?'

'We kwamen bijna niet vooruit toch. Alsof we lood in onze schoenen hadden. Hij wilde ons niet laten gaan.'

'Haç, die jij de stroper noemt, zegt dat jij de dingen droomde waardoor jullie naar het zuiden gingen.'

Stuurs sloeg de jongen zijn armen over elkaar. Op de sprei lagen de nieuwe strips die Beg had meegenomen. Zijn vingertoppen gleden over de omslagen. Zijn schedel was bedekt met een zweem van zwart haar.

'Ganzen,' zei hij toen, want hoe vlugger Beg weg was, hoe eerder hij aan zijn strips kon beginnen.

'Ganzen,' zei Beg.

'Gewoon wat ik boven mijn hoofd zag. Dat droomde ik een paar keer. Eerst ganzen, toen vliegtuigen. Ze vroeg waar ze heen vlogen. Die kant op, zei ik. Zo kwam dat. Haar oma droomde ook ganzen, zei ze. Ze wilde alles weten.' Hij haalde zijn neus op. 'Ze is gek.'

'Was dat voordat jullie teruggingen naar het lijk van de neger, of daarna?'

'Zo'n beetje dezelfde tijd. Dat weet ik niet meer precies.'

'En toen jullie terug waren, heeft Haç zijn hoofd eraf gesneden.'

'Ja.'

'Dat heb je gezien?'

'Ja.'

'Jullie waren er allemaal bij?'

'Ja.'

'Iedereen heeft het gezien?'

'Ja.'

'Hoe heeft hij het gedaan?'

'Met Afrika's mes. Dat had-ie in zijn zakken gevonden. Het was van de lange geweest, dat mes.'

'Waarom moest zijn hoofd eraf?'

'Pff.'

Hij keerde een strip om en legde hem weer terug. 'De vrouw zei dat hij in mijn hoofd droomde, ik niet.'

'En, was dat zo?'

De jongen sloeg zijn ogen neer. Beg herhaalde zijn vraag.

'Weet jij iets anders?' zei de jongen. 'Als je kijkt naar wat er daarna allemaal gebeurde. Zoveel geluk als we opeens hadden. Zij zei dat we hem bij ons moesten houden, dat hij ons zou leiden en zo. Maar we konden hem niet helemaal meenemen. Dus...'

Beg knikte, zijn begrip was niet geveinsd. Hij begreep hun nood. Hun goden hadden niet geantwoord op hun smeekbeden. Doof en stom hadden ze op hen neergezien. Ze hadden ze vervangen.

'Hij lag daar nog,' zei de jongen, 'maar vraag niet hoe. Beesten hadden dwars door zijn ribben heen gevreten. Ze hadden in zijn lever gepikt, zijn organen. Smerig.'

'Wie heeft zijn schedel ingeslagen, weet je dat?'

'Ik was er niet bij. Ik heb hem alleen gevonden.'

'Wie denk je dat het was?'

De jongen haalde zijn magere schouders op. 'Iedereen kan dat. Zo moeilijk is dat niet.'

Ze leken intuïtief begrepen te hebben dat zwijgen hun beste strategie was, dacht Beg. Zo waren ze alle vijf schuldig, zoals ze ook alle vijf onschuldig waren.

De jongen boog voorover. Hij wilde iets zeggen, maar aarzelde.

'Wat?' vroeg Beg.

'Niks,' zei de jongen.

'Zeg nou maar.'

'Waar is hij nu?'

'Wie?'

'De zwarte.'

'In een koelcel. Waar het dode meisje ook is.'

'Bij *elkaar*?'

'In dezelfde ruimte, ja.'

'O ja.'

'Waarom wil je dat weten?'

'Wat gaan jullie ermee doen?'

'Niks. Begraven, na een tijdje, denk ik. Als we zijn identiteit niet achterhalen.'

De jongen schudde langzaam zijn hoofd. 'Jullie weten niet... We willen hem terug.'

Beg schoot in de lach.

'Hij is niet van jullie,' zei de jongen. 'Hij is van ons. We willen hem terug.' Zijn zwarte ogen schitterden.

Beg was opgehouden met lachen. 'Om wat mee te doen?'

'We willen hem terug.'

'Dat is geen antwoord.'

De jongen krulde zijn bovenlip. 'Dikke schijt.'

'Als je zo tegen me praat, neem ik deze weer mee.' Beg pakte de strips van het bed en rolde ze op. Hij had moeite zijn teleurstelling te verbergen. Hij was gesteld geraakt op de jongen. Hij riep gevoelens van ontferming op. Beg wilde graag dat dit wederzijds was. De vriendschap met een kind maakte je een uitverkorene.

We willen hem terug.

Zelfs nu ging er nog een toverkracht uit van het hoofd, nog altijd hield het ze min of meer bijeen. Misschien verklaarde dat zijn fascinatie, dacht Beg, dat hij er zo vlakbij stond. Dat hij getuige was van het begin van iets, oergrond. *Ga weg uit je land, van je geboortegrond en uit het huis van je vader, naar het land dat ik je zal aanwijzen.*

Ze waren met te weinig, en het was er de tijd niet naar, maar in een vroegere eeuw had het kunnen gebeuren, iets nieuws, een heilig mysterie; bloed, boete, verlossing.

Het begin van een vastomlijnd geloof.

Een onderdompeling, reiniging, waarom niet?

De sneeuw tussen het profiel van zijn dienstlaarzen was gesmolten tot kleine plasjes op het zeil.

'De vrouw heeft vannacht een kind gekregen,' zei Beg na een tijd tegen de jongen. Hij keek op zijn horloge. Het was 19 december.

De zusters hadden het hem verteld toen hij die namiddag op de afdeling kwam.

De jongen knikte. 'Ik hoorde haar schreeuwen. Ze hebben haar weggebracht.'

Hij haalde zijn neus op en krabde zijn been onder de deken. 'Ik wist niet dat het daarvoor was.'

'Te vroeg geboren maar gezond, het is niet te geloven,' zei Beg. Hoe kon een geraamte een gezond kind baren?

'Mag ik mijn strips terug?'

Gedachteloos legde Beg het bundeltje terug op bed. De jongen sloeg er een open en begon te bladeren.

Het kind had nog geen naam, zeiden de zusters tegen Beg toen hij het ziekenhuis was binnengekomen, ze vroegen hoe hij moest worden geadministreerd.

'Saïd Mirza,' had hij gezegd. Een ingeving. Intuïtie. Ze keken hem verbaasd aan. Hij zei: 'Je vroeg toch hoe hij moest heten? Saïd Mirza, dat is zijn werknaam. Schrijf nou maar op. Wat geeft het dat er twee van zijn.'

De zuster schreef Saïd Mirza op een vel papier en stelde geen vragen meer.

'Ik ga zo bij haar langs,' zei Beg tegen haar.

'Er is nog maar weinig tijd,' antwoordde de zuster. 'Ze ligt op de intensive care.'

Zo kwam het dat er plotseling twee Saïd Mirza's in het ziekenhuis waren.

Ingespannen tuurde Saïd Mirza de Eerste in zijn blaadje. Kon hij eigenlijk lezen? vroeg Beg zich af. Hij was behendig met een katapult, hij wist hoe je maïs plantte en geiten hoedde, maar kende hij het geschreven woord? Wie had hem dat moeten leren, in de bergen? Er was geen leven voor hem buiten zijn geboortedorp als hij niet kon lezen. Als afwasser misschien of als pakezel op de bazaar, maar voor zo'n bestaan was hij niet op reis gegaan. Daarvoor had hij zijn leven niet gewaagd. Om voetvolk te zijn. Het zou een verlies betekenen, hij had een goed stel hersenen. Zonder het schrift, zonder beschaving, zou hij niets meer dan een getalenteerd roofdiertje zijn, voor niets anders geschikt dan de kleine criminaliteit. Voor vlugge handeltjes en zo nu en dan een afrossing.

'Kun je eigenlijk lezen?' vroeg Beg.

'Natuurlijk kan ik lezen,' zei de jongen zonder zijn ogen van het papier te halen.

Beg ging aan het raam staan. Het park lag in witte onschuld aan zijn voeten. Het werd donker, de schaduwen kwamen uit hun schuilplaatsen. Uit de ramen viel geel licht op de sneeuw in de tuin. Wit en zwaar stonden de bomen uit te rusten. Achter hem werd soms een pagina omgeslagen; het ruisen van papieren vleugels. Hij zou straks de rabbijn opzoeken in zijn gewijde onderaardse en hem tussen de schimmelende heiligdommen belasten met de dingen die op zijn hart lagen.

Het lijkt of er niemand onder het strakgespannen laken ligt. Zwarte kringen onder haar ogen. Elke ademteug alsof ze uit het diepe opduikt. Beg huivert onwillekeurig. Ze is tot het uiterste gegaan voor het kind dat ze droeg, nu zal ze sterven onder dit laken. Ze weet het. Beg kent de blik van het dier dat voorvoelt dat het het leven moet verlaten. Wanhoop en berusting glijden als koude en warme waterlagen dooreen.

‘Mijn zoon,’ zegt ze, ‘waar is hij?’

Hij knikt. ‘Ik vraag of ze hem brengen.’

Hij gaat terug de gang op. In de verte loopt een zuster, hij roept haar. Ze legt haar vingers op haar lippen. Hij wenkt haar en zegt dat ze het kind moet halen.

‘We kunnen niet...’

Beg schudt zijn hoofd. ‘Het moet. Nu.’

‘Het is een vroeggeboorte,’ zegt de zuster. ‘Zeven, acht weken! Het kan nog niks hebben.’

‘Het spijt me, maar het moet,’ zegt Beg.

‘Op *uw* verantwoording,’ zegt de zuster, haar mond scherp als papier.

Even later wordt de baby binnengebracht, in een katoenen doek gewikkeld, zijn poppenhoofdje steekt erbovenuit. Een wasachtig bleek gezichtje, gepenseelde zwarte haartjes op zijn hoofd. Het lijkt of de ogen nog niet open zijn geweest. Lange, stroperige tranen glijden over het gezicht van de moeder. Ze draait zich langzaam op haar zij en krijgt het pakketje in haar armen.

Beg blijft alleen achter met de moeder en het kind, zich scherp bewust van zijn zware, indiscrete aanwezigheid. De vrouw maakt zachte, sussende geluidjes tegen de onbewogen baby. Buiten deze vereniging bestaat er niets. Beg wendt zijn ogen even af als ze haar borsten ontbloot, rimpelige huidplooien. Ze brengt een tepel naar zijn mond. De lippen gaan niet vaneen, hij slaapt. Ze wringt de tepel tussen zijn lippen. Nu begint hij, geleid door een van de eerste opdrachten die de natuur in hem heeft gelegd, te zuigen; eerst zwak en allengs krachtiger.

De vrouw sluit haar ogen, ze glimlacht.

De baby begint zwak te huilen. Een mekkerend, eenzaam gejammer.

'Shh, shh,' sust de vrouw.

Als het kind blijft huilen, kijkt de vrouw radeloos naar Beg op.

Op de gang vindt hij niemand. Onverrichter zake keert hij terug.

De teleurstelling van het kind is ondraaglijk, het is ontroostbaar.

'Pak hem,' fluistert de vrouw.

Beg vloekt binnensmonds. 'Hoe...'

'*Pak hem!*'

Met zijn grote handen schept Beg de baby uit de omhelzing van zijn moeder. Hij houdt hem een eindje voor zich. O ongemak, wanneer heeft hij voor het laatst een kind vastgehouden?

Langzaam brengt hij het jongetje naar zijn borst en wiegt het; dansende beer onder het gekleurde licht aan de rivier.

HOOFDSTUK 36

Sjabbat

Steeds vaker keek Pontus Beg naar de grijze sneeuwhemel en dacht aan God. Een stuurloze gedachte, maar helemaal nutteloos was ze niet. Een vast geloof, meende hij, berustte op ijzeren herhaling. Herhaling dwong je op je knieën.

Vaak dacht hij alleen maar het woord 'god' omdat hij niet goed wist hoe hij God zelf moest denken, de joodse god met zijn talloze pseudoniemen, noch wist Beg waarin Hij nu precies verschilde van de christelijk-orthodoxe god van zijn landgenoten, afgezien van Zijn bijzondere voorkeur voor het Joodse volk.

Hij merkte dat hij gaandeweg een andere omgeving voor Hem bedacht – niet de jubelende luister van de orthodoxie maar de schroeiende hitte van de woestijn; zijn god dwaalde tussen geërodeerd gesteente, pilaren van rood graniet, de rusteloze zandvlaktes.

De rabbijn had gezegd dat de Eeuwige zich aan vorm en definitie onttrok. Hij was onbegrensd – een uitspraak, zei de rabbijn, die Hem alweer begrensde, zodat ook zij niet waar kon zijn.

Tot zijn spijt kon Beg zijn godsvoorstellingen niet dwingen in de richting van het onstoffelijke, altijd had zijn god een menselijke gestalte. Teleurstellender nog was dat hij niet in staat bleek hem te denken zonder baard. Tegenover deze kinderlijke projecties stond hij machteloos.

Door zijn bloed was Beg aan de God van de Thora vastgeklonken, hetgeen – naarmate het besef Jood te zijn zich dieper in hem nestelde – veel zinloze twijfels wegnam. Hij was een Jood die bestond uit één deel toeval en twee delen geruststelling. Hij leerde bidden in het Hebreeuws en ging het geexalteerde universum van de herhaling binnen. Hij wist dat herhaling vervoering kon oproepen en dat vervoering het mysterie dichterbij bracht. Hij had geen Joods leven om zich heen, geen voorbeeldlevens, hij had alleen zijn rabbijn om na te volgen, maar die hield geen diensten meer en nam het met tal van voorschriften niet zo nauw meer. Hij was moe, het juk van de herhaling was van zijn schouders gevallen, hij wachtte alleen nog op de dood.

'U zult kaddisj voor mij zeggen,' zei hij tegen Beg. 'Al die dingen moet ik u nog leren.'

'U zult nog lang leven.'

'Lang leven is geen deugd. Spaar me. Hebt u ooit een *gelukkig* oud mens gezien? Een *tevreden* bejaarde? Ouderdom is een precaire zaak. Het lijkt of alle rampen erop wachten je tegelijk aan te vallen.'

Hij vormde zijn rechterhand tot een klauw die greep.

Voorafgaand aan de maaltijd was de rabbijn schuifelend in de diepte van het mikwe afgedaald. Beg had gewacht in de synagoge. De deur naar de badruimte stond op een kier, een streep geel licht viel erdoorheen.

De voorhang van de Heilige Ark hing in schaduwen. Het goud- en zilverborduursel glinsterde in het kaarslicht. Engelenhanden droegen de Ark naar de hemel.

Uit de schaduwen kwamen gestalten op hem toe. Moeder,

waarom houd je jezelf verborgen? Waarom zwijg je? Grootmoeder, waar komen wij vandaan? Maar zij gingen hem zwijgend voorbij – voorovergebogen zat hij in de bank met zijn hoofd in zijn handen. Tastend gingen zijn vingers het keppeltje af, ze streken langs de naden waar de stof naar binnen keerde, het half vergane fluweel. Zo belachelijk als hij zich soms voelde, een slecht acteur voor een publiek van eeuwen; een publiek dat zich zelfs niet verwaardigde *hem uit te lachen*. Starend in het schemerduister was hij zo een Jood van één deel twijfel en één deel schaamte.

De deur zwaaide open. De rabbijn scharrelde een beetje door de ruimte en kwam na een tijdje voor Beg staan.

'Gaat u niet?' vroeg hij.

'Wat bedoelt u?'

'Uw onderdompeling in het mikwe.'

'Dat gaat toch niet... ik...'

'Waarom niet?'

Beg was verward, hij dacht dat eerst het definitieve bewijs van zijn Jood-zijn geleverd moest zijn, voordat hij in het mikwe mocht afdalen.

'Het is Sjabba,' zei de rabbijn. 'Veel Joodse mannen gaan in het mikwe voordat Sjabbat begint.'

'Ik wacht liever nog even,' stamelde Beg. 'Ik was er niet op verdacht dat ik al... Een andere keer liever.'

'Wat u wilt,' zei de rabbijn. 'Het is geen plicht.'

Beg staarde naar de punten van zijn laarzen. Weer dacht hij aan de vraag van de rabbijn hoe hij zich reinigde van het vuil van de wereld, hoe hij weer schoon werd. Toen, voordat hij wist van de heilige plaats diep in de aarde, dacht hij nog dat sommig vuil er niet meer af ging. Misschien was het anders.

Maar hij wilde het juiste moment afwachten om zijn onderdompeling te ondergaan, misschien tot er bericht was gekomen van de rabbijn van Brstice (hij wachtte al zo lang), misschien tot hij zijn overgang niet meer als flessentrekkerij ervoer.

In een mandje lag het brood. Het was gewoon, grijs brood en niet het gebruikelijke gevlochten brood. Toch had Zalman Eder er zijn zegen over uitgesproken. Ze aten soep, lepels tikten op het porselein. De rabbijn hing met zijn mond vlak boven het bord. Zo vierden ze het begin van de Sjabbat. Begs lippen hadden meebewogen met het zegeningslied voor aanvang van de maaltijd. De stem van de rabbijn kraakte, de melodie zweefde.

> Sjalom aleechem malachee ha-sjareet malachee-
> eljon, mi-melech malchee ha-melachiem
> Ha-Kadosj Baroech Hoe.

Als ik er niet zou zijn, dacht Beg, had niemand geweten dat hij er nog was. Maar ook dan had de oude man hier gezeten, bij het licht van twee kaarsen; een schim, in eenzaamheid doorschijnend geworden. Op een dag had iemand zich die oude Jood herinnerd en zouden ze hem hebben gevonden in zijn bed of onder aan de trap naar het bad... En niemand zou geweten hebben dat daarmee na meer dan zeshonderd jaar een einde was gekomen aan het Jodendom in Michailopol.

Hij schepte voor de tweede keer bamisoep uit de terrine en zei: 'De vrouw is vannacht gestorven. Ik heb haar gelukkig nog kunnen spreken – een schim van een mens. Maar haar kind lijkt gezond. Zijn moeder heeft geleefd van lucht en aarde, ze heeft het allemaal *verdragen*... Ik kan daar niet bij, het lijkt te veel voor één mens. Maar ze heeft gezien dat het goed was, dat haar kind zou leven.'

'De wereld is opnieuw begonnen door haar offer,' zei de rabbijn. 'In de Talmoed staat dat wie een leven redt, de mensheid redt. Er staat een "Joods leven", maar waarom zou dat niet gelden voor de *gojim*?'

Beg dacht aan het jongetje dat zo vreselijk huilde in zijn armen, het hield niet op. Pas toen Beg zich de zuigreflex van kalveren herinnerde, hoe die zich met hun slijmerige, tandeloze kaken vastzogen aan je hand – o, dubbelzinnige sensatie, tot en met de rilling door je scrotum –, had hij ten einde raad het topje van zijn pink in de mond van het kind gestoken, waarop het eindelijk stil werd. De vrouw keek naar hen, te moe voor een uitdrukking. Haar scherpe jukbeenderen en spitse neus waren al die van een dode. Ze was door de haag der verschrikkingen getrokken maar had haar kind veilig naar de overkant gebracht.

Met zijn voet schoof Beg een stoel tot bij het bed en ging zitten, zodat de baby vlak bij haar was. Langzaam schommelde hij het bundeltje in zijn armen. Soms vielen de ogen van de vrouw dicht, maar ze dwong zichzelf ze weer te openen. Dit was alle tijd die ze met haar kind had.

Ze verloor het uiteindelijk van de uitputting en sliep.

Beg zat met het jongetje in zijn armen en wiegde het.

Ook over de wijn had de rabbijn zijn zegen uitgesproken. Beg was niet gewend wijn te drinken. Het wrong in zijn mond.

Het peil in de fles daalde vlug. Beg had zijn benen schuin onder de tafel gestoken, hij zag de reflectie van het kaarslicht op de zilveren buik van de samowar. Hij zei: 'U hebt me verteld dat de Sjabbat ook voor de herinnering aan de uittocht uit Egypte bedoeld is...'

Hortend, met een stem die soms voor het denken uit ging en er soms bij achterbleef, vertelde hij wat hem op het hart lag. Was het niet ironisch, zei hij, dat hem juist nu, nu hij zijn eerste schreden richting de Eeuwige had gezet, zoiets overkwam: een groep mensen die in zekere zin de reis van de woestijngeneratie had herbeleefd met niets boven zich dan de lege hemel. Zij waren de armoede en de onderdrukking ontvlucht, de woestijngeneratie was aan de Egyptische slavernij ontkomen. Anders, onvergelijkbaar, en toch hetzelfde. De in de wildernis verloren mens, die in vertwijfeling omhoogkijkt: Heer, help ons, bescherm ons.

Heer?

Het kostte hem geen moeite om zich de wanhoop van de achterblijvers voor te stellen, toen Mozes niet van de berg terugkeerde. De opstand en de euforie. Het dansen en schreeuwen en het bezweren van de angst in een wilde rite.

'En wat als Mozes inderdaad niet was teruggekeerd van de Horeb?' zei Beg. 'Hadden we dan nu een gouden kalf aanbeden? Waarom niet – álles heeft de mens vereerd in georganiseerde religies, het vuur, de zon, stieren, halfmensen...'

'Alles ten onder gegaan,' schamperde de rabbijn. 'Wijs mij één bestaand geloof aan met de *zon* of het *vuur* in het midden. Of wat dan ook. Eén!'

'Ze zijn ten onder gegaan,' zei Beg, 'maar pas na honderden, misschien duizenden jaren. Al die tijd hebben ze mensen troost gegeven – troost, geruststelling en een leven na de dood. Alles waar u en ik ook naar verlangen.'

De rabbijn priemde een wijsvinger in de lucht. 'U kijkt zo ver dat u niets meer ziet! Vijfendertighonderd jaar geleden heeft de Eeuwige ons Zijn Thora geschonken, alles wat een mens nodig kan hebben staat daarin. Dát moet u onderzoeken! Er ontbreekt niets bij Hem.'

'Maar zij daar in de steppe hebben geen antwoord gekregen, de hemel bleef stil. Hun verbeelding heeft een heilig monster geschapen, of een monsterachtige heilige. Ik denk aan omstandigheden, andere dan nu, in een andere tijd, waarin zoiets... een groter *belang* had kunnen krijgen, als het de kans had gehad menigten te infecteren.'

'Het ís niet gebeurd, allemachtig!' Het vuur van de wijn lichtte op in zijn ogen. 'Houdt u rekening met het bestaande, niet met het onbestaande! Binnen de omheining van de Thora is voldoende ruimte voor twijfel en discussie. Tegenover de twijfel staat het *Lernen*, dát is de methode, *lernen*! Onderzoekt u het geloof, niet het ongeloof.'

Beg haalde zijn schouders op. 'Ik dacht dat ik dat deed. Ik doe niet anders, bedoel ik. Maar gedachten gaan hun eigen gang. Hoe zou ik de overeenkomsten niet kunnen zien?'

'U kent het verhaal van de ongelovige die bij rabbi Sjammai en rabbi Hillel kwam? Niet?'

De rabbijn vertelde hoe een ongelovige man aan rabbi Sjammai vroeg om hem de Thora te leren terwijl hij op één been stond, waarop Sjammai hem woedend wegstuurde.

Nu ging de man naar rabbi Hillel en vroeg opnieuw: 'Leer mij de Thora terwijl ik op één been sta.' Rabbi Hillel antwoordde: 'Wat u niet wilt dat u geschiedt, doe dat ook een ander niet. Dat is de hele wet. De rest is interpretatie. Ga heen en *leer*.'

'Ga heen en leer,' herhaalde Beg. Hij knikte. 'Dat zal ik blijven doen. Maar ik kan mijn ogen niet sluiten voor het uitzonderlijke... het uitzonderlijke feit van een geloof dat bijna *onder mijn ogen* ontstaat. Een kiem... Een heilig moment, en vier, vijf mensen die het volgen. Die oprecht *geloven* in wat ze menen te zien...'

'Wat u ziet is een afgodsdienst. De mens die een mens vereert, zijn gelijke. Een geheiligde perversie van zichzelf. Ik hoop dat uw belangstelling strikt intellectueel is.'

Beg grinnikte. 'Laten we drinken op een lang leven in goede gezondheid, want zoals u ophield jood te zijn toen uw kokkin overleed, houd ik op jood te zijn als u er niet meer bent.'

Zalman Eder lachte en schudde zijn hoofd tegelijkertijd. Hij zette het glas aan zijn lippen en dronk. Hij vermaakte zich. Hij was wakker.

HOOFDSTUK 37

Gebraden kip

Ze hadden hun intrek genomen bij het kippenvrouwtje. Ze aten zich zat aan haar voorraden en bekommerden zich niet om de lange winter die nog kwam. De vloer was bezaaid met lege blikken, dozen en kartonnen pakken. Ze hadden haar klerenkast geplunderd en alles wat ze aan textiel vonden rond de kachel uitgespreid. Ze lagen op de grond te spinnen als verzadigde katten. Haar bed van stro en dons in een nis achter de kachel was door de stroper ingenomen. Het kippenvrouwtje zelf had zich teruggetrokken in een oude fauteuil; ze keek door de spleetjes van haar ogen naar de stokkerige geesten die haar huisje hadden bezet. Ze hadden honger en slaap. Ze stookten de kachel gloeiend heet van de houtvoorraad onder het afdak buiten en draaiden de ene na de andere kip de nek om. De geblakerde pan op de loeiende kachel was het middelpunt van hun geluk. Een verrukkelijker geur dan die van een kippetje dat in reuzel lag te spetteren was er niet.

Daarna vielen ze weer in slaap rond de kachel.

Buiten, in een tas aan de deurpost, hing het voorwerp dat ze naar deze overvloed had geleid. Ze knikten het toe bij het in- en uitgaan van het huis en prevelden dankzeggingen.

De vrouw zat soms op haar knieën voor de deur buiten, ze legde een krans van bezweringen en toverformules rond de deuropening. Geen van hen twijfelde nog aan de kracht die van het hoofd uitging. Ze hadden de neger uitgestoten en gedood op last van een onuitgesproken groepswil; nu stonden ze op intieme voet met zijn hoofd. Het leefde, het was een zender. De vrouw verstond zijn boodschappen en schikte ze tot een innige cultus. De anderen volgden schoorvoetend. Ook de hardnekkigste godloochenaar onder hen, de man uit Asjchabad, zonk voor het hoofd neer en richtte zijn gedachten tot het hogere.

Alleen Vitaly deed niet mee, die kwam nog maar zelden uit de mist van het schimmenrijk tevoorschijn.

De stroper bewees het hoofd eer op dezelfde gelijkmatige manier waarop hij alles deed: met vaste overtuiging en uitsluiting van alles wat hem kon afleiden. Hij praatte soms over de haag der verschrikkingen, het altijddurend lijden onder de harde hand der omstandigheden. Je moest je harden, je moest leren verdragen.

Ze praatten zacht tegen het hoofd, ieder voor zich, binnensmonds en onverstaanbaar voor de anderen, gezamenlijk klinkend als een dof gezoem. Langs dit trillende, resonerende web stuurden ze hem hun dromen en lamentaties toe. Luchtpost. De smeekbeden om de goede afloop van hun reis.

Het kippenvrouwtje stapte over de gebogen gestalten op de kleine, houten veranda heen en leefde ongestoord verder, alsof er niets was gebeurd. Ze hoorden haar stem alleen als ze haar kippen riep; ze sprak tegen ze met sussende geluidjes waarin geen mensentaal te herkennen was.

In het kleine huis gleden het vrouwtje en de nieuwe bewoners als vissen langs elkaar heen – ze schrok zo wanneer iemand haar vroeg hoe het dorp heette of waar de andere bewoners gebleven waren, dat ze er na een tijdje vanzelf weer mee ophielden.

De stroper had bandensporen gevonden buiten het dorp. De opgestulpte, bevroren sporen verdwenen in westelijke richting. De route was vaker gebruikt, er liepen meerdere sporen dooreen. Het dorp werd zo nu en dan bezocht door iemand met een terreinwagen, die het kippenvrouwtje bevoorraadde.

Zorgelijk keek de stroper naar de potloodgrijze hemel in het noorden. Uit de diepte van zijn keel steeg een afkeurend gebrom op. Ze hadden er al over gesproken, of, en zo ja, wanneer ze verder moesten trekken. Het moest vlug, zei de stroper, voordat het spoor onder de sneeuw zou verdwijnen.

Nu stond hij aan de rand van het dorp met de jongen naast zich. Het stijf bevroren grasland strekte zich wit en krakend voor hen uit. De stroper krabde in zijn baard en kneep zijn ogen tot spleetjes. Met zijn blik in de verte zei hij: 'Langer wachten gaat niet.' De damp uit zijn neusgaten vervluchtigde snel.

'Dus?'

'Ik ga morgenvroeg.'

Hij draaide zich om en liep door het hoge gras terug naar het huis. De jongen keek hem na, onmachtige woede over zijn desertie in zijn borst. De stroper zou hen zonder een spoor van wroeging achterlaten. Nog voor het einde van de dag was hij hen vergeten. Hij leefde met zijn blik op de horizon, de anderen verdroeg hij met het geduld van een lastdier.

De vrouw en de man uit Asjchabad hadden erop aangedrongen langer te blijven om op krachten te komen, maar de jongen had groter vertrouwen in het gezond verstand van de stroper. Als de sneeuw kwam, zaten ze opgesloten in het huis van het kippenvrouwtje, met te weinig eten om de winter te overleven.

'En Afrika dan?' riep de jongen de stroper na.

Die draaide zich om. 'Die is voor de levenden,' riep hij terug, en verdween.

Die avond trof de stroper de voorbereidingen voor zijn reis. Hij naaide twee jutezakken aan elkaar. Die zou hij over zijn schouder dragen. De onderkant was met touw rond zijn middel vastgemaakt zodat de zakken hem niet zouden hinderen bij het lopen. Hij stopte er conservenblikken en een pot ingemaakte groente in. Bij het licht van de olielamp zag hij eruit als de geest van een heilige. Hij werkte zwijgend en doelmatig. Toen hij de draagband van zijn schouder nam en in de bevroren nacht verdween, zei de jongen: 'Wij nemen Afrika mee.'

'Dat doen jullie niet,' zei de vrouw.

'Hij is al weg.'

Hij had gelijk, het hoofd was verdwenen.

De stroper kwam binnen met een paar kippen in een zak. Hij draaide ze de nek om en begon ze te plukken. Hij liet zich niet afleiden door de woedende blikken van de vrouw. Ten slotte zei ze: 'Waar is hij? Geef hem terug, hij is van ons.'

'De sneeuw komt,' zei de stroper zonder zijn blik op te richten van het werk van zijn handen. 'De levenden trekken verder, de doden blijven achter.'

'Dáár, dáár is juist de dood,' snerpte de vrouw. 'Lopen zonder te weten waarnaartoe, dát is de dood!'

Langzaam schudde de stroper zijn hoofd. 'Hij dient de levenden. Best als jullie hier willen blijven, maar hoe wil je vier, vijf maanden overleven met proviand voor één iemand? Er zijn nog maar een paar kippen. En wat er over is hier. Maak je rekensom.'

Nu verliet de jongen de kamer. Hij zette een paar stappen buiten, de kou hapte in zijn benen. Op de tast ging hij het nachthok binnen, de prikkelende geur van kippenstront en zaagsel in zijn neus. Voetje voor voetje schoof hij door het donkere hok tot bij de stokken waar de kippen op sliepen. Hij probeerde te voelen welke het grootst waren, aan schrieltjes had hij nu niks. Langzaam, om de ineengedoken kippen niet in paniek te brengen, nam hij de eerste van de stok. Zacht tokkend gleed het dier naar de bodem van de zak. 'Ik ben de dood,' fluisterde de jongen, 'ik kom in de nacht.'

Vier kippen nam hij mee, en sloot het nachthok toen achter zich. De aarde knarste toen hij langs de kale populieren naar het huis liep. De rook uit de schoorsteen steeg op tegen het bevroren melkglas van de nacht. Hoe moesten ze de nachten in de vlakte overleven? Ze zouden doodvriezen, hun steenharde lichamen zouden ondoordringbaar zijn voor bacteriën en roofdieren. Pas in het voorjaar gaven de sneeuw en de vorst hun lichamen weer prijs, de zon scheen in hun dode ogen...

Nee! Hij moest vertrouwen hebben! De zwarte zou hen helpen, zoals hij hen eerder geholpen had. Hij wees de weg, ze zouden de bewoonde wereld bereiken. Hij was niet bang. Hij zou niet bang zijn. Niet bang zijn. Hij was al zo ver gekomen...

Bij de kachel draaide hij de kippen de nek om, plukte ze, sneed ze open en trok de ingewanden eruit. Het huisje zweefde op de geur van gebraden kip. De vrouw en de man uit

Asjchabad waren verenigd in een verbond van stilstand, vertwijfeld gingen ze hun mogelijkheden na. Vitaly lag naast de kachel te slapen. In haar stoel snurkte het kippenvrouwtje.

'Ik denk,' zei de man uit Asjchabad ten slotte tegen de vrouw, 'dat we moeten gaan. Het is niet anders.'

'Waarom?!' riep de vrouw. 'We kunnen... misschien komt er iemand. Voor haar, iemand die... familie, haar kinderen?!'

'Ze is net bevoorraad,' zei de stroper aan de andere kant van de kamer.

De jongen stapelde de laatste voorraad op het aanrecht op en nam zijn deel. De man uit Asjchabad kwam in beweging. Hij verzamelde kleren en trok alles over elkaar aan. Ook de jongen griste kledingstukken van de stapels op de vloer. Er ontstond een concurrerende gretigheid, een beginnend conflict over een wollen maillot waar de jongen zijn oog op had laten vallen, toen trok de man uit Asjchabad zijn hand terug.

De vrouw begon zich mokkend voor te bereiden op wat de laatste etappe van hun reis zou zijn. Ze wilde niet achterblijven. Het vooruitzicht van een langzame hongerdood joeg haar grotere angst aan dan het sterven onder de wijde hemel, in de wijde vlakte.

De man uit Asjchabad trok kleren onder Vitaly vandaan. 'Ga er 's af, luie donder,' mompelde hij. Hij gaf de vrouw een trui en lappen stof die ze om haar schoenen kon binden.

Ze slachtten alle kippen. Ook de haan moest er nu aan geloven. De kachel gloeide, telkens sputterde er een nieuwe kip in het vet. De nacht was vervuld van opwinding en een zekere noodlottige vrolijkheid die kon bestaan zolang ze nog bij de warme kachel zaten. Ieder verzamelde voedsel en kleding, samen zorgden ze voor voldoende warme kleren voor Vitaly.

Hij zou het hoofd dragen, het licht dat hen door de eindeloze nacht zou leiden. De stroper trok zich terug in de bedstee achter de kachel, zijn leeftocht binnen handbereik. Hij was klaar voor de laatste etappe. De anderen controleerden of ze voldoende gewapend waren tegen de kou, of hun tassen het zouden houden, of het gewicht gelijkmatig verdeeld was.

'Een paar dagen hooguit,' zei de man uit Asjchabad. 'Langer kan het niet zijn.'

'We hebben het spoor,' zei de jongen zelfverzekerd. 'We hebben nog nooit een spoor gehad. Als het ergens begint, dan eindigt het ook ergens. Dat kan niet anders.'

'Als Hij het wil,' zei de vrouw.

De man uit Asjchabad wees naar de kip. 'Die is klaar.'

De jongen tilde de kip bij een poot op uit de pan. Het was nog lang geen ochtend.

HOOFDSTUK 38

Sneeuw en ijs

'En het kippenvrouwtje?' vroeg Beg. 'Dat hebben jullie achtergelaten?'

'Wat dacht je dan,' zei de jongen. 'Ze was hartstikke oud.'

'Een wreed antwoord. Je hebt je leven aan haar te danken. Waarom ben je niet wat dankbaarder?'

De benen van de jongen bungelden over de rand van het bed. Hij was los van het infuus, hij kon zich vrij door de kamer bewegen.

'Wat denk je dat er met haar gebeurd is?' vroeg Beg.

'Weet ik veel.'

'Je kunt het wel bedenken, toch?'

'Vast wel. Maar waarom zou ik.'

'Omdat jullie haar hebben leeggeplunderd en achtergelaten, daarom.'

'Ze was gek.'

'O, en dat rechtvaardigt alles? Dan mag het?'

De jongen haalde zijn schouders op. Hij was in een brutale, recalcitrante stemming. 'Je moet niet doen of het makkelijk was. Het was wij of zij, snap je.'

Hij gleed met zijn blote voeten op het zeil.

Touché, dacht Beg. Hij had zich laten meeslepen door zijn deernis, de gedachte aan de langzame, eenzame dood van een oud vrouwtje met houten kersjes in haar haar.

De stroper zei nog iets anders, een toelichting, een aanwijzing die iets over het karakter van het hoofd onthulde, iets over zijn *persoonlijkheid*. Toen het achtergebleven vrouwtje ter sprake kwam, zei hij: 'Wij konden verder omdat zij er was. Wat dacht je, dat we in de positie waren dat af te wijzen?'

'Ik denk niks, ik vraag het je.'

De man tegenover hem sloot zijn ogen en masseerde zijn voorhoofd met zijn vingertoppen. 'Het was niet voor niets dat wij daar waren,' zei hij na een tijdje. 'We hebben genomen wat ons toekwam. Ze was er voor ons, zodat wij verder konden. Zoals in het veld, waar de prooi bestaat voor de jager. Zo zie ik het.'

'Nog steeds?'

Na een tijdje: 'Ja.'

'Hij bracht jullie bij haar...'

De stroper knikte.

'Zodat jullie konden overleven.'

'Ja.'

'Als een soort offer. Een onvrijwillig offer.'

De stroper sloot zijn ogen. 'Woorden, woorden,' mompelde hij.

'Hij was op jullie hand, hij was er alleen voor jullie. Niet voor een zwakzinnig vrouwtje, alleen voor jullie. Hij stond toe dat jullie haar beroofden van alles wat ze had omdat jullie zijn voorkeur hadden, waar of niet? Of zie ik het verkeerd?'

'Je kunt alles belachelijk maken, het maakt mij niet uit.'

Maar juist dit onderwerp had Begs belangstelling. De god die zijn mensen bevoordeelde boven de anderen: hij was er niet voor alle mensen, nee, alleen zijn mensen, vergelijkbaar met het nepotisme van Semjon Blok. Met Begs eigen god was het al niet anders, ook die had zijn uitverkorenen aangewezen. Dat licht viel duizenden jaren later ook op hem, Pontus Beg – een weldadig gevoel, als hij eerlijk was, hij zou niet meer zonder willen. Niemand springt lichtvaardig met zijn redding om.

’s Morgens in alle vroegte hadden ze haar huisje verlaten. Het vrouwtje sliep, haar mond hing open. De elastiekjes waren losgeraakt, het grijze haar lag los tegen de leuning van haar stoel. De vloer was een tapijt van veren en dons en ingewanden, er waren geen kippen meer over.

Als laatste verliet de jongen het huis. Hij trok de deur achter zich dicht. ‘Kolere,’ zei hij op de veranda, en stampte op de grond. Een beetje besluiteloos stonden hij en de anderen daar, alsof ze niet konden geloven dat ze de warmte daarbinnen werkelijk verlaten hadden. De stroper was al verdwenen. Als onwennige schapen kwamen ze in beweging, en voelden hoe de kou ze in haar greep nam. Was de hongerdood bij de kachel niet toch te verkiezen boven de vriesdood in de vlakte, vroeg de jongen zich af. De kou was een fysieke tegenstander, je moest sterk en fit zijn om je ertegen teweer te stellen. Maar zij waren mager en verzwakt, ze waren geen partij. Die paar weldoorvoede weken maakten geen verschil.

Ze liepen het dorp door. De stroper dook op uit een deels ingestorte schuur, de tas met het hoofd van de zwarte in zijn handen. Ze vormden een conferentie van schaduwen, de stroper stak Vitaly’s arm door de draaglus en hing de zak rond zijn nek. Zo was het bedoeld, het hoofd en de drager waren verenigd, een terloops maar heilig moment. Een scheut hoop voer door hun innerlijk, een ijl vergezicht – het uitzicht op een goede afloop.

'Tijd,' zei de stroper dof vanachter zijn gezichtsbedekking, en pakte Vitaly bij zijn bovenarm. Gewillig liet hij zich meevoeren, een brave knecht.

Ze bereikten de rand van het dorp. Ze stonden stil, als om het laatste restje moed te verzamelen. Ze hadden lappen rond hun schoenen gebonden en doeken rond hun hals geslagen, hun dampende neusgaten staken tussen de stof door. De wereld droeg het nachtblauw van email, ijskristallen hadden zich op de grashalmen afgezet. Wijd en donker opende de vlakte zich voor hen. Tegen die borende leegte moesten ze zich evenzeer schrap zetten als tegen de kou. Ze kwamen in beweging, de jongen als laatste. Hij trapte gaten in het holle, witte ijs tussen de bandensporen.

Hun stappen knarsten op het bevroren laagje sneeuw. De kou glipte door hun kleren, ging tastend hun ledematen langs en gleed door de huid hun spieren en botten binnen. Het begon nog maar net licht te worden en ze waren al koud als steen. Het dorp was achter hen opgelost, een exquise luchtspiegeling. Zoveel geluk, al dat comfort, het was al niet meer voor te stellen.

De dunne sneeuw lichtte blauw op in de ochtendschemering. Een geleidelijk licht verspreidde zich door de wereld, de zon zelf bleef achter het asgrijze wolkendek. Voor hen uit ging de stroper, hij hield Vitaly bij zich in de buurt. De anderen hielden hen nauwelijks bij. Het hoofd bungelde op Vitaly's rug, het wenkte hen. Maar gaandeweg de dag groeide de afstand tussen hen. De jongen werd naar voren gestuurd, hij was de verbindingsman, hij moest de stroper vragen zijn tempo te matigen tot de anderen weer bij waren.

Pas in het donker vonden ze elkaar terug. De stroper en Vitaly zaten in een kuil bij een vuurtje en keken niet op toen de anderen kreunend dichterbij schoven, hun hunkerend uitgestoken handen bijna tot in de vlammen. De stroper smolt sneeuw in een pannetje. Ze dronken gretig.

Ze aten bevroren kip en bonen tot hun kaken brandden. Ze wisten niet hoe ze hun voorraad moesten indelen omdat ze de duur van hun reis niet kenden. En omdat het ondenkbaar was dat ze langer dan een paar dagen zouden overleven, aten ze tot ze niet meer konden. Toen vouwden ze karton en matten uit op de bevroren grond en hulden zich in lappen en dekens. Ze kropen dicht bij elkaar in de kuil. Het was bewolkt en donker, er waren geen sterren. Bij de dovende resten van het vuur lag het hoofd van de neger. Ze stuurden het hun smeekbedes en gedetailleerde voorstellingen van hun redding toe. De jongen lag aan de buitenkant, hij wilde niet naast Vitaly liggen en had zijn leger naar de rand verplaatst. Ook al waren Vitaly's hersenen tot pap vermalen, hij vergat niet wie hij was geweest. Ergens daarbinnen zat hij nog.

Hij sliep weinig. De harde, koude ondergrond deed zijn botten pijn. Hij probeerde te denken aan het huis waar hij zou wonen als dit allemaal voorbij zou zijn, het grote huis voor zijn hele familie – als hij zich zijn vader en moeder en zijn broer maar voor de geest kon halen! Ze bleven hem ontsnappen, alleen nog maar het flitsen van een oog, een lach, de rokken van zijn moeder. En de lammergieren die op de thermiek boven de vallei cirkelden zag hij, maar henzelf zag hij niet.

Waar zijn jullie?! riep hij in stilte uit. Kom tevoorschijn!

Maar hij was al te lang van huis, zijn nieuwe leven had het oude overdekt. Alleen zijn hart huilde, echte tranen zouden onmiddellijk bevriezen en als parels van zijn gezicht rollen.

Op een dag, nam hij zich voor, als hij eenmaal in veiligheid was, zou hij zijn oude leven opgraven; onder het zand wachtte het op hem, onbeweeglijk, onveranderd.

Stijf als marionetten strompelden ze de dag door. Ze hoorden ganzen boven hun hoofd maar zagen ze niet. Er viel een beetje sneeuw in de middag. Een paar uur lang dwarrelden er kleine vlokken uit de hemel. Ze volgden nog altijd het bevroren bandenspoor, hun levenslijn. Het moest ergens heen gaan want het kwam ergens vandaan.

Zo kropen ze voort over de bevroren planeet, een ijzige steen. De hemel verdichtte zich nog. Er daalde nu onafgebroken sneeuw uit neer, grijs als as. Ze tuurden in de lichtloze dag door een kiertje in de doeken voor hun gezicht. De sneeuw wervelde voor hun ogen. Het was de fout van hun leven geweest om weer op weg te gaan. Het hoofd was opgehouden geluk te brengen, zijn licht was gedoofd.

Maar teruggaan konden ze niet, het dorp was al te ver weg, ze konden alleen nog maar vooruit.

Ze rustten een paar uur, besneeuwde bulten in de vlakte. Hun tijdrekening was teruggebracht tot dagen, uren.

Lang voor de nieuwe dag begon, waren ze weer op de been. Ze ploegden door de zware sneeuw. Nog altijd volgden ze het spoor, de stroper baande de weg voor hen uit. Als ze een moment stilstonden, drukte de stilte op hun oren. De sneeuw had de wereld en haar geluiden bedekt.

Voor hun ogen brak het beeld, ze konden nog maar een paar meter ver kijken.

Vitaly zakte op zijn knieën in de sneeuw en bleef zo zitten, onmachtig om nog een stap te zetten. In die houding zou hij bevroren zijn als de stroper niet was teruggelopen om hem overeind te ranselen en vloekend voor zich uit te jagen. Achter hen aan kwamen de vrouw en de man uit Asjchabad. De jongen sloot de rij.

Uur na uur verstreek. Met zijn blik omlaag volgde hij de voetstappen in de sneeuw. Zo kwam het dat hij de laatste was die het zag: het licht in de verte, onvast, zoekend licht in het donker en de sneeuwjacht.

Een auto.

Eerst een auto. Toen heel lang niks. Toen de stad.

VOORJAAR

HOOFDSTUK 39

Kleine Mozes

De bodem was ontdooid, de koude middagzon scheen door het lichtgroene blad in de populieren. In de verte klonk diep, aanhoudend geblaf. De pope schraapte zijn keel. Hij had een naamloos meisje begraven. De summiere gegevens die hij had, waren hem verstrekt door de andere man aan het graf. Hij was commissaris van politie, vlak en ernstig had hij hem ingelicht over het anonieme meisje. De commissaris had een jongen bij zich. Zijn zoon? Waarom zou hij zijn zoon meebrengen naar een treurige gebeurtenis als deze? Het briesje dat over de begraafplaats buitelde, bevatte sporen van winterse kou en de opgewekte warmte van het voorjaar. Het was vol geuren die je oude hart herinnerden aan verlangens van lang geleden – onbestemd en o zo krachtig. Het bracht jonge mensen tot de grootste stommiteiten en het grootste geluk; je kon je voorstellen hoe het meisje op een dag als deze het huis van haar ouders had verlaten om op weg te gaan, het avontuur tegemoet. Niet doen! riep hij haar dwars door de tijd toe, blijf toch thuis, de wereld is vol gevaren! – maar ze hoorde hem niet. Met een bonzend hart van opwinding ging ze langs de weg staan, het duurde niet lang voor de eerste auto stopte...

Ze namen afscheid aan het eind van het laantje, bij de Poolse graven. De pope keek ze na, de zware politieman en de bloedarme jongen met zijn hertenogen. Toen ging hij naar de kapel terug, de zwarte rokken wapperend rond zijn lichaam.

Beg liet de stad achter zich, ze reden door open terrein. Vervallen loodsen te midden van hoog opgeschoten struikgewas en onkruid; de uitlopers van de stad. Zijn raam stond een eindje open, de wind blies zijn droevige gedachten over het meisje weg. De jongen draaide aan de knoppen van de radio. Stemflarden, metalig geschetter. Een muziekzender van de overkant van de grens. De jongen hield van apparatuur. Als er maar knoppen aan zaten. Het lawaai scheen hem niet te deren. Bij hem thuis kon hij niet van de televisie en de geluidsinstallatie afblijven. Resoluut zette Beg de autoradio uit. Nu hoorden ze alleen het zwoegen van de motor en het suizen van de wind door het raam.

'Hou je niet van de radio?' vroeg de jongen na een tijdje.

'Jawel, maar niet zo hard.'

'Dan kun je 'm toch ook zachter zetten?'

Beg zei niets en keek door de voorruit naar de heuvels in de verte. De weg steeg een beetje.

'Ik wil je wat laten zien,' zei hij. 'Het is niet zo ver meer.'

'Heb je brood bij je?'

Dat was het andere ding: hij had altijd honger. Hij at hem de oren van het hoofd. Beg keek opzij. 'We kopen wel wat op de terugweg.'

De jongen opende het dashboardkastje. Handboeien en een zonnebril, een verrekijker, een bonnenboekje, pennen en papieren – niets wat zijn honger zou stillen.

'Waarom heb je eigenlijk zo'n oude auto?' vroeg hij. 'Je bent toch de baas van de politie?'

Beg keek vlug opzij. 'Een lang verhaal,' zei hij.

Ze reden de heuvels in. Beg vermeed de gaten in de weg. Op een parkeerplaats stonden vastgelopen wegenbouwmachines te roesten.

Beg stak de weg over en reed een pad onder de bomen op. Ze reden omlaag, de auto hotste over de stenen. Het bos werd dunner, Beg parkeerde de auto op een klein plateau onder de open hemel. Ze stapten uit.

Het was stil, uit het bos stroomde koude lucht. Zand en stenen knarsten onder hun zolen toen ze naar de rand van het plateau liepen. De heuvelrug was niet meer dan een onderbreking van de steppe, aan zijn voet begon het uitgestreken landschap opnieuw. Steppe, zover het oog reikte. Het dode, gele gras maakte plaats voor nieuwe scheuten, een zweem van groen doortrok het landschap. De wind streek erdoorheen, het gras golfde. Zonnestralen vielen tussen de wolken door. De horizon was nevelig, onvast.

De jongen keek naar hem op. Waar waren ze? Wat deden ze hier?

Beg wees in de verte. 'De grens,' zei hij.

Het bleef stil.

In de diepte meanderde de grens, vroeger was ze van deze kant zwaarbewaakt geweest. Vluchtelingen werden neergeschoten vanuit verborgen posities. Nu was het de andere kant die de grensbewaking had opgevoerd.

Beg haalde de verrekijker uit de auto en gaf hem aan de jongen. Hij keek door de lenzen en hield de kijker toen een eindje bij zijn ogen vandaan.

‘Hier,’ zei Beg, ‘je draait eraan tot-ie scherp is voor jouw ogen – nee, tegen je ogen aan houden... en nu draaien. Tot je het scherp ziet.’

‘Is het een hek?’ vroeg de jongen na een tijdje.

‘Hier is het een hek. Verderop, naar het noorden, werken ze met infrarood, mobiele teams, satellieten zelfs. Ze hebben nachtkijkers. Potdicht.’

De jongen snoof. ‘Niet voor mij.’

‘Ook voor jou.’

‘Ik kan me klein maken...’

‘Maar niet onzichtbaar.’

De jongen speurde de horizon af. ‘Huizen!’ zei hij verbaasd.

Zo dichtbij was het beloofde land nog niet geweest. Het leek voor het grijpen, hij hoefde zijn arm maar uit te strekken...

‘Auto’s! Daar!’

Hij leek er vooral verbaasd over dat het leven aan de andere kant er net zo uitzag als hier: hetzelfde gras, dezelfde auto’s, dezelfde huizen. Hij zuchtte. Een wolk schoof voor de zon, de steppe verschoot tot asgrauw.

Kleine Mozes, dacht Beg, van zo ver gekomen en nu ziet hij eindelijk zijn bestemming.

Een tantaluskwelling, want hier liep de weg dood voor hem.

Met de verrekijker voor zijn ogen vroeg de jongen: ‘Is het echt zo moeilijk?’

Beg knikte. ‘Heel moeilijk.’

De jongen dronk de wereld aan de andere kant in. Er was geen groter verlangen dan daar te zijn. Er waren geen problemen daar. Het was onmogelijk dat er problemen waren, wat anderen ook beweerden.

‘Heb je wel eens van Israël gehoord?’ vroeg Beg.

De jongen schudde zijn hoofd.

'Dat is een land ver weg.' Beg wapperde met zijn hand, een gebaar tot ver voorbij de horizon. 'Een zonnig land, aan zee.'

'Wat is daarmee?'

'Misschien moet je er eens aan denken om daarheen te gaan. Het is een ontwikkeld land. Niet zoals hier. Ze hebben de woestijn ontgonnen, er groeien dadels en druiven en mango's. Ik kan je straks foto's laten zien.'

Een diepe frons op het voorhoofd van de jongen. 'Hoe kom ik daar dan, in...'

'Israël.'

'Is het ver?'

'Ik heb er de laatste tijd een beetje over nagedacht,' zei Beg. 'Stel, je komt hier de grens over. Het zal je heus wel lukken op een dag, misschien bij je eerste poging, misschien pas bij de tiende, maar het zal je lukken, je bent slim zat, je hebt doorzettingsvermogen. Maar daarna ben je nog steeds niet meer dan een ongewenste vreemdeling. Ze moeten je daar niet, echt niet. Dat moet je wel weten. Er zijn er zoveel zoals jij. Je moet vernederingen kunnen verdragen. Misschien verkoop je kranten op een station, misschien ben je sjouwer op de markt of afwasser in een restaurant; de kans is groot dat je met zeven mannen op een kamer woont. Jullie slapen bij toerbeurt.'

Hij zag dat zijn woorden geen grond raakten. Hij beschreef een werkelijkheid die voor anderen was bestemd, niet voor hem. Hij was de uitzondering, die illusie van de ontelbaren, ongevoelig voor statistiek en kansberekening.

'Goed,' vervolgde Beg, 'stel nou dat het waar is wat ik zeg, probeer het je voor te stellen, oké? Je bent daar illegaal, je kunt ieder moment worden opgepakt en uitgezet. Je moet ogen in je rug hebben, je leeft als een misdadiger. Dat wil je toch niet?'

De jongen schudde ongeduldig zijn hoofd. Hij wilde alleen maar de uitkomst van Begs gedachtegang horen, niet de weg ernaartoe.

Beg knikte. 'Daarom kwam ik op Israël,' zei hij langzaam. 'Iets heel anders dan je van plan was, ik weet het. Een andere route. Maar duizendmaal beter dan wat je eerst van plan was.'

'Dan doen we dat toch?'

'Eén probleem: je moet een Jood zijn om in Israël te mogen wonen. Weet je wat een Jood is?'

De jongen schudde zijn hoofd.

'Zoals je Russen en Amerikanen hebt, heb je ook Joden. Ze leven in Israël, dat is hun land.'

'O.'

'Goed,' zei Beg. 'Je bent geen Jood, je moet er dus een worden.'

De frons op het voorhoofd van de jongen zei: ik ben je kwijt, oude man, je raaskalt.

'Daar moet je over nadenken, of je dat wilt,' zei Beg, 'een Jood worden.'

'Ik wil alles,' zei de jongen. 'Zeg maar hoe.'

Beg staarde naar zijn laarzen. Hij had ze vanmorgen blinkend gepoetst. Er zat alweer geel stof op de neuzen.

'Nou?' drong de jongen aan.

'Om te beginnen...' zei Beg. 'Hoe zal ik het zeggen. Er is een administratief probleem. Om een Jood te worden... Je zou mijn zoon moeten zijn... Moeten worden... bedoel ik. Om een Israëlisch paspoort te kunnen aanvragen.'

Hij voelde zich verlegen als een schooljongen. Hij zei: 'Ik

zou je vader moeten zijn. Niet je echte natuurlijk, alleen maar op papier. Want jij bent geen Jood en ik ben geen vader. Dat zouden we dan allebei moeten worden. Het kan. Het is te regelen, bedoel ik. Administratief. Dat je afstamt van Joodse ouders. Mijn rabbijn is een wijs man, hij begrijpt de wereld. Dat krijgen we wel voor elkaar, de administratieve kant. Je bent al eens eerder op papier ontsnapt.'

De jongen keek op. Ze grinnikten om de gedeelde herinnering. Hoe hij, Pontus Beg, een twee weken oude baby met de naam Saïd Mirza had aangeboden voor transport, en de opluchting van de rechercheurs toen ze de baby konden achterlaten in het ziekenhuis. Zo werd de ene Saïd Mirza geadministreerd als pasgeborene, achtergebleven in het hospitaal van Michailopol, en werd de andere Saïd Mirza aan vervolging en het zicht van de wereld onttrokken. Tegen de tijd dat ze erachter kwamen – als ze er ooit achter kwamen –, was hij allang ver weg.

'En dat is alles?' zei de jongen.

'Helaas,' zei Beg. 'Er komt nog wat meer bij kijken. Je zult Hebreeuws moeten leren. Je kunt niet naar Israël zonder dat je Hebreeuws kent. Ze zien je aankomen... Ik probeer het te leren, het is heel moeilijk. Maar mijn hersenen zijn oud, die van jou zijn jong, jij leert sneller dan ik.'

Hij kneep zijn ogen tot spleetjes. 'Je zou een goede Jood zijn, Saïd Mirza. Je hebt de tocht door de woestijn gemaakt, je hebt recht van spreken.'

'En als ik dan een Jood ben, wat dan?'

'Elke Jood, waar ook ter wereld, heeft recht op een Israëlisch paspoort. Je kunt dan het vliegtuig nemen, je bent legaal, je hoeft niet als een misdadiger te leven.'

De jongen zuchtte als een verdrietige hond. 'Een vliegtuig, ja?'

'Je kunt er niet naartoe lopen.'

'Ik wel.'

'Ja, jij misschien wel.'

'En jij, ga jij mee?'

'Ik? Nee, laat mij maar hier blijven. Ik ben gewend aan deze troep. Stuur maar een kaartje hoe het met je gaat soms.'

'Doe ik.'

'Maar eerst Hebreeuws leren.'

De jongen knikte.

'Een goede Jood worden.'

De jongen knikte weer.

'Een getrouwe kopie. IJverig en slim.'

'Is goed, is goed.'

'En als ik dan doodga op een dag, dan kom je misschien even terug om me te begraven.'

'Ja-ha.'

De wind suisde zacht langs de hellingen. Het was fris opeens. Beg ritste zijn jas dicht. De jongen voelde geen kou. Hij stond daar met de zon van het beloofde land op zijn gezicht en staarde uit over het golvende gras in de verte, de gele zee.

Geciteerde literatuur

Confucius, *De gesprekken*. Uitgeverij Augustus, Amsterdam 2013. Vertaald en ingeleid door Kristofer Schipper

De Pentateuch met Haftaroth, deel 1 en 2. Nederlands-Israëlitisch Kerkgenootschap, Amsterdam 1994. Vertaling Jitschak Dasberg

Juda Halevi, *Kuzari, Het boek van de Chazaar*. Mastix Press, Amsterdam 2010. Vertaald, ingeleid en van aantekeningen voorzien door Rolf Post

De Nieuwe Bijbelvertaling. Nederlands Bijbelgenootschap, Haarlem 2004

Zhuang Zi, *De volledige geschriften. Het grote klassieke boek van het taoïsme.* Uitgeverij Augustus, Amsterdam 2007. Vertaald en toegelicht door Kristofer Schipper